저
녁
이

깊
다

이혜경 장편소설
저녁이 깊다

초판 1쇄 발행 2014년 9월 12일
초판 3쇄 발행 2015년 3월 2일

지은이 이혜경
펴낸이 주일우
펴낸곳 ㈜문학과지성사
등록번호 제1993-000098호
주소 121-894 서울 마포구 잔다리로 7길 18(서교동 377-20)
전화 02) 338-7224
팩스 02) 323-4180(편집) / 02) 338-7221(영업)
전자우편 moonji@moonji.com
홈페이지 www.moonji.com

© 이혜경, 2014. Printed in Seoul, Korea
ISBN 978-89-320-2656-5

저녁이 깊다

이혜경 장편소설

문학과지성사
2014

차례

1부   7

2부   71

3부 147

4부 221

작가의 말 283

1부

백지 위에 돋아나는

비스듬히 뉜 연필의 심이 종이 위를 슥슥슥 지나간다. 회색으로 지그재그 번지는 바탕에 좀더 짙은 색이 도드라진다. 연필이 지나칠 때마다 이어진 그 선은 마침내 직사각형 안에 덩굴식물의 줄기와 잎을 피워낸다.

기주는 종이 밑에 깔린 필통을 치운다. 연습장을 뜯어낸 종이에는 필통에 양각된 무늬를 복사하고도 여백이 많이 남아 있다. 그 남은 공간을 마저 채우고 싶다. 가진 것 중에서 오톨도톨한 무늬가 있는 거라고는 동전뿐이다. 십 원짜리 동전의 다보탑 무늬라면 신물나도록 칠해보았다. 뭐 다른 게 없을까?

짝꿍 선옥은 오늘 수업 중에 내준 숙제를 하느라 정신이 없다. 선옥은 집에 들어서자마자 밭일 바쁜 부모 대신 셋이나 되는 동생 돌보랴 집안일 건사하랴 바빠서 집에서 가방을 열어볼 틈도 없다. 선옥의 골똘한 옆모습을 보다가 아예 몸을 돌린다.

아이들은 책상 위에 엎드려 짝꿍과 마주 보고 속닥거리거나, 교실 뒤편의 좁다란 공간에서 제기를 차거나, 책상 위에서 엄지손톱으로 핀을 퉁기고 있다. 책상 위에는 단거리 경주의 출발선 같은 긴 직선과, 실핀의 길이보다 지름이 아주 조금 큰 원이 칼로 파여 있다. 언제 누가 새긴 것인지도 모를 그 도형 위에서 아이들은 대를 물려가며 핀치기를 한다. 남자애들의 가방에 제기나 구슬이 들어 있듯이, 여자애들의 옷섶에는 실핀을 가득 꿴 옷핀이 하나쯤 찔려 있다.

뭐 다른 거 없나……

늘 보는 필통 위의 그림 말고 다른 것. 전에 한 번도 보지 못한 무늬가 있으면 좋을 것 같다. 눈을 감은 채 그 무늬를 종이로 덮고, 그러고 연필 칠을 한다면. 종이 밑에 있던 어지러운 무늬가 서서히 종이 위로 떠오를 것이다. 슥슥 긋는 연필심이 깨끗한 종이 위에 형상을 불러낼 때면, 마법에 걸려 잠든 성을 일깨우는 만화의 한 장면을 보는 것 같았다. 어떤 땐 자신이 만화 속으로 들어가 마법에 걸린 성으로 들어선 기사가 된 듯한 착각이 일었다. 그러나 종례를 앞둔 시간, 아이들의 책상 위는 대개 비어 있다. 기주는 아쉽게 몸을 돌린다. 뉘어서 칠하는 바람에 저절로 심이 뾰족해진 연필로 여백에 그림을 그리기 시작한다.

복도의 널마루가 삐이걱, 신음을 지른다. 펴이지 않는 허리를 두드리던 노인이 아고고, 몸으로 내지르는 신음 같다. 팔까지 들썩이며 제기 차던 아이가 주춤하며 발을 내린다. 일곱, 여덟, 아홉……,

입을 모아 숫자를 헤아리던 아이들도 입을 다문 채 부산한 눈짓을 주고받으며 쫑긋 귀를 세운다. 여름밤 떼 지어 울던 개구리가 왜가리 기척을 느낀 것처럼, 교실 안이 조용해진다. 드르륵 문 열리는 소리가 들린다. 옆 반이다. 앞 반의 뒷문이나 뒷반의 앞문 여는 소리는 꼭 자기 교실의 문을 여는 것처럼 들린다. 복도는 다시 고요하고, 담임의 슬리퍼 끄는 소리는 들려오지 않는다.

"아까 몇까지 셌지?" "야, 그런 게 어딨어? 처음부터 다시 해야지." 내일 지구의 종말이 오더라도 오늘 사과나무를 심을 기세로, 아이들은 다시 제기의 술을 추슬러 허공에 띄운다. 식었던 제기판이 다시 무르익는다. 기주는 머리를 틀어 올린 공주를 그리고, 풍성한 장식주름 잡힌 드레스의 끝단을 비누 거품 같은 레이스로 마무리한다. 옆 반에선 걸상을 책상 위에 얹고 끄느라 북새통이다. 그새 종례가 끝난 모양이다.

"야, 주번. 교무실에 가봐!"

정구가 외친다. 가무잡잡한 얼굴에 부리부리한 눈, 풀 먹인 듯 뻣뻣한 머리카락. 게다가 대자로 책상 위를 내리치는 듯 딱딱 끊어지는 목소리. 정구가 갖고 다니는 작은 수첩에는 아이들의 이름이 빼곡히 적혀 있다. 자습시간에 떠든, 청소시간에 비와 걸레로 교실 바닥이 아니라 친구를 청소하려 든, 왼쪽 오른쪽도 구분 못하는지 복도의 통행 질서를 얼크러뜨린, 좌측통행은 했으되 소리 죽여 걸어야 한다는 걸 잊어서 면학 분위기를 해친, 학교 앞 구멍가게에서 군것질을 해서 근면검약을 어긴, '불조심' 같은 표어명찰을 가슴에 다는 것을 까먹은, 그런 아이들…… 그 수첩에 이름이 적히면 오물 냄새가 코를 찌르는 변소 청소를 하거나, 운동장으로 불려나가 달리기를 하면서 정신력을 키워야 한다. "그 반 반장은 통솔력이 대단해요. 타고난 반장이라니까." 다른 반 선생님의 칭찬을 듣는 담임의 얼굴에 흐뭇한 미소가 피어났지만, 교무실에 심부름을 갔다가 그 말을 들은 기주의 귀에는 허공을 가르던 대자 소리만 들렸다.

'우리는 민족중흥의 역사적 사명을 띠고 이 땅에 태어났다.'
아이들을 괴롭히겠다는 역사적 사명을 띠고 태어난 듯한 국민교육헌장은 그렇게 시작된다. 어느 겨울, 발표도 아니고 반포라는 어려운 말로 제 출생의 남다름을 알려온 그 헌장은 이듬해부터 '타고난 저마다의 소질을 계발'하기에도 바쁜 아이들의 말랑말랑한 머리를 짓눌렀다. 아이들은 국기에 대한 맹세나 애국가, 교가와 마찬가지로 그 헌장을 외워야 했다. 조회시간이나 종례시간이면 선생님과 함께 맹자 왈 공자 왈 하는 만화 속 서당 아이들처럼 소리 맞춰 읽었다. 선생님들은 아이들이 그 헌장을 외우는 '책임과 의무'를 다했는지, 수시로 지명해서 확인했다. 불행히도, 그 헌장은 국기에 대한 맹세문처럼 짧지 않았다. 게다가, 애국가나 교가처럼 가락이 붙은 것도 아니었다. 설상가상으로, 단어들은 큰비에 흙이 씻겨나가며 문득 제 모양새를 드러낸 산길의 돌처럼 험악하고 묵직했다. 엎친데 덮친다고, 자루에서 쏟아진 콩이나 다름없이 비슷비슷하고 엄숙한 단어들이 이어졌다. 외우는 거라면 자신 있는 '성적 우수'한 아이들조차 쏟아진 콩을 밟고 미끄러지듯 처음으로 되돌아가는 일이 숱했다. '공익과 질서를 앞세우며 능률과 실질을 숭상하고'라는 대목은 '공익' '질서' '능률' '실질'이 무쇠솥뚜껑 위에서 볶이는 콩처럼 튀어서 제멋대로 자리를 바꾸었으며, '경애와 신의에 뿌리박은'으로 시작하는 문장은 바로 다음에 오는 '창의와 협력을 바탕으로'와 만두 속 당면과 으깬 두부며 신 김치, 숙주나물처럼 버무려져 '창의와 협력에 뿌리박은 상부상조의 전통을 이어받아'로 매끄럽게 이어졌다. 기름 짜는 틀에 긴 들깨자루처럼 머리가 짓눌렸다. 끝까지 외웠다는 걸 확인한 순간엔 머리와 가슴에 박하사탕이 알알이 박히는 듯 화해지면서 '압박과 설움에서 해방된 민족' 어쩌고 하는 노래가 다 떠오를 정도였다.

다 외웠다고 해방된 것은 아니었다. 학급 아이들이 절반쯤 외운 뒤, 담임은 '두뇌명석'이라는 단어를 기재한 생활기록부의 주인공들을 '성실하나 노력한 만큼 성과가 안 보이는' 아이들과 짝을 지웠다. "가장 먼저 외우는 조에는 상을, 가장 늦게 외우는 조에는 벌을 줄 거니까 다들 열심히 하도록!" 어떤 상을 주는지, 어떤 벌이 내려지는지 묻지도 못한 채 아이들은 청소를 마친 교실 안에서 개인교습을 받아야 했다. 제가 겪었던 답답함을, 저보다 한결 굼뜬 아이들이 고스란히 겪는 걸 보는 것 또한 답답하기 그지없는 일이었다.

기주가 맡은 아이는 끈기가 있었다. 처음 열다섯 쌍쯤 되던 나머지공부 팀의 숫자가 나날이 줄어들어 교실 안이 한적해지는데도 동요하지 않았다. 마침내 그 애의 입에서, '민족의 슬기를 모아 줄기찬 노력으로 새 역사를 창조하자'라는 대목까지 흘러나왔다. 창조하자, 라고 왼 그 애는 결승점에 들어선 마라톤 주자처럼 숨을 몰아쉬었다. 방금 지나친 게 과연 결승 테이프였는지 미심쩍다는 듯 기주를 바라보았다. 그야말로 '새 역사의 창조'였다. 그때쯤 다른 아이들은 다 외워서 교실엔 달랑 세 조만 남아 있었다.

"잘했어. 드디어 다 외웠네!"

"정말 맞게 외운 거야? 나 틀리지 않았어?"

"그럼, 하나도 안 틀렸어. 그래도 모르니까 다시 한 번 외워볼래?"

기껏 외웠다고 좋아하고도 다음 날 담임 앞에서 확인받을 땐 꼬여서 어리버리하는 아이가 여럿이었다. 그 애는 침을 꿀꺽 삼키더니 다시 외우기 시작했다. 전보다 조금 목소리가 커졌다. 권리에 따르는 책임과 의무를 다하며, 스스로 국가 건설에 참여하고 봉사하는 국민정신을 드높인다…… 골인 지점을 향해 치닫던 그 애는 그만 이어지는 문장을 놓쳤다. 따악딱, 대나무자로 책상을 내리치는 소리 때문이었다.

"야, 이 멍청아, 넌 머리를 돌로 만들었냐? 돌덩이더러 외우라고 해도 너보단 낫겠다! 너 땜에 우리가 꼴찌하면 네가 책임질 거야? 손 내밀어. 약속했지? 뭐, 불만 있냐? 있으면 말해!"

학습부장인 정구였다. 정구의 앞에 앉은 아이는 하필 평소에도 말을 조금 더듬는 편이었다. 양손을 모두어 책상 위로 내민 그 애는 입을 꼭 다문 채 고개를 저었다. 차알싹, 찰싹 찰싹! 듣는 사람을 움찔하게 만드는 차진 소리에, 다 외웠다고 좋아하던 기주의 짝마저 매가 제 손바닥 위로 떨어지는 듯한 표정이 되었다. 6학년이 되어 같은 반에서 다시 만났을 때, 기주는 반장 선거 투표용지에 다른 아이의 이름을 적었지만, 정구는 남자애들의 전폭적인 지지를 받고 반장이 되었다.

"선생님 오신다, 선생님!"

교실 문을 열고 나서던 주번이 외치며 얼른 제자리로 돌아가 앉는다. 곧이어, 교실과 복도 사이에 난 창 위쪽에 담임의 머리가 떠서 우줄우줄 움직인다. 유리 창문 아래쪽에 하얀 페인트를 칠해놓아서 몸통은 보이지 않는다. 삑, 드르륵, 교실 문의 낡은 호차가 구르며 문이 열린다. 담임이 늘 입고 다니는 재색 양복 뒤로 한 아이가 보인다. 아이는 보통 키인 담임의 가슴팍에도 못 미친다. 무릎이 쑥 나온 바지에 세로로 줄이 가 있는 티셔츠를 입고 있다. 물려 입은 옷인 듯 티셔츠가 헐렁하게 커서 그 안에 든 아이는 더 작아 보인다. 담임이 교단에 오르자, 따라가던 아이는 주춤하더니 뒤로 물러나 문 앞에 선다.

"차렷, 경롓!"

정구의 우렁찬 목소리에 맞춰 고개를 숙이면서도 아이들의 눈길은 새로 온 아이를 향한다. 노르스름한 작은 얼굴에 눈만 커다란 아이는 입을 꼭 다물고 선생님을 향해 허리를 굽혀 인사한다. 화살촉처럼 박히는 일흔한 쌍의 눈길. 인사를 받고 난 담임이 아이를 불러 올린다.

"다들 주목. 오늘 우리 반에 새 친구가 전학 왔다. 이번에 가정 사정으로 이사해서 우리 학교로 온 친구다. 이름은……"

담임은 교무수첩을 힐끗 보고 말을 잇는다.

"이름은 박지표. 집은 정산리라고 한다. 정산리에서 다니는 사람이 누구지? 손 좀 들어봐라."

여자애 한 명, 남자애 한 명의 손이 올라간다. 정산리는 학교에서 뒷산을 타고 한 시간 넘게 걸어가야 하는 산골 마을이다. 들짐승이 출몰하고 문둥이가 숨어 산다는 산길을 걷고, 자칫하면 집 아닌 다른 곳으로 이끌고 갈 샛길들의 유혹을 피해야 하고, 여름마다 한 명씩은 끌고 들어가 남은 가족의 꺼이꺼이 목쉰 울음소리가 물이랑 지게 하는 물귀신이 사는 저수지를 지나야 한다. 그래서 정산리 쪽에서 사는 저학년 아이들은 고학년 언니 오빠들이 수업을 마칠 때까지 운동장에서 나뭇가지로 흙바닥에 그림을 그리거나 공기놀이 같은 걸 하면서 시간을 죽인다. 그러다 고학년생들이 나오면 꼭 어미닭 쫓는 병아리들처럼 종종걸음으로 떼 지어 학교를 벗어난다.

"그래, 너희들은 오늘부터 전학생과 같이 다니도록 해라. 자, 박지표는 이리, 가운데로 와서 친구들에게 인사하고."

담임은 아이를 중앙에 서게 한다. 교탁이 아이의 몸을 거의 가려버린다. 아이는 슬쩍 교탁 옆으로 나서더니 찬찬히 아이들을 훑어보고 난 뒤에야 입을 연다.

"저는 매현국민학교에서 전학 온 박지표라고 합니다. 앞으로 6학년 3반 급우들과 사이좋게 지냈으면 좋겠습니다. 제가 모르는 것이 있으면 많이 가르쳐주십시오. 잘 부탁드립니다."

작은 체구에 비해서 목소리가 굵은 편이다. 음악시간에 선생님이 일러준 대로, 아랫배에서 끌어 올린 소리다. 어른스러운 목소리가 아이의 키를 한 뼘쯤 크게 느끼게 만든다. 잘 부탁드립니다,라는 말이 어찌나 야무진지, 그 뒤에 '끝'이라고 덧붙인 것만 같다.

"아직 자리가 없으니…… 맨 앞에 두 사람이 걸상 붙이고 우선 셋이 앉아 있거라. 주번은 종례 끝나고 창고에 가서 책상과 걸상 갖다 놓고. 내일은 선생님이 출장을 가게 되어 2반하고 합반하고 자습을 하게 될 것이다. 다들 2반 선생님 말씀 잘 듣도록 하고. 반장은 말 안 듣는 아이들 이름 적는 거 알지? 오늘 청소 당번은 몇 분단이지? 청소하고 나서 책걸상 줄 반듯하게 맞추도록."

바위야, 기억하렴

등고랑으로 땀 한 줄기가 흐른다. 진작부터 축축하던 겨드랑이가, 걸음을 멈추자 문득 선득해진다. 쉬척지근한 땀 냄새를 마침 불어온 바람에 실린 꽃향기가 지워준다. 찔레꽃인가. 맑고 상큼하면서도 어딘지 모르게 날카로운 향기다. 발아래, 마을은 서먹하게 환하다. 어느새 기울기 시작한 해가 칼날처럼 번뜩이며 마을로 내리꽂힌다. 햇살을 등에 받고 걷다가 마을이 내려다보이는 언덕 위에 선다. 지표가 서는 바람에, 함께 오던 같은 반 성재도 덩달아 선다. 교실에서 나올 땐 세 명이었다. 중간에 다른 반 아이들을 만나서 여섯 명이 함께 걸었다. 중간중간 샛길이 나올 때마다 아이들은 무리에서 떨어져나갔다. 마지막 고갯길에서 성재와 지표 둘만 남았다. "난 조금 있다 갈게. 너 먼저 가." 왜? 성재가 묻는 눈으로 바라본다. "여기서부터는 나도 갈 수 있으니까, 여기 구경 좀 하고 가려고. 오늘 고마웠다. 내일 만나." 성재는 고개를 끄덕이더니 그냥 내려간다. 오는 동안, 이것저것 묻던 성재에게 응, 아니, 글쎄, 하고 단답형으로만 대답했더니 서먹해졌다.

　스무 가구쯤 되는 집들은 대개 머리 맞댄 강아지처럼 나란히 붙어 있다. 더러, 뿔뿔뿔 기어나가 해찰하는 강아지처럼 외따로 떨어진 집들이 있다. 그렇게 외진 초가집 앞, 아이가 막 지나가는 밭고랑에 엎드린 살구색 스웨터가 지표의 눈에 확대된다. 엄마다. 아이가 지나가자 엄마가 이쪽을 돌아본다. 지표는 엄마의 눈에 띄지 않으려 얼른 나무 뒤로 몸을 숨긴다. 엄마는 잠시 이쪽을 바라보다 다시 몸을 돌린다. 다른 아이는 오는데 지표가 왜 안 오는지 궁금할 것이다. 그런데 내가 왜 몸을 숨긴 걸까. 잠깐 자신이 낯설어진다. 엄마…… 모질게 춥던 겨울 끝자락, 아버지가 세상을 떠났다. 무명 상복의 허술한 목덜미며 소맷부리로 파고든 바람이 칼날처럼 살갗을 쓸어 살이 아렸다. 몸 밖에서 파고드는 바람에다 몸 안쪽에서 이는 한기까지 겹쳐 고드름이 되는 것 같았다. 언 땅에 불을 지펴 녹인 뒤에야 땅을 파고 아버지를 묻을 수 있었다. 엄마는 그 찬 바닥에 엎어져 울었다. 가진 거라고는 손바닥만 한 밭뙤기에 장맛비가 무서울 정도로 허물어진 초가뿐이었다. 소다로 배를, 명랑으로 머리를 달래던 엄마는 머리에 동여맸던 수건을 풀며 말했다. 여기 더 있다가는 죽도 밥도 안 되겠다. 너도 형이나 누나들 짝 나겠다. 지표를 이웃집에 맡기고 서울에 갔던 엄마는 노래진 얼굴로 돌아왔다. 역에 도착하자마자 소매치기를 당해 얼이 빠진 데다 소음과 매연이 나머지 넋마저 달아나게 했다. 집을 팔아도 서울에서 사글셋방 겨우 얻을까 말까 했다. 당최 살 곳이 못 되더라고, 엄마는 두고 온 형제들이 불쌍하다며 입을 꽉 다물었다. 장례식에 다녀간 외삼촌의 편지를 받고 나서야 노랗던 얼굴에 화색이 돌았다. 어릴 때부터 엄마에겐 오라버니 같았다는 남동생이었다. 낯선 곳으로 간다는 게 설레면서도 두려웠다.

낯선 학교로 가기 위해 외삼촌과 집을 나설 땐 긴장으로 배가 딴딴하게 뭉치는 것 같았다. 엄마는 티셔츠를 만져주며 말했다.

"잘 다녀오거라. 선생님한테 인사 잘 드리고, 친구들한테도……"

흐리는 말끝에 걱정이 뉘엿거렸다. 또래치고도 작은 편인 막내를 생판 낯선 곳으로 보내는 게 영 마음에 걸리는 것 같았다.

"에이, 누님, 염려 말아요. 애들이 다 거기서 거기지. 지푠 거기서 잘 지냈다니 여기서도 걱정 안 해도 될 거야. 게다가 공부도 잘하니 선생님도 이뻐할 테고. 마음 푹 놓으셔. 우리 다녀와요. 태수 엄마, 나 다녀와."

사립문을 나서던 외삼촌이 뒤를 돌아보며 말했다.

"난 간 김에 읍내서 일 좀 봐야 하니까 지표 먼저 보낼게요, 누님."

설렁설렁 집을 나선 외삼촌은 마을 첫 고개를 넘자마자 등성이에서 지표를 세웠다.

"지표야, 삼촌이 학교에 가서는 사투리 쓰지 말라고 했지?"

"예, 삼촌."

외삼촌네 집으로 오자마자 듣던 소리였다. 얼른 여기 말부터 익혀라. 안 그러면 애들이 널 놀리고 따돌릴 거다.

"자, 지금 선생님이랑 교실에 들어섰다 생각하고 한번 인사해봐. 내가 선생님이라 생각하고."

느닷없는 말이었다. 지표가 멈칫거리자 외삼촌은 아예 담배를 꺼내며 바위에 쪼그리고 앉았다. 유황 냄새가 코를 찌르고 외삼촌의 눈길이 지표의 심장을 찔렀다. 가뜩이나 낯도 제대로 익지 않은 외삼촌이었다. 아버지 장사 치를 때나 보았을까, 전에도 한두 번 만났다는데, 워낙 어릴 때여서 기억에 없다. 쑥스러워서 가슴도 몸도 오그라들었지만, 지표는 이게 앞으로 치러야 할 수많은 시험 가운데 첫번째라는 걸 알았다. 빈 답안지를 낼 수는 없었다. 시험 문제를 읽듯 잠깐 생각하다가 입을 열었다.

"안녕하십니까. 저는 매현국민학교에 다니다 이번에 이곳으로 이사한……"

문득 목이 메었다. 아버지가 죽지만 않았더라면, 이런 말을 할 필요는 없었다. 가난한 거야 외삼촌네 동네나 고향이나 마찬가지지만, 그래도 고향 쪽이 한결 정다웠다. 들판이 너른 곳이었다. 사람들의 말은 낮고 느렸다. 저녁이면 집집마다 굴뚝에서 연기가 너울거려 들판으로 흩어졌다. 산은 아주 멀리, 지평선 쪽에 낮게 엎드려 있어서 그저 풍경의 하나일 뿐이었다. 이렇게 산으로 둘러싸인 동네가 있다는 걸 그땐 생각도 하지 못했다. 아까시 나뭇가지가 바람에 건들 흔들렸다. 눈앞에 나부끼는 나뭇잎이 눈동자 같았다. 자기를 뚫어지게 바라볼 눈들. 형이 입다 두고 간 윗도리며 바지의 낡음을 낱낱이 보아낼 것만 같은 눈들. 아버지가 없다는 것도, 가뜩이나 살기 넉넉지 않은 외삼촌 집에서 더부살이한다는 것도 한눈에 알아볼 것 같은 그 눈들. 지표는 침을 삼키며 눈을 질끈 감았다. 찰싹, 등짝이 아렸다.

"인석이 종이호랑이네. 형제들 중에서 기중 똑똑하다고 네 엄마가 자랑을 얼마나 했는데…… 가뜩이나 너처럼 쪼그만 애가 새 학교 가자마자 더듬거리면 애들한테 호구 잡힌다? 그럼 네 엄마 마음이 어떻겠냐? 다시, 제대로 해봐. 아랫배에 힘 꽉 주고!"

지표는 외삼촌이 말한 대로 아랫배에 힘을 주었다. 담배를 빠느라 움푹 팬 외삼촌의 볼을 과녁 삼아 말을 던졌다.

"안녕하십니까? 저는 매현국민학교에 다니다 전학 온 박지표라고 합니다. 앞으로 서로 사이좋게 지냈으면 좋겠습니다. 감사합니다!"

잘했다, 외삼촌은 담배를 바위에 비벼 끄며 말했다. 지표는 학교에 오갈 때마다 그 바위를 바라보며 마음을 다지겠다고 다짐했다.

성재와 함께 오느라 그 바위를 그냥 지나쳤다. 성재가 하교하는 걸 보았으니 엄마는 지표를 기다릴 것이다. 어느새 사위엔 서먹한 기운이 돈다. 밭은 텅 비었다. 엄마는 외숙모와 함께 저녁을 짓느라 부엌에 들어가 있을 것이다. 지표네가 이리로 오는 걸 외숙모는 반기지 않았다는 걸 온 뒤에야 알았다. 온 다음 날 저녁, 엄마가 주걱을 들며 밥솥 뚜껑을 열려 하자 외숙모가 정색을 했다. 형님, 밥은 제가 퍼야지요. 그때 엄마의 낯에 어리던 무안함. 엄마를 이 집에서 벗어나게 할 사람은 공장에 다니는 형도 남의집살이를 하는 누나들도 아니었다. 형제 누구보다 영민한 지표 자신뿐이었다. 제가 공부를 열심히 해서 출세하는 수밖에 없었다. 외숙모의 눈치를 보며 부엌에 있을 엄마를 떠올리자 지표는 단호하게 몸을 돌린다. 자신과의 약

속을 첫날부터 안 지킬 수는 없다. 지표는 외삼촌이 앉아 있던 돌을
향해 걸음을 내딛는다.

사막을 건너듯 홀로 건너는

사막이 저럴 것이다. 정오의 햇살 아래 기주가 건너가야 할 운동
장은 하염없이 너르다. 자잘한 모래 알갱이들이 빛을 되쏘아 파삭거
린다. 교사에서 교문으로 가는 가장 빠른 길은 운동장 한가운데를
가로지르는 것이다. 마음은 그리로 달려나가는데, 기주는 늘 그랬듯
이 운동장 가장자리를 따라 걷는다. 그래야 눈에 덜 뜨일 것이다. 기
주는 지금 등짐을 잔뜩 진 낙타나 다름없다. 가야 할 길이 멀다. 속
도 조절이 중요하다. 조금이라도 걸음을 재촉했다간 길에서 기어이
주저앉고 말 것이다. 너무 천천히 걸어도 때를 놓칠 가능성이 높다.
목표 지점 바로 앞에서 긴장이 풀리는 바람에, 점심도 굶고 걸은 게
도로아미타불이 되고 만 적도 있다.

담임은 오늘따라 교실에 늦게 나타났다. 기다리다 못한 남자애들
몇몇이 양은 도시락 뚜껑을 열고 밥을 뚜껑에 엎었다. 인색한 쌀장
수가 되를 깎듯 젓가락으로 위쪽의 밥을 살살 떠먹다가, 선생님 오
신다! 하고 누군가가 소리치면 뚜껑을 닫고 얼른 뒤집었다. 도시락

모양으로 굳은 밥은 아래가 조금 꺼질 뿐이다. 학교로 오는 길에 흔들려서 꺼진 것처럼 보일 것이다. 담임은 늘 그러하듯 안쪽 분단부터 검사를 시작했다. 통로를 걸으며 도시락을 검사하던 담임이 우뚝 섰다. "이게 뭐냐? 집에 가서 엄마에게 보리 더 넣어달라고 말씀드려라. 넌 오늘 청소당번들하고 청소 같이 하고."

담임은 그동안 혼분식 장려에 느슨했다고 반성한 모양이었다. 검사를 하다 말고 교단으로 올라가 혼분식의 이점에 대해 힘주어 말했다. "너희들, 미국 사람들이 왜 그렇게 키가 큰지 아니? 그 사람들은 쌀을 안 먹고 밀가루로 만든 빵을 먹는다. 그것만 보아도 밥보다는 빵이 훨씬 더 영양가가 많다는 것을 알 수 있다. 그래도 한국 사람은 밥이 주식이니 세 끼니 빵을 먹진 못한다. 그 대신 쌀에 부족한 영양소를 섞어 먹어야 한다. 그게 바로 혼식이다. 집에선 가능하면 수제비나 칼국수 같은 걸 많이 해 먹고……" 담임의 말이 늘어지는 동안 기주의 속은 아궁이 속에서 타는 짚불처럼 바작바작 타들어갔다. 그 아궁이에 얹힌 가마솥에서 밥이 익다 못해 탄내가 날 즈음에야 담임은 기주의 분단으로 와서 도시락 검사를 마쳤다.

길은 여름날 엿가락처럼 하염없이 늘어난다. 경찰관이 입구에 부동자세로 서 있는 경찰서를 지날 즈음엔 무서운 것을 만난 듯 진저리가 쳐지면서 몸에 소름이 돋는다. 걸음마저 꼬이려 든다. 기주는 잠깐 숨을 고른다. 경찰서 담장을 따라 일직선으로 백 미터쯤 걸어가면 교차로가 나온다. 그 교차로를 건너면 읍내에서 가장 큰 잡화점, 대흥상회가 있다.

"기주 오냐?"

기주는 고개만 끄덕하고 진열된 물건들 사이에 앉아 있는 엄마 곁을 바로 지나친다. 몸을 비비 꼬면서 변소로 뛰어든다. 나무 발판 위에 발을 올려놓자 물 닿은 백열등이 터지듯, 머릿속에서 무언가 터지는 것 같다. 팬티를 내리기 무섭게, 오전 내내 참았던 오줌 줄기가 쏟아진다. 가물가물하던 눈앞이 번히 트인다. 한숨을 쉬며 손등으로 이마의 땀을 훔친다. 어찌나 용을 썼던지, 이맛전뿐 아니라 목덜미까지 촉촉하다. 거세게 쏟아지던 오줌은 한참 누어도 미련이 남은 듯 질금거린다. 오줌보 안에 남은 마지막 한 방울까지 짜내야 한다. 기주는 잘게 잘라서 끈으로 묶어놓은 묵은 신문지 한 장을 뜯어내어 읽는다. '나의 권리 기권 말고 남의 권리 침해 말자.' 지난번 대통령 선거를 앞두고 신문사에서 공모한 표어 입상작 중의 하나다. 나는 학교 변소에 갈 권리를 포기한 것일까. 아니면 학교 변소를 사용하는 내 권리가 침해당한 것일까. 쪼그리고 앉은 다리가 저려오는 것도 잊고, 기주는 곰곰 생각에 빠진다.

학교에 가는 건 기주의 오랜 꿈이었다.

가게 뒤편에 붙은 살림채는 아침마다 전쟁터나 다름없었다. 국민학생부터 고등학생까지, 기주네 집엔 학생이 네 명이었다. 서울에서 대학과 고등학교에 다니는 두 오빠를 뺀 숫자였다. 중고생인 언니들은 한쪽에서 교복 칼라를 다리고, 국민학생인 언니에게 사준 새 크레파스를 오빠가 가로채는 바람에 찡얼거리는 소리가 나고, 헌 크레파스와 새 크레파스 사이에서 중재하는 엄마에게 학교에 낼 돈을 달라며 누군가가 손을 내밀고. 그렇게 왁자하던 언니들과 오빠는 어느 순간 가방을 챙겨 들고 앞서거니 뒤서거니 집을 나섰다. 언니 오빠의 잔해가 흩어진 두레반상 언저리에 달랑 혼자 남으면, 기주는 제가 상 위에 흘린 밥풀이 된 것 같았다. 기주도 다녀오겠습니다, 하는 인사를 남기고 집을 나서고 싶었다.

학교가 어떤 곳인지는 몰라도, 기주는 자신 있었다. 학교에 들어가서 연필 쥐는 법을 배우고 기역 니은을 외우는데 기주는 이미 한글을 떼었다. 학교 근처에도 안 간 아이가 저절로 글을 익혔다는 걸 신기하게 여긴 어른들은 기주를 불러 세워 글자를 읽어보게 했다. 아는 글자를 써보라고 종이와 연필을 주기도 했다. 이렇게 열심히 공부할 준비를 다 했건만 학교가 왜 안 알아주는지 야속하지 않을 수 없었다.

대망의 입학식 날, 엄마는 기주의 가슴 앞섶에 옷핀으로 손수건을 매달아 주었다. 기주는 그 자랑스러운 손수건을 손으로 만지작거렸다. 가슬가슬하면서도 포근한 촉감이었다. 학교가 그런 곳일 것만 같았다.

학교는 기주의 기대에 그다지 어긋나지 않았다. 남들 안 하는 선행학습을 한 덕분에 공부는 쉬웠고, 같이 놀아줄 친구들도 많았다. 언니 오빠가 아닌 동갑내기들이었다. 읍내에서 가장 큰 잡화점 막내딸인 데다 언니와 오빠들이 다닌 학교라서 선생님들은 기주에게 친절했다. 아침마다, 다녀오겠습니다, 낭랑하게 인사를 하고 가벼운 발걸음으로 집을 나섰다. 학교 뒷산에 아까시꽃이 피고 날씨가 더워지기 전까지는 그랬다.

쉬는 시간이면 우르르 변소로 몰려가는 아이들을 보며 기주는 남몰래 절망했다. 있는 용기 없는 용기 끌어 모아 변소 앞까지 가보기는 하지만, 콘크리트로 지은 변소 입구를 하얗게 덮고 어디론가 고물거리며 가는 그것들을 보면, 그만 들어설 용기를 잃고 만다. 구더기의 양은 날씨에 따라, 변소의 위생 상태에 따라 다르다. 어떤 땐 징검다리 딛듯 허연 점이 없는 곳을 딛고 들어갈 수 있지만, 어떤 날엔 아무리 궁리를 해봐도, 작고 고물거리는 그것들을 밟지 않고선 불가능하게 보인다. 그때마다, 기주는 시큰하게 아픈 아랫도리와 빵빵한 배를 견디며 돌아서서 집에 갈 시간만 기다렸다.

"구더기가 널 문다든, 잡아먹는다든?" 모난 데 없던 막내딸의 난데없는 고집에 지친 엄마가 아무리 어르고 달래도 소용이 없었다. 정히 참을 수 없을 땐 학교 뒤 농수로 둑으로 내려가 오줌을 누었다. 지나가는 사람이나 아이들 눈에 띄는 건 아닐까 조바심치며 오줌을 누고 나면, 크게 앓고 난 아이처럼 속이 훌렁해졌다. 일을 마치고 교실에 들어설 때면, 한 책상에 나란히 앉은 짝꿍까지도 아주 멀리 있는 사람처럼 느껴졌다. 구더기를 밟고 학교 변소에 들어가 일을 보고, 나오면서 콘크리트 턱에 신발 바닥을 쓱 긁어내는 여느 아이들처럼 되지 못한다는 절망. 점심시간마다 사라졌다 늦게 나타나는 이유를, 기주는 아무에게도 말하지 않았다. 아이들은 몸이 약한 기주가 집에 가서 특별한 무엇을 먹나 보다,라고 생각하는 눈치였다.

"오줌 오래 참으면 병난다." 늘 되풀이되는 엄마의 걱정을 들으며 밥을 먹고 학교로 향하는 기주의 얼굴은 막 찬물로 세수한 것처럼 말끔하다.

웅덩이를 헤집는 미꾸라지 한 마리

점심시간이 끝나가는 교실에는 신 김치의 퀴퀴한 냄새와 장아찌의 짠 내가 배어 있다. 환기를 위해 연 창문이 바람에 달캉거린다. 기주는 책상 위에 엎드린다. 그득해진 배가 누에처럼 하얀 실을 자아 머릿속에 펼친다. 아물아물, 하얀 연기 같은 게 머릿속을 덮어와 눈꺼풀이 무거워진다.

"넌 사람 말이 말로 안 들리냐?"

잠으로 미끄러져 내려가던 기주는 낚싯줄에 챈 물고기처럼 화들짝 깨어난다. 놀란 나머지 가슴이 꽝꽝 뛴다.

"왜 대답이 없어, 응? 내 말이 말로 안 들리냐고오!"

입안에 침이 가득 고인 듯한 말소리. 구새 먹어 궁근 나무처럼 벙벙 뜨는 발음. 그런 주제에 반에서 가장 큰 덩치에 걸맞게 걸핏하면 교실 안에 쩌렁쩌렁 울리는 목소리. 기주는 뒤돌아본다. 점심을 먹고 놀던 아이들의 시선도 그리로 향하고 있다. 역시 형태다. 기주에 비하면 머리 하나 더 얹힌 만큼 큰 데다, 겨울옷을 여러 겹 껴입은 듯한 덩치. 맨 뒷줄에 앉은 형태 주위에 늘 같이 다니는 패거리들이 몰려 있다. 한숨을 폭 내쉬고 다시 책상 위에 엎드리며 기주는 속으로 말한다. 덩칫값 좀 해라. 형태를 처음 본 1학년 때 이미 그 말이 떠올랐다.

엄마아…… 교실 밖 복도에서 웬 남자애가 제 엄마를 붙잡고 징징거리고 있었다. 덩치로는 1학년이 아니라 3학년도 더 되어 보이는 아이가 며칠째 저러고 있었다. 어제도 그제도 그 애는 제 엄마와 함께 학교에 왔다. 집에서 학교까지 가는 길을 알고 있어서 혼자 다니고 싶은데, 영 마음을 못 놓은 엄마가 언니에게 꼭 붙여 보내는 게 기주의 불만이었다. 그런데 저 덩치 큰 남자애는 입학식 마친 지 열흘도 넘었는데 엄마의 치마꼬리를 붙잡고 온다. 그것도 교실까지. 교실 문 앞에서도 혼자 못 들어오고 제 엄마를 달고 들어온다. 처음엔 읍내에서 멀리 떨어진 곳에 사는 아이인가, 혼자 집에 가기 무서워서 그런가 싶었다. 그 애가 입은 옷도, 그 애 엄마의 화장이며 옷차림도 여느 사람보다 더 화려했다. 읍내, 그것도 아주 잘사는 집일 것이다. 그런데 제 엄마와 떨어지기 싫어서 징징거리다니. 학생이 되었다는 기주의 자부심은, 저런 응석꾸러기와 동급생이라는 것 때문에 형편없이 무너져 내렸다. 대체 저 애는 무슨 생각으로 저러는 걸까.

맨 앞줄에 앉은 기주가 복도에서 벌어지는 그 애와 그 애 엄마의 승강이를 볼 수 있는 건 하필 늘 앞문 앞에서 그러기 때문이다. 그 애는 키가 커서 맨 뒷줄에 앉았다. 앉을 자리가 뒷문 쪽이니 응석을 부리더라도 그쪽에서 그러면 좋으련만, 그 애의 엄마는 교실엔 앞문으로 들어서야 한다는 규칙이라도 있는 것처럼 꼭 앞문으로 들어섰다. 곱게 화장한 뽀얀 얼굴에 날마다 미장원에 들르는 듯 잔뜩 부풀린 머리. 치마폭이 스치며 나는 사각거리는 소리와 은은한 향내 때문에, 그쪽을 보지 않고도 여자가 교실에 들어선 것을 알 수 있다. 아들을 자리에 앉힌 뒤 교실을 나서는 엄마를 보는 그 애의 표정이라니. 몇 집을 돌고도 여전히 빈 동냥 그릇을 들여다보는 거지의 얼굴이 저럴까. 엄마의 치맛자락에 몸을 말고 집으로 돌아가고 싶은 듯 울상이었다. 그 덜떨어진 것 같던 애가 형태였다.

6학년 때 다시 같은 반이 된 형태는 이제 제 엄마의 치마꼬리에 숨고 싶어 하던 아이가 아니다. 덩치만으로도 웬만한 애들 기를 죽여놓을 정도다.

형태의 아버지는 읍에서 '그 사람 모르면 간첩'인 사람이다. 학교에서 반공영화를 단체관람하는, 읍의 유일한 극장. 형태 아버지는 그 극장을 가진 사람이다. 읍내 사람들이 다 사다 쓰는 연탄 공장의 사장이며, 읍내 사람들이 주전자를 들고 술을 받으러 가는 양조장도 형태네 것이다. 그 집에는 변소가 아니라 화장실이 있다. 똥을 누면 텀벙 하고 떨어지는 소리가 나고, 제때 똥을 퍼내지 않으면 똥물이 엉덩이에 튀는 그런 변소가 아니라고 했다. 손잡이를 잡아당기면 물이 똥을 싹 씻어가 세수해도 좋을 만큼 하얀 도기 변기가 있는 화장실.

형태는 그 집의 외동아들이다. 형태의 아버지와 부녀지간이라고 해도 좋을 만큼 나이 차이가 나는 형태의 엄마는 형태 덕분에 '화장실'이 있는 집 안주인이 될 수 있었다. 첩에게서 아들이 태어나자,

형태의 아버지는 읍내 외곽에 집을 사 쓸데없는 딸만 넷이나 낳고 정작 아들은 낳지 못한 채 사십대에 접어든 본부인을 딸들과 함께 그리로 보내고 귀하디귀한 아들과 첩을 들어오게 했다. 아들 덕분에 안방을 차지하게 된 여자가 형태에게 쏟는 정성 또한 읍내의 알 만한 사람이라면 다 아는 사실이었다. 우량아 콘테스트에 내보내도 될 만한 형태의 덩치는, 먹고사는 데 신경 쓸 필요 없는 형태 엄마의 전폭적인 관심과 단골 양키 장수의 합작품이다. 우량한 몸을 키우는 데 열심인 나머지 '몸 튼튼 마음 튼튼'이라는 구호의 균형을 잃었는지, 형태의 마음은 몸의 크기에 못 따라간다. 마음뿐 아니라 공부 머리도 형편없다. 꼴찌에서 몇 손가락 안에 꼽힌다. 게다가 뒷 골목 깡패처럼 늘 서너 명의 추종자를 끌고 다니며 '튼튼한 몸'을 과시한다. 형태가 똘마니들을 데리고 다닐 수 있는 건 두둑한 호주머니 덕분이다. 학교 앞 구멍가게의 단골이며 미제 물건을 쌓아두는 집 아들인 형태는 가끔 제 똘마니들을 일렬로 세워놓고, 손바닥에 코코아 가루나 분말 오렌지주스를 덜어준다. 손바닥에 놓인 그 달콤한 가루를 핥은 아이들의 혓바닥은 검붉어지거나 노르스름해지고, 손바닥은 침과 범벅이 된 분말 때문에 끈적거린다. 그 애들은 꼭 그 손바닥처럼 끈적거리는 짓만 저지르고 다닌다. 여자애들 고무줄 끊기, 치맛자락 들치기, 너른 운동장 놓아두고 여자애들이 팔방치기를 하는 바로 그 자리에서 자치기를 해야 한다며 들이대 밀어내기…… 떼거리로 몰려다니며 저보다 약한 애들을 괴롭히는 그 애들을 볼 때면 어린이 잡지에서 본 아마존의 식인 물고기가 저절로 떠오른다. 사람이든 뭐든, 일단 물에 빠지면 순식간에 달려들어 뼈만 남긴다는 피라니아. 그 애들이 지나간 자리엔 뼈만 남은 물고기 대신 쪼그리고 앉아 훌쩍이거나 분해서 팔짝팔짝 뛰며 고래고래 악쓰는 아이들이 남는다.

주변에서 아이들이 웅성거리는데도 형태의 짜증 묻은 목소리는 튀어 오르며 고막을 찌른다. 기주는 다시 고개를 든다. 교실 뒤, 피라니아들에 가려져 그들이 겨눈 목표물은 잘 보이지 않는다. 통로를 막은 피라니아는 교실 밖으로 나가려는 아이 때문에 잠시 흩어진다. 그 틈에, 가려졌던 작은 아이가 보인다. 전학생 지표다. 쉬는 시간에 뒷문으로 들어서다 걸린 모양이다.

"네가 서울에서 온 것도 아닌데 왜 서울말은 쓰냐고오?"

피라니아 떼를 보고 수초 그늘에 숨어 숨죽인 물고기 떼처럼 갑자기 조용해진 교실에 전학생의 낮은 목소리가 번진다.

"그게 너하고 무슨 상관인데?"

남이야 전봇대로 이빨을 쑤시든 말든, 요강으로 꽈리를 불든 말든. 전학생의 목소리는 흔들림이 없다.

"상관이 있지. 이 몸 비위가 상하신다, 그 말씀이야. 우엑, 우엑! 너 정산리에서 산다며? 정산리 촌놈이면 촌놈답게 굴어야지, 기름독에 빠졌다 나온 것처럼 서울말이나 쓰고 말야. 밥맛없어."

형태를 에워싼 애들 가운데 하나가 잇새로 침을 뱉는 시늉을 한다. 오뉴월 엿가락처럼 말끝이 질질 늘어지고, '아니오'를 '아뉴'로, '했어요'를 '했슈'로 말하는 이곳 사투리 틈에서 아니오, 했습니다, 하는 지표의 말이 두드러지는 건 사실이었다. 학급회의에서 정색하고 발표할 때나 쓰는 말투였다. 하긴 지표는 말수가 적어서, 수업시간에 선생님의 질문에 대답할 때 아니면 대부분 입을 다물고 있었다. 그런데도 그 말씨가 강물에 흘러든 핏물처럼 피라니아를 자극한 모양이다.

조그만 전학생이 피라니아에게 다 물어뜯길까 봐 마음이 조급해진 기주는 정구의 자리를 본다. 개똥도 약에 쓰려면 없다더니. 선생님이 안 계실 때 교실 안의 질서를 휘어잡던 정구가 하필 지금 자리에 없다. 교실 뒤편에서 서성이는 아이들 사이에서도 눈에 띄지 않는다. 그나저나 수업시작 종은 왜 이리 더디 울리는 걸까. 점심시간 시작된 게 언제인데. 텔레파시가 통하기라도 한 듯, 땡땡땡, 종이 울린다.

"너 이름이 박지표라지? 박지이표오? 박쥐표, 박쥐! 야, 이거 박쥐 아냐? 새도 아니고 쥐도 아닌 박쥐. 너는 서울 사람도 아니면서 서울 사람인 척하니까 박쥐야. 시커먼 동굴 속에나 사는 박쥐. 아이고, 구려라, 이게 어디서 나는 냄새야!"

형태는 손으로 코를 감싸 쥐며 몸을 튼다. 패거리들이 손뼉을 쳐가며 웃는다. 그 파동에 모여 있던 피라니아 떼에 틈이 생기고, 그 틈으로 지표가 빠져나온다. 지표는 낄낄거리는 형태 패거리의 웃음을 뒤로하고 좁은 통로를 지난다. 작은 얼굴엔 아무 표정이 없다. 노여움도 부끄러움도 드러나지 않는다. 유난히 큰 눈은 깜박임조차 없어서, 인형에게 박아 넣은 유리 눈 같다. 연탄가스로 이대 독자 아들을 잃고 실성해버린 정육점 아줌마의 눈이 저랬다. 마음이 어디론가 빠져나간 얼굴. 무엇에 짓눌린 듯 작은 키가 더 작아진 것 같다. 그 작은 몸에 거북의 등껍질처럼 단단하게 들러붙은 것은 '박쥐'라는 꼬리표다. 수업시간에는 빗줄기 흘려버리는 학교 뒷산의 바위처럼 딱딱하게 굳어 아무것도 못 받아들이면서도, 남을 골리는 데에는 천재적인 머리를 가진 형태가 붙여놓은.

환한 곳에서는 불꽃을 볼 수 없다

시험지는 아주 얇다. 매끄러운 앞면과 상대적으로 거친 뒷면이 확실히 표가 난다. 어쩌다 뒷면에 등사되면, 답안을 쓰던 연필심이 종이를 뚫기 십상이다. 연필보다 심이 덜 뾰족한 색연필은 좀 덜하지만, 그래도 아차 하는 순간에 찢어질 수 있다. 아이들은 담임이 갖고 와서 두 개씩 나누어준 빨간 색연필의 심을 가늠한다. 심이 부러졌거나 짧으면 실끈을 당겨 돌돌 감긴 종이심을 한 단계 풀어둔다. 오후의 숙진 볕이 교실 어귀에서 서성인다.

"1번에 4."

담임의 목소리가 떨어지자 아이들의 손이 책상 위를 구른다. 할머니들이 아침마다 운세 떼는 화투장처럼 절반씩 겹치게 펼쳐놓은 시험지 위로 빨간 색연필이 동그라미와 사선을 긋고 지나간다. 기주가 맡은 시험지는 생년월일 순서로 매긴 번호의 맨 마지막 그룹이다.

다달이 하는 채점이지만, 채점에는 제법 시간이 걸린다. 스물다섯쯤 되는 문항에 일일이 동그라미와 사선을 긋고, 맞은 개수에 숫자를 곱해서 합을 내야 한다. 그런 다음에는 둘씩 바꿔서 검토한다. 그 과정을 마친 뒤에 번호순으로 모아서 선생님께 드리고 나면 다음 과목의 채점이 이어진다.

국어 시험지를 거둬들인 담임이 잠깐 자리를 비우자 아이들의 입이 한꺼번에 열린다. 각자 채점한 가운데 가장 높은 점수가 몇 점인지, 그게 누구인지 그 짧은 시간에 알아내야 하는 것이다. 정구가 묻는다.

"야, 내 시험지 누가 채점했냐?"

정구가 아이들을 둘러보다가 기주와 눈이 마주치자 묻지도 않았는데 일러준다.

"야, 정기주. 니 꺼 내가 매겼어. 너 국어 다 맞았더라?"

종희가 끼어든다.

"난? 내 건 누가 했냐? 빨리 자수해."

"채종희, 넌 세 개 틀렸어. 내가 매겼어."

상규의 대답에 땡돌처럼 단단하고 야무진 종희의 낯빛깔이 확 바뀐다.

"미쳐, 미쳐. 어쩐지, 3번도 같고 4번도 같더라니. 정기주, 이번에도 네가 일등하겠다?"

종희는 말끝을 살짝 비틀어 올린다. 남자애들 말도 잘 받아치고, 가끔 남자애를 발로 차기도 하는 종희. "난 어제도 그냥 잤어. 큰일이야." 시험 보는 날 아침이면 종희는 엄살을 떤다. 그러나 종희가 시험 때마다 코피를 흘려가며 밤늦도록 공부한다는 걸 아는 아이들은 안다. 종희 엄마가 이웃집 아줌마들에게 말하고 다니기 때문이다. 종희 엄마의 말을 들은 다른 엄마들은 속이 조금 주저앉는다. 어째서 우리 아이는 종희만큼 열심히 하지 않는가, 종희가 세 끼 먹을 때 두 끼 먹이는 것도 아닌데! 그날 밥상머리에선 잔소리가 밥공기에 수북하게 얹히기 마련이다.

시험이 끝나면 종희는 자기 것뿐만 아니라 남의 점수까지 확인한다. 그래야 직성이 풀린다. 제가 노력한 만큼 성적이 안 나온다는 게 종희를 바싹 약 오르게 한다. 늘 골골해서 결석은 물론이고 조퇴도 잦은 데다 덜 눌린 두부처럼 무를뿐더러 자기보다 공부를 더 열심히 하는 것 같지도 않은 기주가 성적이 더 좋다니. 몰래 과외라도 받는 게 아닐까 싶어 기주에게 물었지만 '과외? 우리 집은 그런 거 안 시키는데?' 하는 답을 들었을 뿐이다. 이번에도 만점이라니, 모르지, 과외 받으면서 엉큼하게 말을 안 하는 것인지도. 종희는 속으로 눈을 흘긴다.

"그거야 모르지. 다른 거 다 채점해봐야지, 뭐."

"네가 채점한 것 중에서 제일 점수 높은 앤 누구야?"

기주의 마음속에 망설임이 서성댄다. 전학생 지표는 맨 끝, 72번이다. 주관식 문제의 괄호 안에는 어른이 쓴 것처럼 또박또박한 글씨로 답이 쓰여 있었다. 글자 연습 교본을 겸한 1학년 때 교과서가 생각나게 하는 글씨체였다. 글자의 일부를 점선으로 표시하고 따라 쓰게 한 교과서. 1학년 아이들은 연필심에 침을 묻혀가며 선이 삐뚤어질까 봐 신중하게 그렸다. 그때, 점선으로 표시된 부분을 연필로 이으면 나타나던 반듯한 정자였다.

"전학 온 애, 박지표. 두 개 틀렸더라."

"정말? 박쥐가 두 개밖에 안 틀렸단 말야? 걔 정말 박쥐네. 그렇게 잘하면서 수업시간엔 발표도 거의 안 하다니. 엉큼하기는."

종희는 지표와 기주를 싸잡아서 말한다. 뱉고 나니 속이 조금 시원해지다가 더 분이 난다. 형태가 박쥐라고 별명을 붙인 뒤, 몇몇 아이들은 지표를 박쥐라고 부른다. 남자애들과 잘 어울리는 종희도 그렇게 부른다. 종희가 씹어뱉듯 말한 박쥐, 박쥐의 몸 빛깔 같은 짙은 회색과 맑은 연둣빛이 기주의 눈앞에 아른거린다.

오늘은 풍경화를 그릴 테니, 수업 시작하기 전에 미술도구 준비하고 다들 동산으로 올라가 있거라. 담임의 말에 따라 아이들은 학교 뒷문 옆, 동산으로 올라갔다. 여기저기 흩어져 앉은 아이들의 어깨와 머리 위로 초여름 볕이 환했다. 사방공사를 위한 풀씨 채취나 송충이 구제를 위해 자주 오르는 뒷동산은 아이들의 간식 조달처이기도 했다. 삘기는 씹다 보면 껌처럼 쫄깃해졌고, 진달래꽃이며 아까시꽃도 하루가 다르게 자라는 아이들의 헛헛함을 지워주었다. 실상 거기서 보이는 풍경이라야 빤했다. 가장자리에 빙 둘러 미루나무와 측백나무가 있는 학교 운동장. 콜타르를 먹인 널빤지로 벽을 두른 일제 강점기에 지어진 교사와 대통령 영부인이 좋아한다는 미색을 칠한 새 콘크리트 교사. 학교 앞을 가로지르는 작은 도로변에 옹기종기 늘어선 집들. 그 길을 따라가면 읍내이고, 그 안쪽은 무논이다. 학교 동산에 올라 풍경화를 그릴 때마다 만나는 변함없는 모습이었다. 아이들은 선생님에게 배운 대로 양손의 엄지와 검지로 직사각형을 만들어 눈앞의 풍경을 가두려 했다. 밑그림을 그리고 칠이 시작되자 교실 밖으로 나온 기분에 재잘대던 아이들도 조용해졌다.

담임은 동산에 멀거니 앉아 있다가, 이따금 생각난 듯 아이들 사이로 지나다니며 한두 마디 했다. 지표 곁을 지나치던 담임이 걸음을 멈췄다. "논이라고 연두색만 칠하지 말고, 다른 색도 섞어야 덜 밋밋하지 않겠냐? 구도는 잘 잡았다." 위쪽에 앉은 기주의 눈엔 담임의 시선이 닿은 그림이 보였다. 전체의 절반은 연둣빛이, 나머지는 하늘색이, 그 밖의 빛깔들 위로 회색을 섞은 검정 덩어리가 우뚝했다. 연둣빛은 볏모가 살랑거리는 무논이었고, 짙은 회색은 그 무논 끝, 마을이 시작되는 지점에 있는 이층집이었고 나머지는 하늘이었다. 콘크리트를 바르고 외벽에 페인트를 칠하거나, 좀 잘 지었다 하면 붉은 벽돌로 마감한 슬래브 집들 틈에서 검정에 가까운 진회색 벽돌로 지은 그 집은 눈에 확 띄었다. 그것도 집 바로 옆은 논이었다. 어른들 말로는 언젠가 그 집 바로 앞에 도로가 날 예정이라고 했다. 이층집 주변에 납작납작 엎드린 단층집의 슬레이트 지붕은 이층집의 크기 때문에 걸리버를 에워싼 소인국 사람들 같았다. 그 곁을 떠나려던 담임이 문득 몸을 돌리더니 빙그레 웃었다. "너 이게 누구네 집인 줄 아냐? 이건 우리 반 형태네 집이야. 몰랐지?" 남자인 담임은 웃을 때면 이상하게 아줌마 같아졌다.

그 주일, 청소 당번이었던 기주는 짝꿍 선옥과 함께 쓰레기통을 들고 쓰레기 소각장에 갔다. 교실 뒤편에 놓인 쓰레기통은 아이들이 구겨버린 종이와 과자 봉지, 아무래도 잘못 들어간 듯싶은 딱지 조각 등으로 넘쳐날 지경이었다.

콘크리트로 두른 소각장에선 연기가 모락모락 피어나고 있었다.

쓰레기통을 들어 불타는 쓰레기 더미에 쏟았다. 다 쏟고 세우려는데, 쓰레기통 맨 아래 공처럼 단단하게 뭉친 종잇조각이 보였다. 누군가가 물을 흘려 넣어 바닥에 붙은 것 같았다. 기주는 바닥에 쓰레기통을 엎고 툭툭 쳤다. 아주 잘게 찢은 스케치북 조각은 연둣빛과 하늘색, 짙은 회색투성이였다. 조각을 모아 확인하고 싶은 마음을 꾹 누르고 발로 차서 불길 속으로 굴렸다. 형태 패거리의 놀림을 받고 책상 사이의 통로를 지나던 그 애의 표정 없던 눈처럼, 볕 환한 소각장에서 타는 불은 불꽃이 잘 보이지 않았다.

신용을 받는다는 것은

"지금부터 부르는 사람은 청소 끝난 뒤 교실에 남는다. 한정구, 정기주, 채종희, 박지표……"

박지표의 이름이 불리자 아이들은 서로 눈빛을 나눈다. 시험이 끝난 날, 교실에 남는다는 게 무슨 뜻인지 아이들은 잘 알고 있다. 그건 그 이름의 주인공들이 저희들의 점수를 낱낱이 알게 될 거라는 걸 뜻한다. 두 달 전에 전학 온, 말도 거의 안 하는 그 조그만 애가 어느새 담임으로부터 신용을 받게 되었다니.

아이들은 크게 둘로 나뉜다. 선생님으로부터 '신용 받는' 아이들과 그렇지 못한 아이들. 몇 학년이든 담임이 누구든, '신용 받는' 아이들에겐 공통점이 있다. 우선 공부를 잘하는 아이들. 그 애들은 학력경시대회에 학교 대표로 나가고, 군이나 도에서 벌어지는 여러 대회에 나가서 상을 타 온다. '학교의 위상'을 국기게양대의 태극기처럼 높이 드날리는 것이다. 선생님이 교무실에 놓고 온 무언가를 챙겨온다거나, 선생님 집에 가서 출근길에 빠뜨리고 나온 무언가를 사모님에게 받아오는 단순한 심부름도, 어항에 물고기를 키우는 선생님 집에 가서 물을 갈아주는 일도 그 애들이 도맡는다. 시험이 끝나면 교실에 남아서 채점을 하는 사람도 그 애들이다.

성적과 상관없이 신용을 받는 또 다른 무리가 있다. 학년 초에 담임으로부터 누런 봉투를 받는 몇몇 아이들이다. 그 안에는 학교 육성회 임원이 되어달라는 학교 측의 정중한 요청을 담은 종이가 들어 있다. 그런 애들의 부모는 농협 지점장이나 수리 조합장이나 산림조합장이고, 병원이나 한의원 또는 약국이나 가축병원을 열거나 읍내에서 성업 중인 가게의 주인일 수도 있다. 공부라면 바닥을 기면서도 제 부모의 돈에 힘입어 신용을 받는 형태 같은 애들이 그런 경우다. 그 애들의 부모인 육성회 임원들은 자주 학교에 출입한다. 육성회의가 없는 날에도 곱게 차려입고 교무실을 드나든다. 그런 아이의 엄마들은 학교에도 꼭 단체로 나타난다. 다른 엄마들은 그들을 보면서 치맛바람 피운다고 실쭉거린다. 그러나 그렇게 흉보는 엄마들도, 형편만 된다면 자기의 치맛자락으로 바람을 일으켜 학교 운동장을 쓸고 싶어 한다는 건 아이들도 안다. 치맛바람으로 운동장을 쓰는 엄마의 아이는 옷차림부터 다르다. 고무신이나 운동화가 아니라 개미가 미끄러질 듯 반짝이는 에나멜 구두를 신고, 잡지에 나오는 여배우들처럼 폭 넓은 머리띠로 영근 이마를 드러내기도 한다. 학예회 날, 무대에 단골로 오르는 학생들도 바로 그 아이들이다. 그 애들은 세련된 점퍼스커트 속에 하늘하늘 프릴 달린 블라우스를 갖춰 입고 무대에 올라가 멜로디언 합주를 한다. '높고 높은 하늘이라 말들 하지만 나는 나는 높은 게 또 하나 있지 낳으시고 기르시는 어머니 은혜 푸른 하늘 그보다도 높은 것 같아.' 입에 마우스피스를 물고 건반을 누르는 아이들. 부모의 은혜를 듬뿍 받고 무대 위에 오른 그 애들의 머리 위로는 환한 조명이, 강당에 앉아 있는 아이들의 어깨엔 그 애들이 연주하는 선율이 흘러내린다. 자기 아이의 자랑스러운 모습을 담고 싶은 부모들은 무대 근처로 다가가 카메라 셔터를 누른다.

담임의 호명은 무대 아래, 눈에 띄지 않는 구석에 앉아 있던 작은 박쥐 아니 박지표에게 연말 텔레비전에서 가수왕을 뽑을 때처럼 강렬한 빛을 쏜다. 그 애가 제 엄마와 함께 외삼촌네 집 문간방에 얹혀 지낸다는 걸 아이들은 안다. 아직 학교에 다녀야 할 그 애의 형과 누나들이 일을 하면서 가끔 보내는 돈이 그 애의 공책이며 연필, 크레파스와 스케치북이 된다는 것도. 정산리에서 사는 아이들이 산길에 흘리지도 않고 운반한 소문 때문이다.

청소 당번들은 쪼그리고 앉아서 양초 도막을 바닥에 문지른다. 학교가 지어진 뒤 몇십 년 동안 아이들의 발걸음으로 길들어 거무스름해진 마룻바닥이다. 그러면 마른 걸레를 든 아이가 무릎을 꿇고 앉아 그 위를 문댄다. 발 두 개가 달랑 올라가는 마른 걸레 위에 쪼그리고 앉아 양팔을 앞으로 내밀면, 누군가는 그 앞에 서서 그 팔을 잡아 미끄럼을 태운다. 청소 반, 장난 반으로 청소시간이 길어진다. 채점할 아이들은 교사가 드리운 그림자에 모여 앉아 청소가 끝나기를 기다린다.

"박지표. 넌 집이 정산리라면서? 오늘 채점 끝나면 많이 늦는 거 아냐?"

정구, 기주, 종희, 상규 등 늘 남던 아이들과 달리, 이번에 처음으로 남게 된 지표는 어쩐지 잇몸에 박힌 가시 같다. 보이지는 않으나 까끌까끌한. 그 가시를 혀끝으로 확인하듯, 정구가 묻는다.

"그러잖아도 어머니가 걱정하실까 봐, 성재한테 집에다 말 전해달라고 했어."

"맞아. 성재도 정산리에서 산댔지. 그럼 이따 너 혼자서 가는 거야? 어두워지면 어떡하나?"

"뭐, 다니던 길이니 괜찮을 거야."

기주의 눈앞엔 문득 소각장이, 쓰레기 더미에서 쏟아져 나온 스케치북 조각이 어른거린다. 지표는 정말 밤길도 혼자 걸을 수 있을 것이다.

해가 많이 길어졌는지, 채점을 마쳤는데도 아직 환하다. 시험지를 걷은 담임은 정구에게 돈을 주며, 수고 많았으니 학교 앞 가게에서 꽈배기라도 사 먹고 가라고 한다. 아이들은 한꺼번에 교실 문을 나선다. 늦은 오후의 학교는 적막하다. 낮아진 해를 받은 운동장 가장자리의 측백나무 끝동이 날카롭게 빛난다. 열심히 일하고 난 뒤의 뿌듯한 성취감 같은 게 운동장을 채운다.

"박지표. 너 지난번에 다닌 학교에서 몇 등 했냐? 혹시 일등만 한 거 아냐?"

운동장을 걸어 나오다 정구가 불쑥 묻는다. 기주도 귀가 쫑긋한다.

"뭐, 그런 적도 있고……"

"얀마, 넌 왜 그렇게 말하는 게 영감 같냐? 기면 기고 아니면 아닌 거지. 너 혹시 거기서 전체 일등 했던 거 아냐?"

지표는 그냥 웃는다. 한쪽 입귀를 좀더 치킨 웃음이 묘하게 어른스럽다. 지표가 대답을 안 하니 정구도 더 캐묻지 않는다. 교문 앞에 다다르자 지표가 몸을 돌린다.

"난 그냥 먼저 가야겠다. 말은 해놓았는데 아무래도 어머니가 걱정하실 거 같아서."

"야, 그래도 선생님이 먹으라고 주신 거는 먹고 가야지. 너 선생님 성의를 무시하는 거야?"

이번엔 종희가 발목을 잡는다. 앉아서 꽈배기를 먹다 보면 이야기가 길어지기 마련이다. 각자 외우고 있는 고득점자의 점수를 합산해서 그달의 일등이 누구인지 미리 알아내는 것도 그때다. 선생님의 성의를 무시하느냐는 말이 돌아서려던 지표의 발목을 잡았다. 이럴 수도 없고 저럴 수도 없는 난감함이 지표의 얼굴에 어린다. 상규가 중재한다.

"그러지 말고 같이 가자. 선생님이 수고했다고 사주시는 거니까 여기엔 네 몫도 있어. 정 늦을까 걱정되면 먹지 말고 네 꺼만 싸갖고 가면 되잖아."

"그럼 되겠다."

기주는 그런 생각을 제가 왜 먼저 하지 못했던가 싶다. 그럼 담임의 성의를 무시한 것도 아니고, 지표네 엄마의 걱정도 덜 수 있으니 일석이조다. 눈 사이가 멀어서 순해 보이는 상규가 다시 보인다.

다음다음 날, 담임은 종례시간에 박지표를 불러일으킨다. 짝짝짝, 놀람 섞인 박수 소리가 교실에서 잘게 부서진다. 이등으로 물러난 기주가 박수 치는데 어깨에 무언가 얹힌다. 고개를 돌리니 종희가 바라보고 있다. 기주와 눈이 마주치자 종희가 삐죽이 웃는다.

눈 닿는 곳 도사린 요괴들

벨소리를 듣자마자 셰퍼드 해피가 사납게 짖는다. 컹컹컹, 컹컹, 컹! 목줄을 팽팽히 당기며 짖는 개소리가 가뜩이나 시끄러운 형태의 마음을 불뚝거리게 한다. "시끄러, 이 개새끼야!" 외치는 것만으로 분이 풀리지 않아 발로 대문을 뻥 찬다. 그제야 형태의 목소리를 알아들었는지 끄으응, 분하다는 듯 꿍얼거리다 조용해진다. 어릴 때와 달리 아버지가 형태에게 차갑게 대할 때가 잦아졌다. 아버지한테 야단맞고 나면 형태는 해피한테 분을 푼다. 이따금, 형태가 속으로 뜨끔할 정도로 사나운 눈으로 해피가 노려보는 것도 그 때문이

43

다. 밤이 되기 전까지는 늘 목줄에 매여 있으니까 걱정할 필요는 없다. 찰칵, 문이 열린다. 엄마가 문을 열면 확 풍겨오는 향기 대신 집안일을 돌보는 한실댁의 너부데데한 얼굴이 맞는다.

"다녀왔어?"

"엄마는?"

"모임 있다고 나가셨어. 저녁 먹고 들어오신대."

오늘도 혼자 저녁을 먹어야 한다. 아버지는 사업상 대개 밖에서 먹는다. 밤에 술이 떡이 되어 들어오면 현관문을 들어서기가 무섭게 눕는다. 아버지를 안으로 끌어들여 잠자리에 뉘는 건 형태의 일이고, 물수건으로 얼굴이며 손발을 씻기는 건 엄마의 일이다. 다음 날 아침이면 아버지는 부석부석한 얼굴로 해장국을 뜨면서 툴툴거린다. "그놈의 돈 벌자고 몸상하며 술 마시는데 간도 안 맞춘 국을 먹어야 한다니!" "아줌마가 자꾸 간을 못 맞추네. 내보내야 할까 봐. 간장 드려요?" 엄마는 입안의 혀처럼 굴지만, 아버지가 상을 떠나면 호렴 한 줌 털어넣은 표정으로 꿍얼거린다. "요정 년들 치맛속 손 집어넣는 재미로 가면서!"

너른 거실엔 환한 햇살만 가득하다. 햇살 들어찬 거실은 졸음을 부른다. 가방을 던져놓은 채 소파에 비스듬히 눕는다. 아줌마가 잔에 우유를 가득 채워다 준다. 비릿한 듯 고소한 맛이 혀를 거치고, 위장을 채운다. 속이 조금 뚫리는 것 같다. 그 촌놈은 우유 같은 건 먹어본 적도 없겠지? 머리가 좋아지는 우유 같은 건 구경도 못했을 촌놈이 오자마자 일등이라니. 한 주먹거리도 안 되어 보이는 녀석이! 쥐방울만 한 게 낯선 교실에 들어와서 처음부터 꿀리는 기색이 없었다. 게다가 책 읽는 것처럼 또박또박한 말투라니, 골고루 비위에 거슬렸다. 차림새로는 분명 지지리 가난해 보였다. 기죽어 마땅한 애가 뭐라도 되는 것처럼 의젓한 게 주는 거 없이 미웠다. 미운 걸 참을 이유가 없었다. 맛을 보여주어야 했다. 밖에 나갔던 녀석이 들어설 때 발을 걸었다. 녀석은 발이 걸리자마자 얼른 양옆의 책상을 짚었다. 박쥐 같은 새끼! 자빠져야 할 녀석이 자빠지지 않으니 미운털이 더 자랐다. 몸을 추스른 녀석이 발 위로 넘어가려 해서 발을 들어 올렸다. 녀석은 왜? 묻는 듯 바라보았다. 그 커다란 눈이 또 거슬려서 마음껏 놀려주었다. 쫄아도 한참 쫄았어야 할 녀석이 그냥 똥 밟은 표정을 짓는데 수업 시작 종이 울렸다. 운 좋은 녀석이었다. 아무래도 단단히 맛을 보여주어야 속이 후련할 것 같았다. 시험 보는 날로 날을 잡았는데 하필 담임이 부른 채점자 명단에 박쥐가 끼여 있었다. 어쩌면 녀석이 겉보기와 달리 든든한 백이 있을지도 모른다는 생각이 들었다. 다음 날 정산리 사는 애를 변소 앞으로 불러냈다. "너 박지표랑 같은 동네 살지?" 들은 대로였다. 누나와 형들은 서울에서 공장에 다니거나 식모로 일하고, 막내인 녀석과 엄마 단 둘이 외삼촌네 집으로 와 문간방에서 지낸다고 했다. 녀석의 엄마는 그 집의 식모나 다름없이 일하고 밤에는 청올치를 한다고 했다. "청올치? 그게 뭐냐?" "청올치가 뭔지 몰라? 우리 동네에선 그거 다들 아는데." 읍에서 손꼽히는 부잣집 아들, 급식으로 받는 옥수수빵 같은 건 거들떠도 보지 않는 형태가 그런 것도 모른다는 게 신난 모양이었다. 공연히 물어보았다. "얀마, 읍내에선 듣도 보도 못했다. 정산리 같은 촌구석에서나 하는 말이지." 정산리 애들은 하나

같이 재수없다는 생각이 들었다. 그깟 거 모르는 게 뭐가 어떻다고. "됐어, 그까짓 건 알 필요 없고." 텔레비전 구경도 못했을 촌놈이 떠드는 게 듣기 싫었다. 그러면 그렇지, 그런 백이 있을 리가 없었다. 그냥 소 뒷걸음질 치다 쥐 밟듯, 담임이 새로 온 애니까 한번 시켜 본 것이리라. 내 이 자식을 그냥! 그날 바로 요절을 낼 생각이었는데 종례시간 담임의 잔소리가 늘어지는 바람에 파투 났다. 담임이 앞문으로 나가자마자, 다른 반 정산리 애들이 뒷문을 열고 자기 동네 애들 이름을 불렀다. 잽싸게 나가던 박쥐 새끼. 아무래도 박쥐가 틀림없다. 그날 날 받은 걸 알아차린 게 틀림없다. 닭 쫓던 개 지붕 쳐다보는 격이 되고 말았다. 민수가 "아, 저 박쥐 새끼 가버렸네" 하는 순간 민수를 걷어차고 말았다. 종로에서 뺨 맞고 한강에서 눈 흘기듯 엉뚱하게도 충복이나 다름없는 민수에게 분풀이한 것이다. 내일은 꼭! 종례가 끝나자마자 보쌈하듯 다른 애들로 에워싸 쓰레기 소각장 뒤로 끌고 갈 참이었다. 어디서 굴러들어왔는지도 모를 가난뱅이 촌놈과 누구나 알아주는 부잣집 아들의 차이를 확실히 알게 해줄 생각이었다. 그랬는데, 그 촌놈이 정구나 기주 같은 아이들을 다 밀어내고 일등을 했다.

여태까지, 학교에서 피운 크고 작은 소란은 엄마가 교무실로 찾아와 슬쩍 놓고 가는 돈 봉투로 다 해결되었다. 그래도 일등 한 아이를 건드리는 건 아무래도 꺼림칙했다. 전학 와서 정산리에서 사는 촌놈이 일등 했다는 걸 아버지가 알게 되면…… 연탄공장에서 일하는 김 주사는 같은 학년 순애의 아버지다. 학교에서 벌어지는 일이 아버지의 귀에 들어가는 건 잠깐이다. "그만큼 아버지가 너한테 거는 기대가 큰 거야. 그러니 공부 좀 열심히 하렴." 엄마는 아버지를 감싸지만 막상 죽어나는 건 형태 자기다. 남의 집 애들은 학용품도 제대로 안 사주고 밥도 제때 못 먹이는데도 일등 한다는 게 밥상머리의 주제가 될 것이다. "돈 벌면 뭐 해, 번 돈 지키려 해도 머리가 있어야 하건만." 그러면서 불이 쏟아지는 눈으로 쏘아볼 것이다. 불길에 데는 걸로 끝이 아니다. 밥상을 물리기가 무섭게 엄마는 형태의 방으로 따라 들어온다. "그러게 공부 좀 열심히 하라니까. 내가 너 하나 믿고 사는데 그럴 수 있어? 아버지가 네 큰 매형인지 뭔지한테 극장 맡긴 것만도 속이 뒤집어지는데, 게다가 둘째네가 요즘 연탄공장 드나든다잖아. 이러다 덜컥 그 인간들에게 넘겨주면 우린 그야말로 알거지가 되는 거야." 속상한 건 형태도 마찬가지였다. 아버지가 큰집 큰누나의 남편에게 극장 관리를 맡긴 뒤로는 극장 무대에 서지 못했다. 극장은 영화관이자 가수들의 공연장이기도 했다. 서울에서 내려온 인기가수의 공연이 있는 날엔 극장이 꽉 찼다. 그럴 때면 꽃다발을 들고 무대에 올라가 인기가수에게 전하는 화동 노릇을 도맡았다. 흰 셔츠에 나비넥타이를 메고 무대에 올라 꽃을 전하면 객석에서 박수가 쏟아졌다. 꼭 형태 자신에게 주는 박수 같았다. 텔레비전에서나 보던 가수들이 미소를 듬뿍 지으며 머리를 쓰다듬어주곤 했다. 극장에서 공연이 있을 거다, 라는 말을 들으면 나비넥타이와 머리 위로 쏟아지는 조명과 귓전에서 울리는 박수 소리가 먼저 생각났다. 지난해, 아버지가 극장에서 손 뗀 뒤로는 무대 맛을 볼 수 없었다. 박수 치는 사람들 틈에 앉아 무대에 오른 그 집 딸의 무용복 같은 드레스로 쏟아지는 불빛을 봐야 했다. 부쩍 자란 형태의 몸에 맞춰 새 셔츠까지 장만했던 엄마는 그 며칠 전, 무대에 오르는 게 형태가 아니라는 걸 알고 아버지에게 바가지를 긁었다. "이건 말이 안 된다, 형태는 이 집의 외동아들 아니냐, 대를 이을 아들이 무대에 오르는 게 아니라니, 당신 손녀인지 뭔지는 다섯 살인가 네 살인가밖에 안 되지 않냐, 그런 애가 무대에 오르면 사람들이 이 집안을 얼마나 우습게 보겠냐, 듬직한 형태가 오르는 거랑은 천지 차이다……" 토한 뒤 느적느적 흘러내리는 침처럼 기나긴 엄마의 하소연을 듣던 아버지는 입에 모은 침을 단번에 뱉듯 짧게 끊었다. "내버려 둬! 어차피 걔들한테 맡긴 거니까, 지들이 알아서 하게." 엄마의 불안은 더 심해졌다.

아줌마, 나 시원한 주스 좀 줘요. 시내에 다녀온 엄마가 들어서자마자 외치고 주스를 벌컥벌컥 들이켤 때가 있다. 방으로 들어오며 엄마는 혼잣말한다. 그놈의 계집앤 날 못 잡아먹어 한이라니까. 누가? 공연히 물었다. 말이 폭포수처럼 쏟아진다. 누군 누구겠냐? 은준지 네 막내누난지 하는 걔 말이다. 시장에서 지나가다 마주쳤는데 계집애 성질이 얼마나 드센지, 꼭 독사 같은 눈으로 바라보더라. 그런데 걘 이번에도 일등 했다고 제 엄마가 동네방네 자랑하고 다닌단다. 내가 너 때문에 네 아버지한테 입이 열 개라도 할 말이 없어! 지금은 아니라고 해도, 이러다 네 아버지가 은주 대학 보낸다고 하면 넌 뭐가 되냐? 네 아버지도 늙으면서 기댈 데라고는 그래도 식구들밖에 없다고 하는데. 잘난 자식 키운다고 은주 밀어주기 시작하면 너랑 나는 쪽박 차는 거야. 정신 차려, 이것아!

계집애가 대학은 무슨, 은주가 대학에 가겠다고 할 때마다 아버지는 그렇게 말한다는데, 그래도 아버지의 마음이 바뀔까 봐 엄마는 전전긍긍한다. 은주가 대학에 가면 등록금도 등록금이지만, 도시에 집을 장만할 것이다. 형태가 물려받아야 할 재산이 축나는 걸 보고 있을 엄마가 아니다. 그런 판에, 이번에도 60등 안쪽으로 들기 어려울 것 같다. 통신표 나오면 또 한소리 들을 것이다. 게다가 전학 온 정산리 촌놈이 일등이라는 것까지 알게 되면! 그 녀석에 대한 미움이 속에서 들끓는다. 아무리 미워도 일등 먹은 애를 건드릴 순 없다. 저절로 한숨이 나온다. 신 포도라며 돌아서는 여우가 된다. 하긴, 찢어질 듯 가난한 집 아이라니 공부라도 잘해야지. 나야 나중에 아버지 재산 물려받으면 되니까 공부 같은 거 열심히 할 필요 없지만.

마침 엄마도 없겠다, 텔레비전을 켠다. 시간이 딱 맞았다.

어둠 속에 숨어 사는 우리들은 요괴인간
사람에게 모습을 보일 수 없는 괴물 같은 이 몸뚱아리
빨리 인간이 되고 싶다 어두운 숙명을 떨쳐버려
벰! 베라! 베로! 요괴인간!

만화영화가 막 시작된다. 순찰을 다녀온 경찰관들이 서장에게 보고한다. 그들이 나가고 서장도 퇴근하려 하는데 갑자기 경찰서의 불이 꺼졌다 들어왔다 한다. 밖에서 무슨 불덩어리 같은 게 들어오더니 경찰의 머릿속으로 들어간다. "넌 지금부터 내 말을 듣게 될 것이다." 쓰러졌던 서장은 일어나더니 무슨 장부를 뒤적인다. 독방에

수감된, 사형이 확정된 강도살인범을 찾아낸다. "수상한 남자와 여자 그리고 아이. 이 셋을 죽이면 감방에서 나가게 해준다"는 명령을 내린다. 서장의 명령을 받은 남자는 요괴인간들을 쫓고, 요괴인간들은 아슬아슬하게 피해 다닌다. 요괴인간들이 피할 때마다 형태는 주먹을 불끈 쥔다. 아쉽다. 저런 요괴들은 다 죽여 없애야 하는 건데! 알 수 없는 인간들은 다 요괴다. 피죽도 제대로 못 먹는 것 같은데 일등 하는 아이도 요괴이고, 제가 늘 오르던 무대를 자기 딸에게 내준 매형인지 하는 인간도 요괴고, 아장아장 걸어가서 꽃다발을 바치던 그 집 딸도 요괴다. 요괴들은 싹 쓸어내야 해!

애국심인가 권선징악인가?

계모의 모함으로 집을 쫓겨난 장화는 결국 물에 빠져 죽임을 당하게 된다. 홍련은 푸른 새의 인도를 받아 언니가 물에 빠져 죽은 것을 알게 된다. 슬픔에 잠긴 홍련. '그러는 중 하늘에서 홍련을 부르는 소리 더욱 정신이 비감하여 좌우의 나무를 부여잡고 나는 듯이 물속에 뛰어든다. 아! 이 슬픈 광경에 해와 달도 빛을 잃고 그 후로는 물 위에 안개가 자욱한 가운데 슬피 우는 소리가 밤낮으로 그치지 않는다.'

기주는 문득 책에서 눈을 들어 창밖을 내다본다. 가을이 성큼 오는지, 해가 짧아졌다. 사위에 서먹한 저녁 기운이 돌고 있다. 기주의 마음속에도 파르스름한 이내 같은 게 낀다.

기주는 같은 책을 두번째 읽고 있다. 처음엔 그냥 이야기에 빠져들었는데, 두번째 읽자니 마음속에서 의문의 푸른 새가 꼼질꼼질 날개를 편다. 기주가 읽는 『한국고전문학 5』에는 「유충렬전」과 「숙향전」 「장화홍련전」이 실려 있다. 유충렬의 아버지 유주부는 귀양 가던 도중에 멱라수에 빠져 죽으려고 했다. 충렬의 엄마는 강에서 충렬을 잃고 물에 빠져 죽으려다 구출된다. 충렬을 구해준 강 승상의 부인 소씨는 또 어떤가. 소씨 부인은 승상이 역적이라는 모함을 받자 물에 빠져 죽는다. 사향이라는 종년의 모함을 받고 쫓겨난 숙향도 죽으려고 물에 빠지더니 장화마저 물속에 첨벙!

왜 옛날이야기에 나오는 사람들은 하나같이 물에 빠져 죽은 것일까. 지금처럼 연탄이 있었던 것도 아닐 테고 장작불에서 유독 가스가 나온다는 이야기는 듣도 보도 못했으니 가스 중독으로 죽을 순 없었으리라는 건 짐작할 수 있다. 그걸로 의문이 해결되는 건 아니다. 라디오나 텔레비전의 사극에 종종 등장하는 사약은 구하기 어려운 거였을까. 아녀자들이 품고 다녔다는 은장도는? 저고리 고름으로 목매달 수도 있었을 텐데? 문득 떠오른 의문에 붙들린 기주는 삼천포로 빠져서 고개만 갸웃거린다.

어쩌면 물속엔 오랜 세월 물에 빠져 죽은 물귀신들이 버글거리는지도 모른다. 그래서 그 물을 들여다보면 물속으로 몸을 날리고 싶게 만드는 거 아닐까. 물속에서 흐느적거리는 수초가 가끔 사람의 머리카락처럼 섬뜩한 걸 생각하면 그럴 법하다.

"아니라니까, 주제는 국가와 임금에 대한 충성심이라니까!"

단어마다에 심을 박은 듯 단단한 말투가 기주의 생각을 툭 치고 들어온다. 정구다. 여기저기 흩어져 책을 읽던 아이들이 한꺼번에 고개를 든다. 책상 사이 통로를 사이에 두고 떨어져 앉아 있던 정구와 지표가 마주 보고 있다.

'자유교양문고'라는 이름을 달고 각 교실 뒤편에 비치된 책은 교과서 말고 다른 책을 가져본 적 없는 아이들에겐 좋은 선물이었다. 문제는, 책을 읽을 땐 재미있지만, 그 뒤에 시험이 기다리고 있다는 점이었다. 각 반에서 공부깨나 한다는 아이들은 교실에 남아서 시험에 대비해야 했다. 읍 단위, 군 단위, 도 단위…… 옛이야기의 주인공에게 첩첩이 이어지는 고난 같은 시험이 기다리고 있었다. 유충렬이 입은 갑옷은 '용린갑'이고, 가진 칼은 '장성검'이며, 그 칼로 역적의 목을 벤 유충렬에게 천자가 내린 벼슬은 '대명국대사마도원수'…… 유충렬의 아버지 유주부가 간신들의 모함을 받아 억울하게 귀양을 간 곳은 연경인가, 남경인가, 북경인가? 외워야 할 것이 너무 많았다. 밑줄을 쳐가며 요점을 외운 아이들은 문답식으로 자기가 외운 것을 확인했다. 정구와 지표가 책상 앞뒤에 앉아 문답식으로 물어보다가 둘의 의견이 엇갈린 모양이다.

"네 말도 맞는데, 전체적으로 보면 덕은 외롭지 않다, 그래서 권선징악이 주제라고 생각해."

정구가 성급한 몸짓으로 책장을 넘긴다. 기주도 헷갈렸던 기억이 나서, 책 앞머리의 '해제'를 펼친다.

"이 소설의 주제는 주인공의 영웅적인 활동을 통하여 국가와 임

금께 대한 신하로서의 충성입니다. 주인공의 영웅적인 활동은 오로지 국가와 임금을 위한 것이었습니다. 주인공이 산수에 들어가서 도승을 만나 무술을 배우는데 그 목적이 충성에 있고, 동기도 장래 국가와 군왕의 위기를 구출하려고 하는 준비에 지나지 않는 도승이 주인공에게 무술을 가르쳐주면서 일러주는 말도 그렇습니다."

이것만이면 간단할 것을, 해제는 또 이렇게 끝난다.

"충성 또는 애국이란 마땅히 사람으로서 걸어가야 할 길이지만, 그 앞에는 박해, 고난이 첩첩이 쌓여 있는 것입니다.' '그러나 덕은 외롭지 않다.' 바르게 인생의 길을 걸어나갈 때, 길은 열립니다. 인생에는 기적이 있읍니다. 꽉 막힌 것 같은 암담한 현실이 아침 해에 사라지는 밤의 암흑처럼 걷힐 때가 있읍니다. 「유충렬전」의 작가가 말하는 부처님의 가호가 그런 것 아닐까! 그러므로 이 소설은 모든 고대 소설이 그러하듯 우리에게 한없는 교훈을 던져줍니다. '악을 선으로 이기라' 하고."

무심코 깎아 버린 손톱이 사람으로 둔갑해서 나타난 것 같다. 거울을 들여다보듯 똑같은 얼굴에 똑같은 옷차림을 한 두 사람을 두고, 어느 쪽이 진짜 사람인지 가려내는 것이나 다름없다.

"야, 니들은 뭐가 주제라고 생각하냐? 애국심이냐, 권선징악이냐?"

결론을 내리지 못한 정구가 묻는다. 아이들은 섣불리 대답하지 못한다. 종희가 먼저 입을 연다.

"그야 물론 충성심이지."

"난 권선징악이 더 맞는 것 같은데."

상규가 자신 없다는 듯이 대답한다. 저마다 의견이 엇갈리면서, 순식간에 교실이 와글거린다. 정구는 말없이 지켜보는 기주에게 묻는다.

"정기주? 넌 어떻게 생각해?"

"난 잘 모르겠어. 둘 다 맞는 것 같은데? 내일 선생님께 여쭤보면 어떨까?"

"정기주, 너도 박쥐야? 둘 다 맞는 것 같다니. 그런 게 어딨어?"

둘 다 맞는 것 같은데 어쩌란 말인가. 솔직한 대답에 툴툴거리는 반응이 오자 기주는 대꾸하지 않고 책으로 눈을 돌린다.

'선을 쌓아야 선을 보고, 악을 쌓으면 악을 본단 말이 옳다. 남의 부모 된 자는 깊이 생각할 일이다.' 기주는 책장을 덮는다. 「장화홍련전」의 마지막 구절이 마음속에서 소용돌이치며 의문의 물거품을 피운다.

엄마는 늘 말한다. 남의 눈에 눈물 나게 하면 내 눈에는 피눈물 난다. 형태의 엄마는 본부인을 내몰았다. 엄마의 말대로라면 피눈물을 흘려도 철철 흘려야 할 판이다. 그런데 피눈물은커녕 좋은 옷에 온갖 보석으로 치장하고 선생님들에게도 대접을 받는다. 형태는 또 어떤가. 공부머리는 깡통이면서도 남을 골리는 데에는 천재인 애가 형태였다. 놀부나 뺑덕어미가 되살아나 심술 대결을 하자 해도 꿇리지 않을 것이다. 소아마비 걸린 아이의 뒤를 절룩이는 걸음으로 쫓아다니며 "헤이 찐따, 찐따!" 외치다 확 밀어뜨리고, 한쪽 눈이 먼 아버지를 둔 아이 앞에선 한쪽 눈을 찡긋거려 결국 그 애 눈에 눈물이 쏟아지는 꼴을 보면서 웃고, 반벙어리인 다른 반 여자애의 많은 머리를 걸핏하면 잡아당기고. 다른 애들보다 얼굴이 뽀얗고 소처럼 눈이 커다란 그 애는 머리채를 잡아당기는 바람에 목이 뒤로 젖혀져도 어버버, 목젖에 걸린 소리만 낼 수 있을 뿐이었다. 그걸 보면서 형태 일당은 낄낄거렸다. 여자아이들이 선생님에게 일러서 교무실로 불려가기도 했지만 그때뿐이었다. 그러더니 가뿐하게 서울로 날아갔다.

"그동안 반 친구들과 즐거웠는데 헤어지게 되어서 섭섭합니다. 다들 상급학교에 진학해서 만났으면 좋겠습니다."

형태는 작별인사를 열심히 연습한 듯 단숨에 말을 마쳤다. 벙벙 뜨던 말투도 제법 의젓하게 가라앉았다. 얼굴엔 쑥스러움마저 어른거렸다. 맴 매앰, 맴. 열어놓은 창문으로 매미 소리가 왁자하던, 여름방학 직전의 어느 날이었다. 형태가 고개를 숙여 인사하자 뒤편에 앉은 형태 패거리들 사이에서 먼저 짝짝짝 박수 소리가 났다. 누군가는 극장의 어둠 속에서 울리는, 손가락을 입에 넣어 부는 호각 소리를 내기도 한다. 형태 때문에 울거나 팔팔 뛰었던 여자애들은 속이 후련해진 나머지 누구보다도 열심히 박수를 쳤다.

보기만 해도 먹은 게 얹힐 것 같은 형태가 떠나니 앓던 이 빠진 듯 시원할 줄 알았는데 기주의 마음은 추를 매단 듯 묵직했다. 책보기를 사약 받듯 하고, 사람을 축구공처럼 갖고 노는 철딱서니 없는 형태도 날개 달고 날아가는데. 형태네는 형태가 학교에 다닐 수 있도록 서울에 집을 샀고, 형태의 엄마가 그 집에 식모를 두고 서울과 이곳을 오가며 두 집 살림을 살 거라는 말을 듣고 나니 더욱 그랬다.

고전의 한결같은 주제인 권선징악은 대체 언제 이루어진단 말인가. 책에 실린 말과 세상 돌아가는 건 왜 따로 노는 걸까. 기주는 그만 책을 덮고 두개골 안에서 뇌가 달각거리는 듯 무거운 머리를 팔위에 얹고 엎드린다.

"또 우긴다. 삼태성은 가슴이고 대장성이 등이라니까!"

답답해서 가슴이라도 치고 싶다는 목소리가, 기주가 엎드린 책상을 타고 귀에 울린다. 기주는 고개를 든다. 다시 정구와 지표다.

"유충렬이 태어났을 때 그랬어. 가슴은 천지조화를 품었는데 가슴엔 대장성이 박혀 있고…… 삼태성은 등 위에 주홍으로 새겨 있다고."

"나 참, 미치겠네. 유충렬이 거지꼴이 되어 돌아다닐 때 모습 그린 데서 삼태성이 가슴에 있다고 그렇게 나온단 말야. 어디더라…… 여기다. 얘들아. 여기 와서 이것 좀 읽어봐!"

정구는 자기가 펼친 책장을 아이들 눈앞에서 휘 둘러 보인다. 그리고 크게 읽는다.

"충렬은 선인과 이별하고 정처 없이 다니면서 마을마다 걸식하고 이 집 저 집에서 잠을 잤다. 얼굴이 초췌해지고 행색이 가련하다. 가슴에 있는 삼태성은 때 속에 묻혔으며, 등에 있는 대장성은 갈가리 찢어진 누더기에 싸여 있다. 활달한 기남자가 한낱 걸인의 모습이 웬일이며, 자미성 대장이 진토 될 줄 누가 알았으랴?' 이래도 아니라고?"

정구는 득의양양하다. 정구가 읽는 걸 듣던 지표가, 그새 찾아놓은 페이지를 말없이 펼친다. 종희가 책을 잡아채더니 읽는다.

"'아기는 벌써부터 웅장하고 기이하게 생겼다. 천성이 널찍하고 턱이 받쳤으며 양미간에 강산 정기가 띠어 있다. 명월같이 넓은 가슴은 천지조화를 품었는데 가슴에 대장성이 뚜렷하게 박혀 있고, 삼태성은 등 위에 분명히 주홍으로 새겨 있으며 웅장하고 기이한 품이 범상치 않았다.' 정말, 여기는 이렇게 나와 있는데? 강정구, 그 책 좀 줘봐. 어, 여긴 또 반대잖아? 야, 니들 둘 다 맞아."

"뭐야, 이거. 누가 책을 이따위로 만들어서 헷갈리게 하는 거야."

정구는 못마땅하다는 듯 혀를 끌끌 차지만, 지게 가득 지고 온 땔나무를 부려놓은 나무장수처럼 홀가분한 표정이다. 생각난 김에 선심도 쓴다.

"오늘은 그만하고 집에 가자. 다들 집에 가서 한번씩 더 읽어오도록!"

"지표야, 잘 가." "내일 보자." 다들 시내 쪽인데 지표 혼자 반대 방향이다. 정구와 상규 등이 앞서고, 종희와 기주가 그 뒤에서 나란히 걷는다. "참, 나 상규한테 물어볼 말 있었는데! 기주야, 잠깐만. 상규야, 아까……" 종희가 상규에게 다가서느라 몇 발짝 급히 나아간다. 뒤처진 기주는 살짝 뒤돌아본다. 지표는 그새 저만큼 멀어져 있다. 함께 걸을 땐 여럿의 발걸음에 맞추더니, 혼자가 되자마자 재게 걸은 모양이다. 정산리, 한 번도 못 가본 동네다. 산길을 걸어야 한다는데, 산길을 혼자 걷는 건 얼마나 무서울까. 어쩐지 지표가 어린 동생 같다. 송충이 구제하던 날엔 오빠 같았는데.

아이들은 빈 깡통과 나뭇가지를 꺾어 만든 젓가락을 들고 학교 뒷산에 올랐다. 남자아이들은 송충이를 젓가락으로 집어 들고 여자아이의 눈앞에 불쑥 들이미는 장난을 했다. 엄마야! 여자애들의 비명이 곳곳에서 터져 나왔다. 보기만 해도 징그러운 게 송충이였다. 젓가락을 들고 아이들을 따라다니면서도, 기주는 제 눈에 송충이가 띄지 않기만 바랐다. 나무 사이로 걷다 보면 곳곳에 튀어나온 돌 때문에 발 딛는 데에도 조심해야 했다. "정기주, 잠깐만!" 뒤에서 들려온 목소리에 기주는 고개를 돌리려 했다. "고개 돌리지 말고, 그냥 서 있어봐." 낮지만 힘 있는 목소리에 표준말, 지표였다. 기주는 그 말대로 앞을 본 채 서 있었다. 전학 온 지 얼마 안 된 지표가 제 이름을 안다는 게 놀라웠다. 어깨 위를 툭 치고 지나가는 손길. "이제 됐어." 고개를 돌리자 발 옆에서 꿈틀거리는 굵은 송충이가 먼저 보였다. 엄마야, 기주는 팔짝 뛰었다. 지표가 빙긋 웃었다. "너도 송충이는 무서워하는구나. 네가 못 봐서 다행이야."

"기주야, 어딜 가. 국기강하식이야."

종희가 팔을 붙잡는 바람에, 퍼뜩 정신이 돌아온다. 아이들은 길가에 우뚝 서 있다. 허공에서 우렁우렁, 스피커를 통한 소리가 울린다. "나는 자랑스러운 태극기 앞에, 조국과 민족의 무궁한 영광을 위하여 몸과 마음을 바쳐 충성을 다할 것을 맹세합니다."

주제가 충성심인지 아닌지 갖고 다투던 정구와 지표. 대뜸 목소리부터 높이던 정구와 크지도 높지도 않지만 단단하던 지표. 어느 한편이 이긴 게 아니라서 다행이었다. 잘못은 책을 허술하게 만든 사람에게 있었으니. 애국과 충성을 말하는 책이 그렇게 엉망이라니. 군인이 총칼을 들고 나라를 지키듯, 나라에 충성하려면 책 만드는 사람이 책을 잘 만들어야 하는 거 아닌가. 소금기둥이 되었던 사람들이 움직이자, 기주도 걸으며 그런 생각을 한다.

개흙처럼 반질거리는 의문

운동장을 거침없이 달려온 바람이 덜커덩, 유리창에 몸을 부딪는다. 뒷동산에서 미끄럼 탄 바람이 복도 쪽 창에서 덜컹, 하고 맞이한다. 오랫동안 비워서 썰렁하던 교실 안이, 창문에서 덜컹이는 소리 때문에 더 스산하게 느껴진다.

오랜만에 보는 아이들은 뭔가 조금씩 달라진 듯하다. 버짐이 앉은 얼굴도 겨울을 나느라 좀더 거칠해졌다. 짧은 커트 머리이던 기주는 겨울방학 종업식 이후로 머리를 한 번도 안 잘랐다. 뒷머리는 마을에 덮이는 저녁 이내처럼 슬금슬금 목덜미를 향해 내려가는 중이다. 2월 말에 미장원에 가서 자르면 단발에 가까워질 것이다. 여자중학교의 두발 규정은 귀밑 1센티미터였다.

읍내엔 여자중학교가 하나뿐이라 여자애들은 다 그리로 간다. 남자중학교는 두 군데라서 추첨으로 갈렸다. 졸업하자마자 고용살이를 해야 할 아이들도 드물지 않았다. 제재소 같은 데에서 심부름하거나 자전거포에서 자전거 타이어 땜질을 배우거나 이발소에 시다로 들어가거나. 졸업 앨범에 넣을 사진을 찍던 날, 담임은 칠판 위에 또박또박 썼다. 1. 직업 선택의 방법—자기 개발, 취미기능 활용 2. 이력서 쓰기 3. 취업한 뒤의 주의. 이력서라니, 학생이 아니라 일을 하고 그 대가를 돈으로 받을 거라는 게 낯설었다. 그러나 당장 기주네 가게 주변만 해도, 중학교에 다녀야 할 아이들이 일꾼으로 일하는 집이 많았다.

"다들 방학 잘 지냈냐?"

담임의 물음에 예, 하고 입을 모으는 아이들의 목소리는 학기 중보다 우렁차다.

"학교 안 오고 집에서 노니까 좋은가 보다? 얼굴들이 훤해진 걸보니."

방학은 아이들뿐만 아니라 선생님에게도 여유를 주는 것 같다. 농담 같은 걸 잘 하지 않던 담임이다.

"에에, 여러분도 지난번 서울에서 큰 불이 난 건 알고 있지? 사람도 여럿 죽고 재산 손실도 엄청났다니, 겨울엔 특히 불조심해야 한다. 아궁이 불도 꺼졌는지 다시 한 번 확인하고, 연탄 때는 집은 연탄가스가 새어 나오는지도 잘 살피고."

아이들 사이에서 웅성거림이 인다. 불꽃이 넘실대고 검은 연기가 모락모락 나는 고층건물에서 사람들이 침대의 매트리스를 안은 채 떨어져 내렸다.

"난 봤어. 와, 그 높은 데서 떨어지는 걸 보니 정말 무섭더라."

"거짓말! 너흰 테레비 없잖아."

"거짓말 아니야. 전파사에 가서 봤어. 보는데 오금이 다 저렸어."

탕, 담임이 출석부를 교탁에 내리친다.

"떠들지들 마라. 졸업식 날, 너희들은 한 시간 먼저 와서 예행연습을 해야 한다. 부모님들은 열 시까지 오시라고 하면 되고. 육 년 동안 다닌 학교를 마치는 날이니 한 사람도 결석하지 말고 끝까지 유종의 미를 거두기 바란다. 그날, 상 받을 사람들은 다음과 같다. 다들 자기 이름 놓치지 말도록."

1년 정근상, 1년 개근상, 6년 정근상, 6년 개근상…… 차례로 이름이 불린다. 기주는 건성으로 들어 넘긴다. 개근상도 정근상도 기주완 거리가 멀다. 두통과 기관지염으로, 결석도 조퇴도 잦았다. 기관지염은 더위가 성한 여름 한 철을 빼고는 기주의 몸에서 제 집 드나들듯 들락날락했다. 그럴 때 열린 문으로 딱따구리 같은 새 한 마리도 들어왔는지, 걸핏하면 머릿속에서 무언가가 쪼는 듯한 두통에 시달렸다. 배불리 먹고 깊은 잠에라도 든 것처럼 고요했다가도, 포르르, 날아올라 관자놀이며 뒤통수를 쪼아댔다. 그렇게 기침을 하거나 새가 쪼아대는 날이면 기주의 얼굴은 노리끼리해지고 눈 아래는 연탄 검정이 묻은 것처럼 거무죽죽해졌다. 결석을 하거나 겨우 학교에 와서 책상 위에 엎드려 있다가 조퇴를 하곤 했다.

성적우수상 차례다. 예상대로, 우등상을 받는 사람은 기주와 정구, 지표, 세 사람이다. 그 세 사람은 졸업식장에서 교장 선생님 앞으로 나아가 또 다른 상도 받을 것이다. 읍과 군과 도 단위의 상은 각 반이 나누어 갖는다. 기주네 반에 할당된 상은 읍장상과 군 교육감상과 도 교육위원회장상이다.

"읍장상, 강정구!"

짝짝짝, 박수 소리가 번진다.

"군교육감상 박지표, 도교육위원회장상 정기주, 이상. 다들 박수로 축하해주기 바란다."

박수 소리가 좀더 요란해진다. 잠자고 있던 새가 깨어나려는 기미가 보인다. 기주는 양 무릎 위에 놓인 손을 맞잡는다. 혹부리영감의 혹처럼 두껍고 무거운 무언가가 얼굴에 달라붙은 것 같다. 얼굴의 왼쪽이다. 기주는 그쪽으로 돌아가려는 고개를 가눈다. 그럴 리는 없겠지만, 지표가 기주를 빤히 바라볼 것만 같다. 커다란 눈에 의문을 가득 담고서. 기주는 가만히, 책상에 팬 홈에 눈길을 준다. 담임은 졸업식 날에 대해 다시 한 번 다짐을 두는데, 기주의 귀엔 그 소리가 들리지 않는다. 머릿속에서 그 새가 괘종시계의 추처럼 일정한 간격으로 쪼아댄다. 아닌데, 아닌데, 소리 내면서.

지표는 5월에 전학 왔다. 6학년 들어 첫번째 시험을 본 3월엔 정구가 일등이었다. 기주는 4월과 5월 연달아 일등을 했고, 지표는 6월과 7월에 일등이었다. 2학기 때에도 기주보다는 지표가 일등을 더 자주 한 것 같았다. 평균 점수에 차이가 있다 하더라도, 지표보다 더 잘한 것 같지는 않다.

의혹의 검은 연기가 모락모락 피어나며 목을 간질인다. 기주는 억지로 침을 모아 삼킨다. 억지로 참은 기침은 몸 안으로 파고들어 가슴에 압력을 넣는다. 이래도 입을 열지 않겠느냐는 듯이. 기주는 손으로 입을 꼭 막는다. 걸핏하면 기침을 해서 수업 분위기를 깨는 기주었지만, 어쩐지 지금 이 기침만은 참아야 할 것 같다.

기온이 갑자기 떨어져서 교실에 갈탄 난로를 놓던 날이었다. 주변과 뒷자리 남자애들이 창고에 가서 소사 아저씨가 나누어주는 함석 난로받침과 무쇠 난로, 연통들을 날라 왔다. 교단 바로 아래부터 빽빽하게 들어찬 책걸상은 교실 뒤까지 아홉 줄이었다. 난로는 대개 교실 중앙 통로의 넷째 줄과 다섯째 줄 언저리에 놓였다. 청소 당번은 첫째 분단과 둘째 분단, 셋째 분단과 넷째 분단 사이의 간격을 좁혀서 중앙 통로를 넓혀놓았다. 아이들이 함석 받침을 들어 넷째 줄과 다섯째 줄 사이에 놓으려 하자 담임은 잠깐, 하더니 고개를 갸웃했다. "앞으로 좀더 당겨 봐라. 좀더. 그래 거기." 난로는 셋째 줄과 넷째 줄 사이에 놓였다. 연통이 모자라자 담임은 함석 연통 한 개를 더 받아왔다. 아이들은 난로가 다른 반과 달리 앞쪽으로 놓인 이유를 묻지 않았고 담임도 말하지 않았지만 기주는 그 이유를 알게 되었다. 복도에서 만난 담임의 입을 통해서. "기주야, 난로가 가까이 있으니 덜 춥지?"

내가 워낙 약하니까, 기침 소리가 나면 애들 공부하는 데도 방해가 되니까 그러신 거야. 기주는 그런 말로 제 눈을 가렸다. 그러나 눈을 가린 손가락 사이로 무언가가 어른거리는 걸 막지는 못했다. 그건 의문이었다. 부잣집 딸이 아닌, 아주 가난하고 공부도 못하는 아이가 아팠더라도 선생님이 그 애 곁에 난로를 놓아주었을까? 예, 아니오. 둘 중의 하나로 대답해야 한다면 예, 하고 싶은 마음인데, 기주의 머리가 아니오, 라고 고개를 저었다.

학교에 드나드는 젊은 엄마들의 시어머니라 해도 좋을 만큼 나이 차이가 나는 데다 장사일로 바빠서 기주의 엄마는 육성회 임원 자리를 사양했다. 그러나 스승의 날이나 한 학년을 마칠 때면 금으로 만든 넥타이핀 같은 작은 선물을 잊지 않았다. 담임네 집에서 뭔가 필요해서 기주네 가게로 오면, 기주의 부모는 한사코 돈을 받지 않았다. 연통을 늘이며 기주 옆으로 다가온 난로와 그런 일들이 아주 무관할 것 같지는 않았다. 난로에 불을 피운 날이면 몸은 덜 추웠지만, 마음은 지나다가 벽에 튀어나온 못에 걸려버린 옷자락처럼 못내 당겼다.

지시사항을 마친 담임에게 반장의 구령에 따라 인사를 하고 난 바로 그 순간, 끝내 기침이 터지고 만다. 오래 참았던 것에 분풀이라도 하듯, 내장이 딸려 나올 듯 격한 기침이다. 기주는 책상 위에 엎드린다. 오래 참은 기침 때문에 얼굴이 발개졌다는 게, 보지 않고도 느껴진다. 격한 기침 끝에 눈물마저 글썽인다.

기침이 가라앉자, 기주는 상상 속에서 몸을 일으켜 복도로 나선다. 임시소집일에 전달할 사항을 마친 담임이 저만큼 앞에서 걷고 있다. 기주는 종종걸음으로 담임을 따라붙는다. 선생님, 저기요. 담임이 묻는다. 왜 기주야, 뭐 할 말 있냐? 큰 상 받아서 부모님이 좋아하시겠네. 졸업식 날 꼭 오시라고 해라. 담임의 얼굴에 떠오른 친절한 미소를 차마 마주 보지 못해, 기주는 고개를 떨군다. 담임이 늘 신는 슬리퍼의 코가 날깃날깃해진 게 눈에 들어온다. 그래, 무슨 일이라고? 기주는 입술을 한번 꼭 깨물고 입을 연다. 졸업식 날 받을 상 말인데요. 아무리 생각해도 박지표가 저보다 전체 성적이 좋았던 것 같아서요.

"기주야, 어디 아파? 집에 안 가?"

짝꿍이 팔을 짚는 바람에 기주는 담임의 대답을 듣지 못한다. 기주는 몸을 일으킨다. 그새 아이들은 집으로 가고, 다른 반 친구가 마치기를 기다리는 아이 몇이 남았을 뿐이다. 기주는 그제야 지표의 자리를 본다. 비어 있다. 정산리 아이들은 다 먼저 간 모양이다. 한편으로는 안도감이, 다른 한편으로는 아쉬움이 인다. 지표가 있다고 해도, 복도나 어디에서 단둘이 마주쳤다고 해서 뭘 어떻게 수습할 것도 아니면서. 기주는 안도하는 자신을 보며 얼굴을 붉힌다.

운동장으로 나서자 온몸에 한기가 돌면서 다시 기침이 터져 나온다. 쿨럭쿨럭, 기주는 운동장 귀퉁이에 서서 새우처럼 허리를 고부린 채 기침을 뱉는다. 기침과 함께 검은 의혹도 털어낼 수 있으면 좋겠다. 엄마랑 아버지가 좋아하실 거야. 군 단위도 아니고 도교육위원회장상이라면 도지사상 다음이거나 도교육감상 다음일 것이다. 기주가 혼자 글자를 깨쳤을 때 자랑스러워하던 부모의 모습이 어렴풋이 떠오른다. 공연히 지표를 원망하는 마음도 인다. 친척이 꼭 그 외삼촌밖에 없었나? 다른 데로 이사할 수도 있지 않았나. 그리고 우리 학교로 온다고 해도 그렇지, 왜 6학년 다른 반도 많은데 하필 우리 반으로 오느냐 말야. 마음에 떠오른 의문과 엉뚱한 노여움을 밟듯, 기주는 길가 배수구의 콘크리트 덮개를 꾹꾹 밟으며 걷는다.

콘크리트 덮개 사이에 난 기름한 육각형 구멍은 탐욕스러운 악당의 입처럼 아이들의 보물을 자주 삼켰다. 어릴 적, 기주의 고무신한 짝도 삼켰고, 서울에서 사는 숙모가 선물해준 리본 달린 예쁜 핀도 삼켰다. 남자애들의 구슬은 수도 없이 삼켰을 것이다. 가끔은 어른들이 반지를 빠뜨려 덮개를 열고 흙을 쳐내기도 한다. 회색이 도는 검은 흙은 개흙처럼 반질거리고, 한번 맡으면 오랫동안 잊기 어려운 악취를 퍼뜨렸다. 어째선지 그 나쁜 냄새가 맡아지는 것 같아서, 기주는 걸음을 재촉한다.

빨리 어른이 되고 싶다

겹쳐서 차곡차곡 접은 습자지는 아코디언의 바람주머니 같다. 한 언니가 습자지를 접어 가운데를 무명실로 동여매면, 다른 언니가 그걸 받아서 양끝에 가윗밥을 낸다. 한 장일 땐 가볍게 찢어지는 습자지가, 여러 장 겹친 걸 아코디언 식으로 접자 가위질에도 잘 잘리지 않는다. 손아귀에 힘을 잔뜩 준 뒤에야 비스듬히 밀리며 잘린다. 가윗밥이 방바닥에 꽃가루처럼 흩어진다.

끝동을 오려낸 습자지를 쥘부채 펴듯 펼친 뒤, 맨 가장자리의 종이부터 한 장씩 일으켜 세운다. 동그란 꽃봉오리가 만들어진다. 아직 펴지지 않은 종이가 남아 있을 땐 작약꽃 모양이다가, 마지막 한

장까지 펼치면 모란처럼 소담한 꽃송이가 된다. 식구 중의 누군가가 졸업할 때마다 만들던 화환이라서, 손길이 익숙하다. 불에 휘어서 원통으로 만든 대나무에 다시 창호지를 발라 마감하고, 그 위에 종이꽃을 매단다.

"아니, 그렇게 같은 색끼리 말고, 하나씩 섞어야 예쁘다니까."

"난 마구잡이로 섞는 것보다 이게 더 예쁜데?"

"그래도 화환은 화려한 게 낫다니까."

큰언니와 작은언니가 옥신각신한다. 텔레비전에서 만화영화의 주제가가 흘러나온다.

"기주야, 네가 내일 무슨 상 받는다고?"

오빠가 묻는다. 상을 한 번도 받아보지 못한 채 국민학교를 졸업한 오빠에게는, 졸업식 날 앞에 나가서 상을 받는다는 게 신기한 모양이다.

"도교육위원회장상."

"그게 그럼 학교에서 몇 번째냐?"

"그건 몰라."

다행히, 큰언니가 텔레비전에 눈을 주다 오빠에게 말한다.

"테레비가 왜 저러냐? 안테나 또 흔들렸나 보다. 넌 아무것도 안 하니까 나가서 안테나나 맞춰봐라."

큰언니의 말에 오빠가 나간다. 잠시 후, 지지지익 끓던 화면이 깨끗해진다.

상 받는 순서가 뒤바뀌었을지도 모른다는 것, 기주네는 잘살고 지표네는 가난하기 때문일지도 모른다는 것을 기주는 아무에게도 말하지 않았다. 그러면서도 몸 안에 똬리 튼 의혹을 물리칠 수는 없었다. 누가 상에 대해 물으면, 기주는 지레 낯이 붉어지는 느낌이었다. 그때마다, 하얀 얼굴이, 그 얼굴 앞에서 제가 한 거짓말이 떠올랐다. 어느새 거짓말이 늘고 있다.

도갓집 외손자는 방학 때만 잠깐 내려왔다. 서울 아이답게 얼굴이 하얗고, 쌍꺼풀이 굵게 진 눈은 계집애 같았다. 그 애는 가끔 집 밖으로 나와 동네 아이들이 노는 걸 바라보았다. 기주보다 두 학년 위인 그 애와 동갑인 동네 아이들도 그 애에게는 같이 놀자는 말을 하지 않는다. 그 애의 하얀 얼굴도, 말 없음도, 어쩐지 불편한 것이다. 그렇게 그 애는, 투명한 유리상자 안에 갇힌 인형처럼 집 모퉁이에 기대어 아이들이 노는 것을 바라보곤 했다.

낮 동안 달구던 더위를 바람결이 흘려보내던 어느 저녁, 술래인 기주가 숨은 아이들을 찾으러 뛰어다닐 때에도 그 애는 그렇게, 벽에 붙어 서 있었다. 애들이 대체 어디로 숨은 것일까. 골목 끝까지 뛰어가보지만, 아이들은 없었다. 기주의 머릿속이 바빠졌다. 어쩌면 한두 명쯤, 안으로 들어가 문을 잠갔을 수도 있다. 그건 숨바꼭질에서는 치사한 일이지만, 그러는 아이도 없지는 않았다. 애들이 다 어디로 갔지? 기주가 갸웃거리면서 골목에서 나올 때였다. 그 애가 벽에 기댄 채 기주를 똑바로 바라보고 있었다. 기주를 빨아들일 것 같은 눈이었다. 그 애가 아까부터 자기만 바라본다는 것을 기주는 알고 있었다. 그 눈빛에 어쩐지 어색해져서 지나가려는데, 그 애가 기주의 눈을 똑바로 바라보며 말했다. "먹고 싶다……" 가뜩이나, 뛰어다니느라 발그레해진 볼에 홍옥의 광택이 나는 듯해 기주는 손으로 볼을 가렸다. "내가 사관가, 뭐." 그 말을 하는 순간, 기주는 깨달았다. 그동안 한 번도 해본 적 없는, 그런 거짓을 저질렀다는 것을. 어떻게 알게 된 건지 모르지만, 기주는 그 애가 말한 '먹고 싶다'에 성적인 의미가 있다는 것을 단박에 깨달았다. 그런데도, 짐짓 아무것도 모르는 천진한 아이인 척했다. 볼이 새롭게 달아올랐다.

여느 아이들처럼 기주도 거짓말을 했다. 해야 할 숙제를 안 했을 때 짐짓 아픈 척해서 조퇴하기도 하고, 언니들이 영화 구경하러 가며 다짐을 둔 대로 부모님에겐 친구네 집에 가 있다고 전했으며, 술자리를 일찍 빠져나와 안방에서 잠든 아버지가 아직 안 돌아오셨다고, 아버지를 불러내러 온 친구들에게 또박또박 전하기도 했다. 그러나 그날, "내가 사관가, 뭐" 하고 돌아설 때, 기주는 지금까지 해온 모든 거짓말과 다른 차원의 거짓말을 했다는 것을 깨달았다.

뱀의 지팡이와 베라의 채찍이 허공을 갈긴다. 나쁜 요기가 허공에서 부서졌다가 다시 더 강력하게 모여서 뱀과 베라, 베로를 노린다. 마침내 뱀의 지팡이가 요기의 급소를 치자 요기는 사라진다. 그제야 경찰차가 전력질주했다는 듯이 현장에 나타난다. 차에서 급히 내린 형사와 경찰의 눈에는 요기 때문에 부서진 건물과 요기가 쓰러뜨린 사람들뿐. 그 참혹한 현장에는 요기와 싸우느라 온 힘을 다한 나머지 원래의 추한 모습으로 돌아간 요괴인간 뱀, 베라, 베로가 있다. 역시 너희들이! 형사가 보기엔 영락없이 그 셋이 주범이다. 사실을 말해봤자 못생긴 요괴의 말을 귀담아 들을 리 없다. 세 요괴인간의 희생은 여전히 보람이 없고, 남는 건 오명뿐이다. 그들은 다시, 그들이 그토록 되고 싶어 한 인간들의 눈길을 피해 달아난다.

　사람의 세상에서 살아가야 하는 요괴인간들은 사람의 허울을 쓰고 있지만, 제가 가진 힘을 다 쓰려면 추악한 본모습으로 돌아가야 한다. 그리고 그 때문에, 사람들은 요괴인간의 진심을 믿지 않는다. 기주는 막 끝난 만화영화의 주제가를 흥얼거린다. 어둠에 숨어 사는 우리들은 요괴인간들이다. 숨어서 살아가는 요괴인간. 사람도 짐승도 아니다. 빨리 사람이 되고 싶다. 어두운 운명을 차버리고 벰, 베라, 베로 요괴인간. 제가 요괴인간인지, 요괴인간이 그토록 되고 싶어 한 사람인지 헷갈려 하며, '빨리 사람이 되고 싶다'를 '빨리 어른이 되고 싶다'로 바꿔 부른다. 꽃을 다 매단 화환이 벽에 기대어 세워진다. 내일 기주는 단상에 올라가 상을 받고, 졸업식에 온 식구들은 그런 기주의 뒷모습을 대견해하며 바라볼 것이다.

2부

마음으로는 하나님, 육신으로는 죄의 법을

역 광장엔 이미 어둠이 짙게 깔려 있다. 도시의 어둠은 어딘지 모르게, 몇 시간 전에 떠나온 시골의 밤과 결이 다르다. 시골의 어둠이 좀더 조밀하고 차분하다면 도시의 어둠은 군데군데 성기고 들뜬 느낌이다. 상가가 더 많고 불빛이 한층 요란하다는 것만으로는 설명되지 않는 버성김. 불빛이 밝아서일까, 환한 빛 틈새기의 어둠은 오히려 벌판이나 들녘에 들어찬 어둠보다 더 짙고 음험해 보인다. 밤이 내려서, 맨팔에 닿는 공기가 서늘하다. 새물내 가시지 않은 하복이 역 광장의 가로등 불빛에 파르스름하게 빛난다.

"지금 가서 저녁 달라고 하면 싫어하시겠지?"

약국집 아들 진규가 말한다. 8시, 집에 가면 다들 8시 반쯤 될 것이다. 저녁 달라기엔 이미 늦은 시각이다. 자취생들도 마찬가지다. 집에 가서 밥을 안치고 기다리기엔 속을 긁는 허기가 너무 날카롭다. 게다가 고향집에 다녀온 날이라서 호주머니도 두툼하다.

"우리 다 같이 밥 먹고 가자. 진명상가에 짱깨집 맛있는 집 있어. 지난번에 우리 아버지 오셨을 때 가봤는데, 야, 대명반점하곤 차원이 다르더라."

"얀마, 짜장면이 그래 봤자 짜장면이지 고차원이 어딨고 저차원이 어딨냐? 하여튼 이진규 구라 치는 건 알아줘야 해."

"야, 빨리 가자. 배도 고프고 저쪽 아줌마가 아까부터 우리 보고 있어. 이러다 끌려갈지 몰라."

역 광장 가장자리를 가리키며 지표가 농담을 한다. 역 광장 왼편, 골목 어귀에 아줌마들이 몇 명 서성인다. 이 도시로 온 지 몇 달, 청소년출입금지구역인 그 골목이 어떤 곳인지, 그 앞에 나와 있는 아줌마들의 정체가 어떤지 알 만큼은 도시에 낯이 익었다.

"끌려가면? 불감청이언정 고소원이올시다, 지."

"쥐똥만 한 게 벌써 알로 까져가지고. 저런 아줌마한테 끌려갔다간 하숙비고 뭐고 다 털리고 옷까지 잡힌 채 벌거벗고 나올걸?"

아이들은 희떠운 농담을 해가며 광장의 지하도 입구로 몰려간다. 지하도를 건너 역 앞에 T자로 난 길을 조금 내려가면 이 도시 최초의 백화점인 진명상가가 있다. 진규는 한두 번 가본 게 아닌 듯 능숙하게 사람들 사이를 뚫고 나가 이 층으로 오른다. 그 뒤를 아이들이 우르르 따른다.

교복 차림의 남학생들이 떼 지어 들어서자, 홀 안에 있던 사람들의 눈길이 쏠린다. 구석 쪽에 앉은, 각각 다른 교복 차림의 여학생 한 팀이 눈에 띈다. 진규가 벙한 얼굴로 말한다.

"야, 재들은 날아서 왔냐? 어째 우리보다 빨리 와 있지?"

같은 열차를 타고 온 여학생들이다. 고향역에서 보았지만 서로 알은체하지 않았다. 여학생들은 여학생들끼리, 남학생들은 남학생끼리 모여서 이야기를 나누다 우르르 열차에 올라탔다. 이 도시에서 지표와 같은 교회에 다니는 종희도 한꺼번에 몰려드는 남학생들의 시선 때문인지 지표에게 살짝 눈인사만 보내고 짜장면 그릇으로 고개를 떨군다. 남학생들이 주문한 음식이 나왔다. 허겁지겁 음식을 먹는 동안 여학생들은 자리에서 일어나 말없이 나가버린다.

"다녀왔습니다."

"늦었네. 배고프지?"

대문을 열어준 아주머니는 밥부터 챙긴다.

"친구들이랑 같이 와서요. 먹고 들어왔어요."

"뭐 하러 돈 주고 사 먹어. 와서 달라지. 다음부터는 늦더라도 꼭 와서 밥 먹어. 들어가 쉬어."

"네, 형은 왔어요?"

"아직 안 왔어. 막차로 오려는지……"

"형 오면 제가 문 열어줄게요. 먼저 주무세요."

"그럴래? 고마워. 오늘 온종일 애들이 치대서……"

아주머니는 고맙다는 말을 거듭하며 방으로 들어간다. 국민학교에 다니는 두 딸을 둔 아주머니는 방 네 개에 여덟 명의 하숙생을 치고 있다. 아침마다 밥 위에 달걀프라이 반숙을 얹어주는 것만 봐도 인심 좋은 아주머니다. 하숙생들이 술을 마시든 술에 취해서 노래를 부르든, 전혀 간여를 안 하는 것도 미덕이다.

"잘되었다, 3학년이면 아무래도 공부를 더 열심히 할 테니. 게다가 장남이면 듬직할 테니 형이라 생각해도 되고."

하숙집을 정해주러 온 외삼촌은 마음을 놓는 눈치였다. 마침 졸업생 두 명이 있어서 신입생을 받아들일 수 있었다는 하숙집 아주머니로부터 같은 방을 쓰는 사람이 D고교 3학년생이라는 말을 듣고 난 뒤였다. 도내에서 가장 좋은 학교인 D고교에 떨어진 뒤, 지표에 대한 외삼촌의 신뢰는 조금 묽어졌다. 중학교 3년 동안, 한두 번을 빼고는 전 학년 일등을 놓치지 않은 지표였다. 3학년 땐 모교 출신 출향 인사가 주는 장학금의 첫 수혜자가 되기도 했다. 이제 집안 일으킬 사람은 너다, 네가 잘되어 고생만 한 네 어머니 잘 모셔야 한다. 장학금을 받던 날, 기분 좋아서 한잔해야겠다며 막걸리에 얼근해져 말하던 외삼촌은 지표가 입시에서 떨어지자 낙담을 감추지 않았다. 지표는 자기가 우물 안 개구리였다는 걸 깨달았다.

빈 방에 혼자 앉아 있자니 심란해졌다. 외삼촌은 지금쯤 열차를 탔을 거였다. 어머닌 얼마나 허전하실까. 3년, 앞으로 3년이다. 서울에서 공장에 다니는 형과 누나들이 모아서 보내준다고 했지만, 하숙비는 적잖은 부담이었다. 공부가 아무리 힘들어도, 공장에서 일하는 것만큼 힘들지는 않을 거였다. 3학년 형의 책상 앞에는 일과표가 붙어 있었다. 잠자는 시간은 네 시간이었다. 어차피 같은 방을 쓰니, 형이 자는 시간에 같이 자고 같이 일어나면 될 것 같았다. 일요일 일과표에 '독서실에서 공부하기'라고 써놓은 그 형은 부엌에서 밥 냄새가 솔솔 풍길 즈음에야 방에 들어왔다.

"어, 왔구나. 아주머니한테 오늘 올지 모른다는 말 들었어. 잘 지내보자."

먼저 인사를 건네는 형의 인상이 무던해 보였다. 아주머니가 들고 온 밥상엔 보리 섞인 밥이 고봉으로 담겨 있었고, 그 위에 달걀 프라이가 얹혀 있었다. 김치며 콩나물무침, 고추장 양념으로 볶은 돼지불고기와 김도 있었다. 생각보다 반찬의 가짓수가 많았다. 눈으로 반찬을 짚는 지표를 본 형이 미소 지었다.

"늘 이런 건 아냐. 오늘은 처음 온 사람이 있으니까 환영하는 의미인 것 같다. 그래도 하숙집 밥치고는 먹을 만한 편이야. 자, 먹자."

지표는 수저를 들었다. 앞으로 3년을 살아야 할 객지에서의 첫 저녁이었다. 강호에 처음 나선 서툰 검객처럼 비장해졌다. 이 3년이 앞으로의 인생을 좌우할 것이다. 입시에서의 실패 따위는, 다시는 하지 않으리라. 어금니로 밥을 꼭꼭 씹으며 그런 각오를 다져넣었다.

"자, 오늘은 첫날이니 내가 상을 내간다. 내일부터는 네가 내가는 거다?"

다짐을 두고 상을 들고 나간 형은 쉬 들어오지 않았다. 다른 방에서도 상을 내가느라 방문을 열고 닫는 기척이 들렸다. 방문이 열리고 형과 함께 낯선 얼굴들이 우르르 들어섰다. 형이 들고 온 가방에서 나온 건 책이 아니라 소주와 막걸리 병이었다. 동그래진 지표의 눈을 본 형이 킬킬거렸다.

"우리 하숙집의 전통적인 환영회야. 너 술 처음이지? 아니라고? 구라 같은데? 잘됐다, 오늘뿐이니 마음껏 마셔라."

"형, 이게 뭐유? 마음껏 마시라면서 뭐야, 안주는 달랑 과자 하나? 형네 아버지 사업이 요새 잘 안 되나 보네."

옆에서 누군가가 끼어들었다.

"알기는 잘도 안다. 얘네 오늘 처음인 애들도 있을 거 아냐. 초장에 잘 가르쳐야지. 안주 집어먹는 거부터 가르치면 가산탕진은 금방이다."

왁자한 너스레가 오간 뒤, 각자 자기소개를 했다. 신입생은 둘이었다. 지표는 술이 담긴 밥공기를 깨지기 쉬운 무엇이라도 되는 듯 조심스럽게 받쳐 들었다. 다른 방 형이 쯧쯧, 혀를 찼다.

"얘가 눈빛이 또랑또랑 야무져 보이더니 보기보다 맹꽁이네. 너 아주머니가 집에 알릴까 봐 눈치 보는 거지? 아주머닌 신경 안 써. 장사 한두 번 해봤냐? 나중에 빈 병 나오면 팔아서 애들 군것질거리 사주니 좋고. 이게 바로 누이 좋고 매부 좋다는 거다."

외삼촌네 밭일 할 때 막걸리 같은 건 입에 대보았다. 소주는 처음이었다. 쓰고 역했는데, 막상 넘기고 나자 달착지근한 맛이 입에 남았다. 지표는 건네는 잔을 마다하지 않고 꼬박꼬박 마셨다.

"야, 이 녀석 다크호스네. 생각보다 잘 마시는데. 그런데 다른 한쪽은 뭐야. 야, 너 어디 가? 이런, 피 같은 술을!"

지표는 술이 동날 때까지 앉은 자세를 유지할 수 있었다. 물론 건들거리기는 했을 것이다. 사람들이 주섬주섬 술병을 걷어 툇마루에 내놓고 나가는 것까지 기억이 난다. 누군가가 허든거리며 나가다 툇마루에서 굴렀던 것도.

다음 날 새벽, 굵은 사포로 밀어대는 듯 쓰린 속을 부여안고 휘돌리는 머리를 가누며 일어난 지표는 그대로 엎드렸다. 제 입에서 나는 술 냄새에 다시 취할 것만 같았다. 주여, 제가 시험에 들었나이다. 그러나 속죄 기도를 올리는 동안에도, 몸과 마음이 헤실헤실 풀리며 부력이 밀어 올리는 듯 덩실덩실 떠가던 취기의 기억은 정답게 느껴졌다. '마음으로는 하나님의 법을 육신으로는 죄의 법을' 섬기는 무리 속에 든 것 같았다. 하나님을 처음 만나던 때를 생각하면, 이렇게 해서는 안 되었다.

저 높은 곳에 계시는 그분은

"잘 왔네. 늘 일등만 한다며? 자네처럼 우리 주 예수 그리스도의 은총을 많이 받은 사람은 주님께서 불러서 또 그만큼 귀하게 쓰신다네."

목사 부부는 지표를 환하게 맞아주었다. 남자치고 하얀 피부에 온화한 미소가 돋보이는 목사는 도회적으로 느껴졌고, 통치마에 블라우스 차림인 목사의 부인은 여느 동네 아줌마처럼 수더분해 보였다. 목사 부부가 사는 집은 바로 교회 뒤편이었다. 마을에서 조금 벗어난 산등성이, 첨탑 끝에 십자가를 매단 교회와 그 뒤편의 빨간 기와지붕은 옥신각신 부대끼는 세속의 삶에서 멀찌감치 물러나 높은 곳에 자리한 것처럼 보였다. 목사네 집 앞, 보라색 꽃송이를 매달고

있는 라일락나무도, 그 꽃에서 풍기는 향기도 다른 세계 같았다. 채
송화나 봉숭아, 분꽃, 좀 화려하고 이채로운 꽃이라면 장미나 목련
정도로 알아온 지표에게 그 라일락의 향기는 한 번도 가보지 못한
도회의 향기로 다가왔다.

목사의 부인이 단풍잎 무늬의 찻잔에 담긴 불그레한 차와 과자를
내왔다. 홍차였다. 지표는 목사가 하는 대로 설탕을 넣고 찻숟갈로
저었다. 쌉싸래한 듯 향긋한 차와 설탕의 단맛, 공기 속에 떠도는 라
일락 향기, 푹신한 소파, 거실 벽면에 붙어 있는 십자가에 매달린 예
수의 기울어진 머리. 이 모든 게 새로웠다. 비 온 뒤면 추깃물 같은
지지랑물이 떨어지는 초가지붕이며, 그 지붕에서 기어 나오다 머리
위로 뚝 떨어져 놀라게 하는 노래기 따위완 거리가 먼, 다른 세계였
다. 목사는 지표를 데리고 온 친구에게도 부드러운 눈길을 던지는
걸 잊지 않았다.

"성배가 이번에 큰일을 했구먼. 이렇게 뛰어난 학생을 주님의 길
로 인도하다니."

"뭘요, 꼭 해야 할 일을 한 것뿐인데요."

겸손하게 대답한 그 친구는, "꼭 몇 끼 굶었다 배불리 먹고 난 뒤,
눈이 번하게 틔는 느낌이 든다"는 말로 지표를 이끌었다. 성경을 읽
거나 설교를 듣다 보면 그런 기분이 든다고 했다. 빈속이 밥으로 채
워진 뒤, 연기 낀 듯 흐리던 눈앞이 번해지는 느낌이라니. 날카롭게
손톱을 세운 허기가 긁어댄 내장을 물로 채워 배 속이 차갑게 출렁
거리던 기억, 쪼르륵 물소리 내는 배에 이불을 감고 억지로 잠을 청
해야 했던 기억들이, 마술사의 피리 소리를 들은 쥐 떼처럼 그 말을

듣자마자 들고일어났다.

목사 부부는 지표와 친구의 손을 꼭 맞잡고, 길 잃은 어린 양을 주님의 품으로 이끌어준 데 대해 감사 기도를 올렸다. 벌판에서 홀로 막막하던 어린 양은, 자기를 소중하게 맞아주는 그곳에 오래 머물고 싶었다. 선생님을 존경하던 국민학교 때와 달리, 이미 선생들이 월급쟁이의 본분에 충실할 뿐이라는 생각이 들던 조숙한 중학생은 목사의 온화한 말씨와 성경의 말씀을 전하는 풍부한 지식에 금세 빠져들었다.

지표는 주일 예배에 빠짐없이 참석했다. 학생회 활동도 열심히 했다. 종희처럼 같은 국민학교를 나온 애들도 있었고, 읍의 다른 국민학교 출신도 있었다. 염불보다 잿밥이라고, 여학생을 만날 수 있다는 것만으로 교회에 나오는 남학생들도 있었지만, 지표에게 여학생들과의 만남은 부수적인 것이었다. 찰랑거리는 단발머리보다는 성경의 가르침이 더 중요하게 느껴졌다.

크리스마스 연극 때, 지표는 동방박사 중의 한 사람이 되었다. "저기, 저 별을 보게! 우리 주님이 나셨음을 저 별이 알려주고 있네. 그러니 저 별만 보고 가면 주님을 만날 수 있을걸세." 지표의 목소리는 감동으로 떨렸다. 자기를 이끌어줄 별을 마침내 찾아낸, 그 감격이었다.

누군가는 부흥회에서 하는 통성기도가 기도발이 가장 세다고 말하는가 하면, 그런 북새통보다는 경건한 예배시간이야말로 성령이 충만하니 그때 드리는 기도가 응답 받을 확률이 높다고도 하고, 그

건 다 사탄의 말이고 우리의 주님은 그저 보는 이 아무도 없는 골방에서 혼자 드리는 기도를 더 귀담아 들으시는 의로운 하나님이시라고 속삭이는 한편에서 모르는 소리, 주님을 향한 그 숱한 기도들을 생각하면 그야말로 화살처럼 날아가 주님의 마음에 콱 박히는 화살기도야말로 기도의 최고봉이라 주장하기도 했다. 지표는 기도했다. 부흥회장의 북새통 속에서, 예배시간에, 잠자기 전에, 그리고 길을 가다가도. 죽어라고 교과서를 곱파던 그 지극한 정성과 열절한 마음으로.

맞잡은 지표의 두 손은 간절함으로 꽉 맞물렸다. "하나님, 제 죄를 사하시고, 제게 은총을 내려주소서." 구하는 은총들이 마음속에서 쇠뜨기 마디처럼 줄줄이 떠오른다. "제 어머니의 다리를 젊은 말의 다리처럼 튼튼하게 해주소서. 그리고 객지에서 살고 있는 누나들과 형이 건강하기를, 그리하여 돈을 많이 벌어서 어머니께 집을 사드릴 수 있도록 해주소서. 외삼촌이 엄마 편역을 들어서인지, 외숙모가 가끔 어머니에게 유세 부려서 보기 딱합니다. 외숙모가 어서 회심하도록 돌보소서. 그리고 제가 딴생각 하지 않고 공부에만 열심이게, 그래서 좋은 고등학교, 일류 대학에 갈 수 있도록 해주소서." 그런 뒤 잠깐 고민에 빠진다. 영의 세계가 아닌 육의 세계를 기도문에 넣어도 되는지 어떤지 헷갈리는 것이다. 그래도 절실한 거라서, 슬그머니 덧붙인다. "신언서판이라고 했으니, 키가 커졌으면 좋겠습니다. 그래서 3학년 때는 맨 앞줄을 벗어날 수 있게 해주소서."

사랑이신 하나님은 지표에게 사랑을 보이시느라 어떤 것은 들어주시고, 혹시라도 지표가 교만해질까 봐 일부는 못 들은 척하셨으며, 지표의 믿음을 시험하시느라 그러시는지 이게 과연 기도를 들어주신 것인지 아닌지 헷갈리게도 만드셨다. 지표는 월말고사 때마다 전 학년 일등이었다. 그러나 어머니의 관절염은 더 심해져서 표 나게 절룩이게 되었고, 누나들과 형이 명절 때 빼고는 어머니에게 코빼기도 못 보여드릴 만큼 열심히 일해도 집은커녕 변변한 한약 한 재 지어드리기도 어려웠다. 지표의 키는 분명 중학교 입학할 때보다 커졌지만 다른 애들이 지표보다 더 빠른 속도로 자라는 바람에 맨 앞줄에서 성령이 아닌 선생들의 침 세례를 받는 나날은 이어졌다. 잠결에 어머니의 앓는 소리를 들으면 하나님이 과연 계시기는 한 건가, 계시기는 한데 가난한 사람의 기도에는 귀 막고 계신 거 아닌가 하는 의혹이 굴뚝의 금 간 틈으로 새어 나오는 연기처럼 모락모락 일었다. 그럴 때마다 지표는 의심하는 시간에 차라리 기도를 하자, 하고 두 손을 모으곤 했다.

햇빛은 온누리 고루 비추건만

　지표는 두 손을 꽉 맞잡고 담벼락에 이마를 대었다. 주님, 주님! 그러나 주님의 손길은 안 느껴지고, 사람을 덮칠 듯 사나운 검정 담벼락의 기세만 선연했다.

　블록을 쌓아 올리거나, 거기다 좀더 매끄럽게 콘크리트를 한 겹

덧바르거나, 아니면 조립식 콘크리트로 쌓아 올린 읍내 집의 담장들. 그런 담장들 사이, 농구 선수라도 안을 들여다볼 수 없을 만큼 높게 쌓아 올린 검정 벽돌 담장은 우뚝하고 위압적이었다. 거기에 붙어 서 있는 동안 제 몸이 점점 더 작아지는 것 같았다.

맞잡은 손에 힘을 주어도 마음이 모이지 않았다. 지표는 단념하고 담장에 등을 기댔다. 시간이 좀 걸릴 것이다. 혹시라도 형태와 마주치지 않을까 하는 생각이 퍼뜩 스쳤다. 하지만 주말도 아닌데 서울에서 중학교에 다니는 형태가 올 일은 없을 것이다. 혹 모를 일이었다. 제 버릇 개 못 준다고, 누굴 괴롭히다가 정학을 당해 집에 내려와 있을지도. 은수저를 입에 물고 나온 사람들. 목사는 가끔 낯선 비유를 썼다. 은붙이라고는 엄마의 손가락에 끼여 있는 쌍가락지밖에 본 적이 없는데도, 형태네 집 벽에 다가선 순간 낯설던 목사의 비유가 손에 잡힐 듯했다.

병묵이 벨을 누를 때, 대문과 기둥 틈 사이로 들여다본 마당은 넓고 깊었다. 잔디 위로 징검돌처럼 놓인 디딤돌은 정원수 사이로 보이는 검정 건물까지 길게 이어졌다. 그 디딤돌을 하나씩 건널 때마다 병묵의 가슴은 두근거렸을 것이다. 지표는 어느 결에 다시 두 손을 맞잡았다. 주님, 제발 병묵이 오늘 이 집에 들어선 목적을 달성할 수 있도록 해주소서. 병묵이 고등학교에 진학할 수 있도록, 이 집 주인의 주머니를 열어주소서. 우리 주 그리스도의 이름으로 비나이다, 아멘.

중학교에 입학해서 만난 병묵은 숭굴숭굴 잘 웃는 원만한 성격이었다. 지표보다 체구가 커서 형처럼 듬직하게 느껴지기도 했다. 둘다 막내인 데다 가정 형편도 비슷해서, 말없이 통하는 구석이 있었다. 지표는 아버지를 여의었고, 병묵은 아버지가 없는 게 차라리 나을 경우였다. 병묵의 아버지는 몇 뙈기 안 되던 밭을 노름빚으로 날리고, 변변찮은 기물까지 다 들어내가고, 그러고도 성이 안 차 없는 돈을 만들어내라고 아내를 두들겨 패기 일쑤였다. 병묵의 형과 누나들은 다 국민학교만 마치고 남의집살이를 하거나 일찌감치 팔리듯 시집을 갔다. 식도 치르지 못한 채 살림을 차린 누나들은 줄줄이 달린 자기 자식들 건사하기에도 숨이 찼다. 병묵의 의지가 굳지 않았더라면, 중학교 진학도 어려웠을 것이다. 병묵에 비하면 지표는 운이 좋은 편이었다. 서울에서 식모살이하는 큰누나와 요꼬 공장에 취직한 작은누나, 주물 공장에서 일을 배우는 형이 머리 좋은 막내의 고등학교 진학을 어떻게든 책임지겠다고 나섰으니.

기숙사 생활에 학비가 면제되는 철도고등학교가 병묵의 유일한 출구였다. 그러나 코피를 흘리며 공부해도, 반에서 5등 안에 머물 뿐 병묵의 성적은 도움닫기를 하지 못했다. 한다하는 수재들이 전국에서 몰려드는 철도고의 합격을 꿈꾸기는 어려웠다. 병묵이 차선책으로 꼽은 건 상고나 공고였다.

"아무리 생각해도 대학까지 꿈꾸는 건 무리야. 우선 상고나 공고를 졸업한 뒤 취직해서, 그다음에 길을 알아보면 대학에 갈 수 있겠지."

읍내엔 상고도 공고도 없었다. 진학도 어려울 판에 외지로 나가기까지 해야 하니, 안팎곱사등이가 따로 없었다. 그런데도 엇나가지 않고 공부에만 열중하는 병묵은 둥치가 실한 정자나무 같았다.

"오늘은 외당숙을 찾아가볼 참이야."

점심시간, 운동장 가의 벤치에 앉아서 문답식으로 공부를 하다 말고 불쑥 병묵이 말했다.

"대학도 아니고 고등학교니까, 나중에 갚아드린다고 하면 그쯤은 변통해주시지 않을까."

병묵의 배수진인 외당숙은 바로 형태의 아버지였다. 당숙이면 오촌간, 가깝다고 할 수 있는 친족이었다. 국민학교 때 전학 와서 풍경화를 그리던 시간, 학교 뒷동산에서 본 그 집이 떠올랐다. 나직나직한 집들 사이에서, 크고 우뚝해서 한눈에 들어오던 집. 그 집이 제 덩치와 부모의 권세만 믿고 이유 없이 전학생을 괴롭히며 거들먹거리던 형태네 집인 줄 알았다면 결코 그리지 않았을 것이다. 그 큰 집에 병묵을 혼자 보내자니 어쩐지 철부지 동생을 군대에 보내는 누나 같은 심정이 되었다.

"나도 같이 갈까? 집 밖에서 기다릴게."

"그럴래? 시간이 걸릴지도 모르는데?"

병묵이 사양하지 않은 건 뜻밖이었다. 늘 의연하던 정자나무의 뒤편, 그동안 보지 못했던 둥치의 구새 먹은 자리가 비로소 눈에 들어왔다.

시간이 제법 지났는데도 안에선 기척이 없었다. 지표는 검정 벽돌 담장을 따라 걸었다. 모퉁이를 돌아서자 바로 무논이었다. 지표가 졸업한 국민학교 뒷동산이 한눈에 들어왔다. 그 뒷동산에 올라가 묘지에 등을 기대고 누울 때마다 이 집이 보였다.

조회 사항을 전달한 담임이 아이들의 이름을 부른다. 강명석, 박수동, 김양순, 송연자…… 담임이 한 아이에서 다음 아이로 건너뛸 때마다, 지표의 귀에는 법정에서 판사가 땅땅 두드리는 망치 소리가 울린다. 단체관람한 반공영화에서 본 장면이다. 판사는 여간첩에게 사형을 선고하며 나무망치로 탁자를 두드렸다. 땅땅땅! 마침내 그 망치가 지표의 머리를 내리친다. 박지표!

"선생님이 이름 부른 사람들은 지금 집에 가서 부모님께 육성회비 달라고 해서 갖고 오너라. 그동안 여러 번 연기했는데 이제 더는 안 된다. 나라에 세금을 내듯, 학교 살림을 하는 데 꼭 필요한 돈이니 주시라고 해서 받아와야 한다."

여기저기, 아이들이 낟알 털어낸 볏짚처럼 맥없이 일어난다. 그 바람에 끼이익, 책상인지 의자인지가 밀리고 끌린다. 그 소리가 신음 소리처럼 들린다.

"선생님, 전 오늘 가져왔어요!"

누군가가 돈을 들고 담임 앞으로 가는 걸 보며 아이들은 뒷문으로 교실을 빠져나간다. 무안함에 얼굴이 붉어진 아이도 있지만, 대개는 늘 겪던 일이라 단련된 표정이다.

교무회의에서 날을 받은 것일까, 다른 반에서도 몇몇이 복도로 나온다. 아이들은 신발장에서 신발을 꺼내들고 우르르, 출입구 쪽으로 간다. 너도? 비죽 눈인사를 하는 아이도 있고, 입안엣말로 투덜거리는 아이도 있다. 그러나 아이들은 신발을 꿰자마자, 투명인간이라도 된 듯 바로 흩어져버린다. 육성회비 때문에 이름이 불릴 때마다 지표는 투명인간이 되고 싶어진다. 이름이 불리는 순간, '품행방정하고 성적 우수한' 박지표는 간데없고 지지리 가난해서 납부기일을 자꾸 어기는 거짓말쟁이만 남는다.

지표는 집이 아니라 학교 뒷동산으로 올라간다. 묘지가 있어서 아이들이 묘지 동산이라고 부르는 곳이다. 묘지 동산은 외돌아 앉아서, 학교 운동장에선 잘 보이지 않는다. 볕이 화창하다. 농수로를 흐르는 물이 아침 볕에 찰랑이며 빛난다. 지표의 마음에 어느 결에 고인 설움도 물비늘처럼 찰랑인다.

집에 간들 뾰족한 수는 없다. 농사 조금 지어서 먹고사는 외삼촌네 집에 현금 돌 날은 없다. 푸성귀를 뜯어 장날 장에 내거나 엄마가 지문이 닳도록 칡의 속껍질을 손바닥에 비벼 청올치를 삼아야 겨우 현금이 생긴다. '나까마'라고 불리는 사람이 들어와서 그동안 삼아놓은 청올치를 저울에 달아 거둬가야 겨우 돈이 나오는데, 어쩐 일인지 이번엔 마을에 들러야 할 때가 지났는데 기척이 없다. 형과 누나가 부쳐온 돈은 엄마가 관절 때문에 병원에 다니는 바람에 다 썼다. 그러니 지금 집에 가봤자, 가뜩이나 돈구멍이 막혀 마른 잎처럼 바작바작 타들어갈 엄마 가슴에 기름 끼얹은 격이다.

묏등에 등을 기대고 눕는다. 눈이 부셔서 차라리 감는다. 감은 눈꺼풀 위로 아침볕이 따스하게 얹힌다. 볕은 가난하든 부자든 가리지 않고 공평하게 비춘다. 온몸에 쏟아진 아침 볕의 다사로움에, 딱딱하게 굳었던 마음도 느슨해지는 듯하다. 첫 시간을 알리는 종소리가 조금 전에 울렸다. 오늘 첫 시간은 바른생활이다. 수업을 안 들어도 나중에 교과서를 읽으면 환히 알 수 있는 과목이다. 교과서를 읽지 않아도 이미 바른생활을 실천하고 있다. 똑바른 자세로 걸어가는데, 육성회비가 번번이 발목을 걸어서 넘어지게 만드는 것이다. 다른 애들은 지금 교과서를 읽고 선생님의 말씀을 듣고 있을 것이다. 삘기라도 씹으면 좋겠는데, 이미 다 피어버렸다. 봄에 삘기를 뽑아 씹다 보면 껌처럼 쫀득거린다. 제아무리 쫀득거린다 해도 삘기가 껌이 아닌 것처럼, 같은 교실에서 공부한다고 해서 똑같은 학생인 것은 아니다. 육성회비 때문에 이름이 불릴 때마다, 사람들 속에 묻혀 살다가 깊은 밤 뜬뜬거리는 무전기 소리로 정체가 발각난 간첩이 된 기분이다. 교실에서 내몰리는 순간, 교실문은 지진으로 쩍 벌어져 도저히 건널 수 없는 심연이 된다.

탕, 철문 닫히는 소리. 지표는 대문 쪽으로 다가갔다. 병묵은 더운데 있다 나온 것처럼 얼굴이 벌겠다. 지표와 눈이 마주치자 고개를 가로저었다. 둘은 그냥 말없이 걷기 시작했다. 그러자고 정한 것도 아닌데, 자연스럽게 냇가 쪽으로 향하고 있었다. 냇둑에 앉아서도 병묵은 한동안 입을 열지 않았다. 냇둑에서 살랑거리는 강아지풀을 뽑아 줄기를 잘근잘근 씹을 뿐이었다. 지표는 그냥 기다렸다. 가슬가슬하게 닿아오는 공기, 흐르는 냇물도 시릴 것 같았다.

"돈은 그냥 버는 게 아닌가 봐. 내가 왜 왔는지 미리 짐작하신 것 같더라. 들어가 인사드리고 앉자마자 아버지 안부부터 물으시더군. 네 아버진 노름방 드나드는 그 버릇 여전히 못 고쳤다며? 하시면서. 사실인데 어떡하냐, 그렇다고 했지. 그랬더니 대뜸 말씀하시는 거야.

네 부모가 너희 형제들 학비 핑계 대고 빌려간 돈만 모았어도 너 대학은 마치고도 남았을 거라고. 글렀구나, 싶더라. 그때 자릴 털고 나왔어야 했는데……"

지표도 강아지풀을 뽑아 제 손등을 간질였다.

"그놈의 공부가 뭔지, 그래도 미련이 남는 거야. 그래서 죽었습니다, 하고 앉아 있었어. 그 덕분에 우리 아버지가 어떤 사람인지 오랫동안 들어야 했다. 나도 다 아는 사실인데, 그래도 남의 입으로 들으니 좀 그렇더라. 우리 어머니가 그동안 이 집 문턱 드나들 때마다 속으로 얼마나 피눈물 흘리셨을까 싶고. 아버지가 닦달하면 어머닌 어쩔 수 없이 돈 빌리러 다녀야 했으니까. 아쉬운 소리 할 데라고는 외당숙네밖에 없었고. 참, 형태 엄마는 서울 형태 있는 데 갔다더라. 다행히 마주치진 않았어."

"그래서, 말도 못 꺼냈구나?"

"내가 누구냐. 은근과 끈기의 김병묵 아니냐. 입이 안 떨어지는데, 그래도 그냥 나올 순 없었지. 아버지 일은 죄송하게 되었다, 말씀하신 대로 아버지가 그렇기 때문에 나라도 집안을 일으켜야 한다, 고등학교 등록금만 해주시면 졸업하고 취직해서 갚아드리겠다고."

"뭐라 하시든?"

"형태가 가 있는 서울이랑 두 집 살림에, 그나마 사채 놓았던 돈도 나라에서 묶어버려서 겉만 멀쩡하지 속으론 골마지가 잔뜩 끼었다고, 공장 사람들 월급 주기도 벅차다고 우는소리부터 하시더라. 또 뭐라더라…… 남에게 의지하는 사람은 결국 자기 힘으로 서지 못한다고, 우리 어머니와 누나들이 그렇게 고생하는 건 바로 우리 아버지가 자립하려 하지 않고 남에게 기대어 요행만 바랐기 때문이라고. 동트기 전에 일찌감치 일어나 땀 흘려 일해도 살지 말지 한 판에, 요행이나 바라는 사람은 국가에도 지역사회에도 도움이 안 된다고."

병묵은 다시 말을 끊었다. 내를 가로지른 다리 위로 무연탄을 가득 실은 트럭이 지나갔다. 인근의 산에서 캔 저 무연탄은 형태네 연탄 공장으로 가는 것일지도 몰랐다. 얼마 안 있어, 집집마다 월동 준비 하느라 연탄을 쟁일 것이다. 연탄 공장으로 흘러들 돈이 얼마나 될까. 지표로선 가늠이 안 되었다.

"그러더니, 우리 아버지 말만 나와도 골치 아프다고 일어나 이 층으로 올라가시더라. 참 매정하다 싶었는데, 그 등판을 보니까 외당숙이 어떻게 해서 부자가 될 수 있었는지 알겠더라. 있는 사람에겐 아무것도 아닐 텐데. 모르긴 몰라도, 서울에서 형태가 대학생에게 받는다는 과외비가 고등학교 등록금보다 더 비쌀걸?"

병묵은 질겅질겅 씹던 강아지풀을 홱 내던졌다.

"어쨌든, 해볼 수 있는 데까지 다 해봤으니까 미련은 없어. 그래도 졸업하기 전까지는 공부를 열심히 해야겠지. 그래야 공장이든 어디든 취업하기도 나을 거고."

몸을 일으키던 병묵이 문득 픽, 실소를 날렸다.

"그 집 오렌지 주스, 참 맛있더라. 어떤 사람들은 맨날 그런 거 마시고 살 거 아냐. 꿈 깼으니 그만 가자."

도시는 왜 사람을 작아지게 하는 걸까

"밥 잘 먹고, 공부 열심히 해라. 돈 모자라면 엄마한테 전화하고."

눈으로 얼굴을 어루만지고 손으로 어깨를 쓸던 엄마가 등을 보이며 개찰구로 나간다. 플랫폼으로 들어가기 전에 다시 뒤돌아본다. 손을 흔들며, 형태는 엄마가 참 작아졌다는 생각을 한다. 어릴 땐 그토록 크게만 보였던 엄마인데. 엄마가 학교에 오면 침침한 복도가 환해지는 것 같았다. 예쁘고 세련된 엄마가 자랑스러웠다. 굳은 찰떡처럼 딱딱하던 선생들의 표정은 엄마가 교무실에 들어서면 찹쌀풀처럼 풀렸다. 게다가 엄마는 빈손으로 학교에 온 적이 없었다. 선생들이 웃는 건 그 때문이었다. 스승의 날이면 엄마는 선생들을 읍에서 가장 고급인 음식점으로 초대했다. 대문을 들어서면 뜰이 있고 그 안쪽에 방이 있는 집이었다. 우리 아들, 벌써 이렇게 컸나. 이젠 총각 같네. 화장을 곱게 한 엄마는 형태가 입은 옷의 매무시를 만져주며 말했다. 집을 나서면 미장원에 먼저 들렀다. 미용사가 빗으로 머리를 긁어 부풀리고, 고데기로 동그랗게 말았다. 엄마의 머리는 겹겹인 꽃잎처럼 피어났다.

"선생님들 다들 바쁘실 텐데 와주셔서 감사합니다. 마음 같아선 자주 이런 자리 마련해 선생님들의 노고를 위로해드리고 싶은데……"

엄마는 말끝을 흐리며 그럴 수 없는 사정은 말하지 않아도 다들 알지 않느냐는 눈으로 자리에 있는 선생들을 둘러보았다. 교감과 몇몇 선생들이 고개를 크게 끄덕였다.

"우리 형태, 잘 좀 부탁드려요. 애 아버지가 워낙 애지중지하셔서 덩치만 크지 아직 철부지랍니다. 그래도 선생님들께서 좋게 봐주시니 얼마나 감사한지 모르겠어요. 그럼 저흰 이만 나가볼 테니 편안한 마음으로 많이들 드시고 힘내세요."

사브작 사브작, 엄마가 움직일 때마다 치마폭에서 나는 소리는 사과를 한 입 베어 물 때 같은 기분이 들게 했다. 한복 치맛자락을 얌전히 감아 쥐고 자리를 떠나 길로 나오면, 엄마는 형태의 손을 힘주어 쥐며 말했다. "이렇게 와이로를 먹여놓았으니 아무도 너한테 함부로 하지 못할 거다. 선생, 제깟것들이 언제 그런 고급 음식을 먹어보겠니?"

형태가 쑥쑥 자란 만큼 작아진 엄마는 서울 집에 와 묵은 이틀 동안 주문 외듯 말했다. "난 네 아버지도 안 믿는다. 오직 너 하나만 믿고 산다. 엄마 마음 알지?" 알 듯하다 모르겠는 게 엄마의 말이고 엄마의 마음이었지만 형태는 씩씩하게 대답했다. 응, 엄마!

하나뿐인 아들이 서울에 가면 공부를 잘할 거라는 기대로 집을 사고 입주가정교사를 붙였던 아버지는 성적이 기대만큼 오르지 않자 걸핏하면 엄마 탓을 했다. 딸 키울 땐 우등상장도 구경했는데 어째 아들이라고 하나 있는 게 개근상 말고는 타본 적이 없냐고. 은주는 제가 알아서 대학에 가 돈 벌며 학교 다니는데, 아들은 학비를 따로 챙겨두어도 쓸 데가 없을 것 같다고. 이건 왜정 때 광산 노동자로 일하다 해방되자마자 연탄 공장 차리고, 세상 돌아가는 낌새를 미리 알아차려 양조장과 극장으로 확장한 내 똑똑한 머리 안 닮고 제 엄마 돌대가리 닮아서 그런 거라고. 성적표가 나올 때마다 엄마는 서울로 올라왔다. 이러다 큰집 딸들에게 재산이 다 가면 어쩔 거냐고, 네가 여봐란듯이 대학에 가야 한다고 닦달했다.

중학교 땐 워낙 무서운 가정교사라서 시키는 대로 할 수밖에 없었다. 명문대에 다니는 그 가정교사가 짐을 싸 들고 오던 날, 형이 있는 아이들이 부럽던 형태는 대뜸 '형'이라고 불렀다. 집에서까지 공부를 해야 한다는 건 마음에 안 들었지만, 형이 생긴다는 건 든든했다. 형, 오셨어요? 그는 대답하지 않았다. 엄마가 주스를 타 갖고 오자, 그는 정색을 하고 말했다. "난 너를 가르치는 사람이다. 그러니 형이 아니라 선생님이라고 불러라." 대학생 형이 생겼으니 얼마나 좋니, 하던 엄마는 입도 벙긋하지 못했다. 시골에서 명문대에 온 사람답게, 그는 부지런했다. 새벽에 일어나 맨손체조를 했고, 저녁이면 꼬박꼬박 형태를 붙잡아놓고 가르쳤다. "선생님, 대학생들은 미팅한다던데 해보셨어요?" 책상 앞에 앉아 있다 보면 몸이 뒤틀리고 멀미처럼 속에서 무언가 치밀었다. 도루하려는 타자를 곁눈질하며 공을 던지는 투수처럼 슬쩍 말을 건넸지만, 무른 호박에 이도 안 박힐 소리였다. "난 그런 거 할 시간도 여유도 없다. 지금 네가 궁금해할 건 그런 게 아니다. 어떻게 하면 단어 하나, 공식 하나라도 더 외울 수 있을까나 궁금해해라." 어른이 없으니 좀 일찍 마쳐도 좋으련만, 정해진 시간을 꽉 채운 다음 그가 방에서 나가면 저절로 욕이 나왔다. 에이 씨팔! 재수 없어. 서울은 사람이 많고 시끌시끌해서 좋았다. 사람이 많은 대신, 재수 없는 사람도 많았다.

"야, 넌 무슨 형태가 그 모양이냐?"

교실 통로에서 나가고 들어오려다 몸을 부딪친 녀석이 대뜸 시비를 걸었다. 제 쪽에서 시비를 건 적만 있지, 남이 저한테 감히 그런 적은 없었다. 처음 겪는 일인 데다, 모르는 아이가 제 이름을 알고 있다는 게 황당했다.

"왜, 내 이름이 어디가 어때서?"

이 이름으로 말할 것 같으면, 고향에서 그 이름 모르면 간첩일 정도로 유명한 우리 아버지가 역시 이름난 작명가에게 큰돈을 들여 지었다. 빛나는 사람으로 우뚝 서라고.

녀석이 피식 웃었다. 보는 사람을 작아지고 졸아붙게 만드는 웃음이었다. 처음 느껴보는 감정이라서 형태는 어리둥절했다. 녀석이 다시 웃었다. 그 웃음 앞에 더 서 있어선 안 된다고, 본능이 경고했다. 형태는 말없이 녀석을 비껴 지나갔다.

"관두자. 말이 통해야 말이지. 그 사투린지 뭔지 알아듣기도 힘들다. 이름이 아니라 네 덩치 말이다. 혼자 뭘 그렇게 처먹어서 그렇게 찐빵처럼 부푼 거냐? 통로가 좁아질 정도로."

녀석은 그렇게 말하고 스쳐 지나갔다. 서울 놈들이란, 형태는 속으로 이를 앙다물었다. 덩치가 작은 녀석이 그렇게 나올 땐 뭔가 믿는 구석이 있을 것 같았다. 아니나 다를까, 녀석은 수업 시간에 걸핏하면 손들고 대답하는 우등생이었다. 공부 좀 한다는 것들은 다 재수 없어! 녀석이 왜 그랬는지 알기 위해선 녀석만큼이나 재수 없는 가정교사에게 물을 수밖에 없었다.

"선생님, 형태가 무슨 뜻이에요?"

"형태? 그거 네 이름이잖아. 네 이름 뜻도 몰라? 한자로 어떻게 쓰는지는 아냐?"

"내 이름 말고요, 그냥 형태라는 말이 있나 본데……"

"형태? 아 그건 사물의 생김새나 모양을 가리키는 말이야. 그런데 그 단어는 왜?"

"아, 아니에요."

"녀석, 덩칫값 한다, 싱겁긴. 자, 책 펴고!"

책을 폈지만 글자가 머릿속에 들어오지 않았다. 그러니까 녀석의 웃음은…… 생각만 해도 머리에서 모락모락 김이 났다. 녀석에게 어떻게 본때를 보여줄까. 제가 한마디만 하면 무조건 복종하던 고향의 똘마니들이 새삼 아쉬워졌다. 그 애들만 있었더라면…… 혼자라고 못할 것은 없었다. 어깨쯤에 닿는 녀석 하나쯤 혼내주는 건 일도 아니었다. 녀석의 목덜미를 쥐고 학교 뒤 으슥한 곳으로 끌고 가는데, 딱, 이마가 따끔했다. 손끝 퉁겨 알밤 먹인 가정교사가 눈을 부라리고 있었다.

"너 지금 딴생각하고 있지? 얌마, 네가 지금 딴생각할 때냐? 이번 달엔 평균 오 점 이상 올리지 못하면 죽을 줄 알아!"

죽는 건 내가 아니라 너지, 형태는 속으로 비웃었다. 성적이 오르지 않으면 아버지는 무조건 형태와 엄마를 싸잡아 뭐라 하고, 엄마는 가정교사의 실력을 먼저 의심했다. 제 공부만 잘하면 뭐 해, 남의 돈 받으면 그 값을 해야지. 그럴 때 엄마의 얼굴은 무서리 진 아침 들판 같았다. 다시 다른 가정교사를 알아보겠다는 결심을 다지다가 형태에게 말할 땐 햇살이 무서리를 녹인 뒤였다. 형태야, 네가 객지에서 엄마도 없이 힘든 건 알지만 좀더 열심히 공부하면 안 되겠냐? 네 아버진 나더러 텔레비전부터 없애라고 성화하신다. 공부

시키겠다고 서울까지 올려 보내고 웬 텔레비전이냐고. 요즘 텔레비전 없는 집에 식모도 안 있으려 한다고 말은 해놓았지만, 다음에 네 아버지 올라오시면 텔레비전 남아나지 않을 것 같다…… 텔레비전이 없어질지도 모른다는 말이 얼음물을 끼얹었다. 혼자 나와 있는 어려움을 달래주는 텔레비전마저 없다면……

서울은 살아도 알 수 없는 곳이었다. 집이 있는 봉천동은 서울에선 변두리 축에 들었다. 그래도 고향에 비할 바가 아니었다. 시장에만 가도 세상이 다르게 보였다. 시내 구경은 더 신이 났다. 학교가 파하면 시내버스를 타고 여기저기 구경을 다녔다. 집도 사람도 차도 엄청나게 많았다. 텔레비전 뉴스에서 보던 그대로였지만, 화면으로 보는 것과는 느낌이 많이 달랐다.

어느 날, 시내 쪽으로 구경 갔다가 집으로 돌아오는 버스를 탔다. 그 전날, 시험 날짜가 나오는 바람에 머리가 무거워졌다. 또 시험이라니, 몸이 터질 듯한 압박감과 초조함 때문에 입이 말랐다. 그냥 고향에 있었다면 이런 부담은 없었을 것이다. 엄마는 공연히 욕심을 부려서. 이래저래 마음이 부대꼈다. 교문을 벗어나자마자 시내로 나갔다. 시끌벅적한 동네에서 떡볶이며 오뎅 같은 걸 배부르게 먹자 조금 느긋해졌다. 집으로 돌아가는 버스에 앉아 졸다 보니 내려야 할 곳을 지나쳤다. 종점에서 내려서 다시 타면 되려니 했는데, 가도 가도 종점이 나오지 않았다. 종점 멀었느냐 물었더니 껌을 질경질경 씹던 안내양이 말했다. 학생, 종점 아까 지났어. 종점을 지났으면 가던 길로 되돌아가야 하는데 전혀 낯선 곳이었다. 버스 안엔 승객이 두셋뿐이었다. 형태가 두리번거리자 안내양이 물었다. "학생,

어디 가려고 하는데?" 쪼그마한 안내양이 반말이라니, 기분이 상했지만 목마른 사람이 샘을 파야 했다. "중앙시장요." "이 버슨 그리로 안 가. 다음다음 정류장에서 내려서 갈아타야 해." 안내양이 말한 정류장에서 내리자 겨우 버스 타고 다니며 눈에 익은 곳이었다. 버스가 간 길로 돌아나오지 않을 수도 있다는 걸 처음 알았다. 집으로 가는 버스에 오르자 콧등이 시큰해졌다. 이 버스가 고향집으로 간다면 얼마나 좋을까. 고향에선 왕자나 다름없었다. 극장에서 새 영화를 상영하게 되면 영화 홍보 삐라를 만들었다. 그걸 택시에 싣고 천천히 읍내를 누비며 차창을 열고 뿌렸다. 영사 기사 아저씨가 그 일을 할 때면 형태도 택시에 올랐다. 아이들은 택시 뒤를 따라오며 삐라를 주웠다. 딱지 접기에 그만인 종이였다. 택시 뒷자리에 앉아 삐라를 줍겠다고 택시를 따라 달리는 아이들을 보면 이야기 속의 왕자가 부럽지 않았다.

종점에서 되돌아오지 않고 다른 길로 가는 버스도 있다는 걸 알자 서울에 또 다른 함정이 있을 것만 같았다. 발을 딛자마자 함정에 빠졌다. 고등학교에 들어가자 성적은 더 떨어지고 성적 욕망은 가파르게 상승했다. 너만 믿는다던 엄마의 근심 어린 표정이 떠오르면, 불안과 초조가 아래로 몰렸다. 시도 때도 없이 일어서는 그것 때문에 쩔쩔맸다. 만원 버스를 타고 학교에 갈 때면 앞에 선 여학생의 귓전에 하르르 인 솜털만 봐도 아래로 피가 몰렸다. 자기 몸에 닿아오는 뭔가를 느낀 듯 찡그리고 비틀리는 여학생의 표정을 보면 더 빳빳해졌다. 버스에서 내리자마자, 배가 아픈 척하며 쪼그린 채 배를 감싸 쥐기도 했다. 밤새 축축해진 팬티를 처음 보았을 땐 식모인 영순 보기 창피해서 내놓을 수 없었다. 젖은 팬티를 손에 쥐고 어쩌나, 생각하다 보니 성질이 치밀었다. 가뜩이나 학교에 가도 편치 않은데 식모년한테까지 쫄 게 뭐 있어? 먹여주고 재워주고 돈도 주는데. 엄마 쪽 먼 친척이라는 영순을 처음 데려오던 날, 워낙 작은 데다 말라비틀어져서, 빨래나 제대로 할 수 있을까, 엄마는 걱정이었다. 쟨 내가 데려오지 않았으면 세끼 밥도 제대로 먹지 못했을 거야. 그러니 너무 잘해주지 마. 그럼 기어올라. 엄마는 다짐을 두고 내려갔다. 1년쯤 지나자 가무잡잡하던 살빛도 훨씬 환해지고 살이 올랐다. 살이 오르자 가슴도 제법 도드라졌다. 엎드려 거실을 닦는 영순을 골똘히 바라보던 엄마는 영순이 걸레를 빨러 가자 말했다. 저 지지배가 벌써 암내를 풍기네. 못된 송아지 엉덩이에 뿔부터 난다더니. 하긴 언제부턴가 영순에게서 화장품 냄새가 풍기기 시작했다. 된장찌개 맛있네. 꼭 우리 어머니가 해준 찌개 같아. 가정교사 형이 말하면 얼굴이 확 붉어졌다. 영순의 벗은 몸을 끌어안는 꿈에서 깨어나면 어김없이 팬티가 축축했다. 그년이 암내를 피워서 그래. 척척하게 감기는 팬티를 벗어서 둘둘 말며 형태는 영순을 욕했다.

사람은 다 다르니……

"어떠니, 주름 잘 잡혔니?"

은희가 고개를 비틀어 뒤쪽을 바라본다. 그런다고 허리 뒤쪽의 주름이 보일 리는 없다. 은희네 교복은 허리에 주름을 잡아 허리띠로 졸라맨다. 얇은 하복을 입으면서 은희는 허리 코르셋을 두르기 시작했다. 맨허리에 빳빳한 코르셋을 두르고, 숨을 훅 들이쉰 다음 후크들을 잠그는 은희. 그 덕분에, 교복을 입고 나면 은희의 허리는 기주의 양손으로 잡힐 만큼 가늘어진다. 은희가 코르셋을 입을 때마다, 기주는 제 허리가 당기는 듯하다. 브래지어도 답답한 판에 코르셋까지. 은희와 같은 학교가 아니라서 다행이라고, 속으로 한숨을 쉰다. 기주네 교복은 허리선이 밋밋하다. 은희는 '개화기 여학교 교복'이라고 깔깔거렸다. 하긴, 뒤에서 보면 여고생의 교복이라기보다 은행원의 업무용 복장 같다. 그나마 목에 매단 가는 리본이 여자다울 뿐이다.

　　부름 받아 나선 이 몸 어디든지 가오리다
　　괴로우나 즐거우나 주만 따라 가오리니

매무시를 마친 은희의 입에서 찬송가 가락이 나온다. 기주와 방을 같이 쓰는 은희는 교회의 성가대원이다. 가늘고 높은 소프라노 목소리가 아련한 느낌을 주는 은희의 얼굴과 어울린다. 달걀형의 하얀 얼굴에 끝이 흐려진 가는 눈썹, 웃으면 파묻히는 가느다란 눈. 게다가 까르르, 목젖을 떨어가며 웃는 소리를 들으면 여자인 기주가 봐도 사랑스럽다. 존귀영광 모든 권세 주님 홀로 받으소서 멸시 천대 십자가는 제가 지고 가오리다…… 길게 끌며 찬송가 책을 챙기던 은희가 문득 묻는다.

"참, 채종희 무슨 일 있니? 지난 주일에 교회 안 나왔던데? 그동안 한 번도 빠진 적 없는 모범생이……"

"그랬어? 난 잘 모르는데. 어디 아픈가?"

"그러게. 종희가 왜 안 나왔는지 아는 사람이 없더라. 오늘 가보면 알겠지. 다녀올게."

찬송가 책 든 손을 모두며 눈웃음 치고 나가다 말고, 은희는 몸을 돌린다.

"알지? 널 위해 기도할 거라는 거!"

문이 닫히자 기주는 살그머니 한숨을 쉰다. 혹시나 했는데 역시나, 다. 은희는 왜 그렇게 나를 교회로 데려 가려는 걸까. 기주에게는 일요일이고 은희에게는 주일인 날의 아침마다 또 그 소리가 나올까봐 조마조마하다.

"넌 모를 수도 있지만, 내가 보기에 넌 하나님의 특별한 사랑을 받고 있는 애야."

자기를 특별하다고 하는 게 이해되지 않는 기주는 맹한 표정이 될 수밖에 없었다. 제가 받고 있다는 그 '특별한 사랑'이 뭔지 물었다가는 줄줄이 인용되는 성경 구절을 귀가 솔도록 들을 거라는 짐작에 묻지도 못한 채.

"주일날 교회 가면 얼마나 좋은데. 이렇게 방에 틀어박혀 눈 아프게 책만 읽는 것보다는 훨씬 나을 텐데. 다른 학교 애들도 만나보고. 너 종희랑 친했다며? 종희 보고 싶지 않아?"

"종휜 가끔 만나. 종희가 말 안 하든?"

"그런 말은 없던데. 하긴, 종희가 네 안부 안 묻길래 이상하다 하긴 했어. 어디서 만나는데?"

"종희네 자취방에 가끔 놀러가. 내가 너한테 말 안 했니?"

"안 한 것 같은데. 아무튼 종희도 그렇고, K고 박지표도 너랑 같은 고향이라며?"

"응, 종희가 가끔 지표 이야기 해주더라. 너희 모두 같은 교회라며?"

"응, 우리 교회가 학생회가 잘되어 있거든. 그래서 다른 교회 다니던 애들도 우리 교회로 옮겨오기도 하고 그래. 아무튼 다음에 너랑 같이 갔으면 좋겠다. 나 다녀올게."

기주가 끄덕도 안 하자 은희는 교회에 가자는 말을 접었다. 그 대신 저녁 기도에 기주의 이름을 올리기 시작했다.

"주님, 오늘 하루도 무사히 지내게 해주셔서 감사합니다. 우리 착한 기주가 어서 주님의 부름에 응답할 수 있도록 해주세요. 주님께서 기주를 어여삐 여기시어 이끌어주시리라 믿습니다. 아멘!"

가뜩이나 뽀얀 얼굴, 씻고 나서 더 말개진 은희가 십자가 앞에서 밤 기도를 올린다. 감은 머리를 수건으로 털어 말리던 기주는 은희의 기도에 제 이름이 나오는 바람에 찔끔한다. 흐트러진 머리카락으로 얼굴을 덮고 그쪽을 바라본다. 기도를 마친 은희는 무릎 꿇은 자세로 눈을 꼭 감고 있다. 왜 은희네 하느님이 나까지? 은희처럼 열렬히 기도하며 매달리는 사람 돌보기에도 바쁘실 텐데. 기주는 손가락을 머리카락 사이에 넣어 비 맞은 강아지처럼 물기를 떨어내며 머릿속에 엉기는 생각도 털어내려 애쓴다. 은희가 교회 이야기만 안 하면 얼마나 좋을까.

하숙집 앞에 반짝이는 흰색 승용차가 서 있었다. 하숙집 마당엔 기주 또래의 여학생과 그보다 조금 어린 여자애, 그리고 그 애들의 부모로 보이는 사람들이 짐을 나르고 있었다.

"아빠, 이거!"

타원형의 뽀얀 얼굴에 가느스름한 눈과 눈썹, 얼굴에서 환한 기운이 뿜겨져 나오는 여자애였다. 아빠라는 남자에게 지갑을 건네던 여자애는 들어서는 기주를 말끄러미 바라보다 살짝 웃어 보였다. 까르르르, 소리 내지 않았는데도 어쩐지 그 소리가 들리는 것 같은 미소였다. 기주도 고개를 까닥하면서 미소 지었다.

"어, 이 집에 사는 학생인가 보네? 오늘 우리 은희 이 집으로 왔어. 앞으로 사이좋게 지내라."

여리게 보이는 딸과 달리 넓적하고 적당히 살집 있는 아주머니가 말했다. D시로 온 걸 보면 기주나 다름없는 시골 출신일 텐데, 어쩐지 좀더 큰 도시에서 온 사람들 같았다. 승용차 때문일까, 아니면 아빠,라는 호칭 때문이었을까.

"아, 기주 왔구나. 잘됐네. 같은 방 쓸 친구야. H여고 다닌대. 여긴 D여고 다니는 기주예요. 그쪽도 2학년이라고 했지? 기주도 2학년이야. 기주가 워낙 참하고 조용해서 방 같이 쓰긴 좋을 거야."

보리차를 들고 오던 하숙집 아주머니가 소개를 했다.

"언니도 우리 언니랑 같은 학년이네!"

프릴이 예쁜 원피스를 입은 여자애가 말했다. 엄마도 한마디 보탰다.

"공부 잘했나 보구나. D여고인 걸 보니?"

이쯤에서 어른들이 으레 묻는 질문들이 나오리라 생각했다. 고향이 어디냐, 부모님은 뭐 하시냐, 형제는? 그러나 그들은 아무것도 묻지 않았다. 그래서 기주는 고개를 꾸벅하고 방문이 열린 제 방으로 들어왔다. 그새 짐이 들어와 있었다. 기주의 앉은뱅이책상 옆에 그보다 조금 큰 상이 놓여 있고, 그 앞의 벽엔 십자가가 걸려 있었다. 초파일이나 백중 때면 엄마를 따라 절에 다니던 기주에겐 낯선 십자가였다.

은희가 하느님과 교회에 매달리듯, 그 또래의 아이들은 대부분 무언가에 매달려 있었다. 어떤 아이는 팝송에 빠져들어 흥얼거렸고, 영화배우나 가수에 몰두해 정보를 꿰고 있는가 하면, 남학생이나 선생님에게 열중하기도 했다. 좀 논다 하는 아이들은 외모 가꾸기에 빠져서 교복 윗도리를 있는 대로 짧게 줄이고, 자로 대고 자른 듯 반듯한 단발이어야 할 머리를 살짝 층이 지게 해서 아침마다 교문 앞에서 선도부와 승강이했다. 참새 방앗간 들르듯 수업이 끝나고 교문을 나설 때마다 학교 앞 분식집에 들르는 아이가 있는가 하면, 학교에 상주한 사진사의 단골이 되어 여기저기서 포즈를 취하는 데 취미 붙이기도 했다. 선생님들이 바라는 대로 공부에 열중한 아이들도 없지 않았고, 예체능계로 진학하려고 무용이나 미술, 음악을 미리 전공으로 잡은 아이도 있었다. 서클 활동의 작문반 아이들은 다른 학교 학생들과 연합으로 시화전을 열기도 했다.

기주의 숨통을 틔워주는 건 책읽기였다. 책은 기주의 하숙방에 영사막처럼 다른 세상을 펼쳐주고, 눈 두 개, 코 하나, 입 하나, 귀

두 개인 사람들이 저마다 얼마나 다른지 알려주었다. 또한 말이 다르고 눈 빛깔이 달라도 느끼는 감정들엔 일맥상통하는 부분이 있다는 것도. 그리고 사람이든 사랑이든 물질이든 무언가에 홀리는 것, 열정이라는 게 얼마나 아름답고 힘 있는지, 그 반면에 얼마나 위험하고 눈멀게 하는지까지도 알려주었다. 결국 그 모든 책이 일러주는 건, 사람들은 다 다르다, 그러니 그 다름을 인정하고 받아들이라, 였다. 그런데 왜 그들은 자꾸 교회가 최고라고 말하는 걸까. 절에 다니는 우리 엄마는 남들에게 절에 가라거나 부처를 믿으라거나 한 적이 없는데, 왜 교회 다니는 사람들은 꼭 그렇게 자기의 하느님에게 데리고 가려 하는 걸까. 하긴, '나 이외의 다른 신을 믿지 말라'고 했다니, 기독교인들에게 신은 자기들의 하느님 이외엔 없을 테지만. 교회에 가본 적 없는 기주로선 은희와 종희, 지표 등이 교회의 학생회에서 어울리는 모습을 상상하기 어려웠다.

먼곳에서 오가는 마음

보고 싶은 동생 지표에게.

그토록 뜨겁던 햇볕도 이제 조금 풀이 죽었나 보다. 장독대 옆의 분꽃 씨앗이 영글어가겠지. 방학 동안 품 안에 있던 너를 다시 객지로 보내실 때 어머니 마음은 오죽 쓰리고 대견하셨으랴.

네가 보낸 편지는 잘 받았다. 언니도 나도, 그리고 지환이도 잘 있다. 지환이는 공장 기숙사에 있는 데다 주말에도 쉬느라고 못 나와서 자주 보지는 못한단다. 네가 대학에 합격해서 우리 모두 모여 살면 얼마나 좋을까. 그리고 어머니도 모셔온다면 금상첨화겠지.

언니를 자주 만날 수 있다는 게 내겐 큰 기쁨이야. 내가 일하는 곳에서 10분밖에 안 걸리는 곳이니까. 언니네 주인아저씨 덕분에 나까지 취직하게 되었으니 우리에겐 은인이지. 주인아주머니도 마음씨가 좋으셔서, 가끔 남는 반찬을 챙겨주며 나에게 갖다 주라고 하신단다.

그 주인아주머니는 언니를 그 댁에서 꼭 데리고 있다가 좋은 남자 찾아서 결혼시킬 거라고 말씀하신대. 그래도 언니는 네가 대학을 마칠 때까지는 결혼하지 않고 뒷바라지를 할 거라고 한단다. 그러면 노처녀가 될 텐데…… 아니면 내가 정식 기술자가 되고 지환이도 기술을 익혀 조장이나 반장이 되면 언니가 결혼해도 될 거야.

아무튼 너는 엄마 걱정, 여기 누나들과 형 걱정은 말고 공부만 열심히 하기 바란다. 한번의 실패에 너무 신경 쓰지 말고. 위인들도 다 한번쯤은 역경을 거친다고 하지 않든? 그러니 네가 잘되면 어머니의 얼굴에 깊어진 주름살도 펴질 게다.

이제 펜을 놓을 시간이구나. 건강한 신체에 건전한 정신이 깃든다니 건강에도 힘쓰고. 여유가 되는 대로 꼭 우유를 사서 마시기 바란다.

197×. 9. 1.

서울에서 둘째 누나가.

나의 벗 지표에게.

건강하게 공부 잘하고 있는지?

나도 여기 낯설고 번화한 도시에서의 새 생활에 많이 익숙해졌다. 그곳 D시도 복잡할 거라고 생각해. 서울만큼은 아니겠지만. 도회의 유혹이 손길을 내밀더라도 지표는 한눈팔지 않고 공부할 거라고 믿어.

나는 언젠가 근사한 법복을 입은 법관 박지표를 만나게 될 것 같다는 상상을 한다. 내가 왜 이런 생각을 하게 됐냐면, 우리 공장에 가끔 형사가 찾아와. 그런데 형사가 들어서면 우리 사장님의 태도가 180도 달라진다. 평소엔 거친 말도 자주 하는 사나이다운 사장님인데, 형사 앞에선 꼭 계집애처럼 나긋나긋해.

형사만 되어도 그런데 판검사 앞에선 사람들이 어떨까. 그런 상상을 할 때면 꼭 지표의 얼굴이 떠올라. 어때, 법관이 되어볼 생각은 없어? 나도 법관 친구 한번 둬보자. 그때 되어 모른척하기 없기다. 하하, 이건 농담!

그러나 만약 그렇게만 된다면 나도 그런 친구에게 부끄럽지 않은 사람이 되어야겠지. 우선은 일을 열심히 배우고, 그런 다음엔 통신강의록을 신청해서 공부하려고 해.

이제 그만 내일을 꿈꾸면서 잠자리에 들 시간이야. 건강에 유의하고, 틈틈이 공을 차거나 해서 체력단련에도 힘쓰길……

197×. 10. 15.

벗 병묵.

존경하는 지표 형.

마지막 잎새처럼 붙어 있던 마른 잎도 떨어지고 있어요. 형은 건강한지요?

저도 주님의 은총 아래 잘 지내고 있습니다. 목사님과 사모님도, 학생회 학생들도 다들 잘 있어요. 그러니 여기 걱정은 하지 마시기 바랍니다.

형들이 진학해서 떠난 뒤 학생회는 많이 변했어요. 군기가 빠졌다고나 할까요.

지난번에는 수련회를 갔는데 1학년생이(형은 모르는 아이예요. 올해 처음으로 주님을 영접한 학생이니까요) 산길을 가다가 돌무더기를 보더니 돌을 하나 올려놓는 거예요. 다들 깜짝 놀랐어요. 알고 보니 할머니가 문제더군요.

그 애의 할머니는 삼촌이 월남에 갔을 때, 아침마다 마당에 찬물을 떠놓고 기도했대요. 찬물이 탄환을 막아줄 수나 있나요? 할머니가 그렇게 미신적인 생각을 하고 있으니 그 손자가 우상을 믿지 않을 수가 있겠어요?

더 놀라운 건 도영이예요. "그건 조상 대대로 전해지는 전통이니 나쁜 것만은 아니다"라고 하더군요. 도영이가 어디서 그렇게 사탄의 생각을 갖게 되었는지 수수께끼예요.

형이 무척 그리워요. 그렇게 무지한 사람들을 옥좌에 앉아 계시고 영원무궁토록 살아 계신 하나님께 인도하는 좋은 방법이 없을까요? 형이라면 잘 깨우쳐주실 텐데 저는 아직 방법을 알지 못해요.

형, 제가 지혜를 깨칠 수 있도록 저를 위해 하나님께 기도해주세요. 저도 형을 위해 기도드릴게요. 건강에 늘 주의하시구요.

197×. 11. 8.

지표 형을 존경하는 요한 올림.

지표 군에게.
찬미 예수님! 주님의 은총과 성령이 충만하기를!

잘 있었나? 이제 2학년이 되었으니 신입생일 때와는 각오가 또 다르리라고 짐작하네.

겨울 방학 때 본 지표 군은 중학교 때와는 또 다른 성숙한 모습이었다네. 아마도 객지에서의 체험이 욥에게 내려진 시험처럼 지표 군을 연단한 것이겠지. 그런데 전보다 기도생활을 열심히 하지 못한다는 지표 군의 말은 내게 충격이었네.

우리 주님께서 박지표 군을 당신의 충실한 반석으로 세우려 하신다는 내 믿음에는 변함이 없네. 아무래도 마귀들이 설치기 쉬운 도시에서 지내는 데다가, 이교도들과 섞일 수밖에 없는 하숙집이라는 환경 때문에 잠시 흔들린 거 아닌가 염려된다네.

그래서 사모와 상의해봤다네. 사모의 친정이 D시라는 건 자네도 알고 있을걸세. 친지 중의 한 분이 기정동에서 아주 큰 상점을 하고 계시다네. 남편 되시는 분은 병환으로 주님 품에 안기셨고.

그 집에 중학생 막둥이가 있다네. 어머니가 상점 일로 바빠 집을 자주 비우니 그 아이의 공부며 생활태도를 돌보아줄 사람이 없다네. 막둥이 위의 형제들은 세상적인 때가 묻기 전에 주님이 부르셔서, 바로 위의 형이라고 해야 지금 Y대학에 다니는 대학생이라네. Y대학생이라는 말에서 짐작했겠지만 그 형은 두뇌가 아주 우수하다네. 그 위의 누나도 공부를 잘했는데 지금은 명문대를 나와 유수한 회사에 다니는 사람과 결혼해서 서울에서 잘살고 있다네.

그런데 형만 한 아우 없다고, 동생은 막둥이로 귀엽게 자라서인지 학습에 대한 의지가 약하다고 하네. 아무래도 좋은 본을 받을 만한 사람이 없어서 그런 것 아니겠나? 지금 중학교 2학년이니 지금부터 기초를 잡아주면 얼마든지 좋은 대학에 갈 수 있을걸세.

그러니 지표 군이 하숙비도 절약할 겸 그 집에 가서 그 학생과 숙식을 같이하면 어떻겠나? 누이들에게 신세 지지 않고 자조 자립하는 좋은 기회가 될걸세. 날마다 한두 시간 정도 그 학생과 머리를 맞대고 공부하면, 객지 생활하는 외로움도 줄어들 테고. 그 집에서는 지표 군 말을 듣더니 언제라도 대환영이라고 하셨다네. 그러니 생각해보고 회답 주기 바라네.

성령 안에서 건강과 발전을 빌며.

197×. 2. 15.

지표 군을 위해서 기도하는 안 목사.

보고 싶은 동생 지표에게.

춥고 지루하던 겨울이 다 가고 이제 완전히 봄바람이 부는구나. 건강히 공부 잘하고 있는지?

하숙집에서 나와서 가정교사로 들어간다는 네 편지 받고 놀랐단
다. 네가 벌써 누군가를 가르치게 되었다니 대견하구나. 그러나 남
의 집에 객식구로 사는 게 쉽지 않을 것 같아서 염려도 된다. 특히
언니는 걱정이 태산이란다. "남의 집에서 먹는 밥은 살로도 안 간
다"며, 말리더라. 아무래도 남의 집에서 살고 있으니 더 잘 알겠지.
네가 우리의 부담을 덜어주려고 그런 건 고맙다. 그러나 너에게 다
달이 하숙비를 보내는 건 누나들의 큰 기쁨이란다.
벌써 그 집에 가기로 말해두었다니 신의를 지켜야 할 것이다. 그렇
지만 네 공부에 방해가 될 때는 언제든 다시 하숙을 하기 바란다.
이제 그만 자야 할 시간이구나. 오늘 밤은 너랑 어머니랑 다같이
만나는 꿈을 꾸었으면 좋겠다. 늘 건강하길 빌며……

197×. 3. 20.

서울에서 둘째누나가.

세상에 뿌리 내리려면

"형, 밥 먹으래요."

민호가 방문을 열고 고개만 들이민 채 말한다. 밖에서 뛰어놀다
들어오는 길인지 뽀얗게 살 오른 볼이 발그레하고, 꺼풀 없는 눈은
갓 닦은 유리창처럼 반짝인다.

"어서 와요. 시장했지?"

국그릇을 내려놓으며 민호 어머니가 말한다. 민호 어머니가 저녁 시간에 들어와서 같이 밥을 먹는 건 드문 일이다. 민호 어머니의 나이는 지표네 어머니보다 조금 많을 것이다. 그런데도 어머니와 나란히 서게 된다면 민호 어머니가 한결 어리게 보일 것만 같다. 늘 화장을 해서 뽀얗고 윤기 흐르는 피부에 주름살도 깊지 않다. 파마를 해서 풍성한 민호 어머니의 머리를 볼 때면, 숱이 다 빠져 두피가 훤히 드러나는 어머니의 쪽찐 머리통이 떠올라 가슴에 숭숭 구멍이 뚫린다.

"잘 먹겠습니다."

식사 기도를 마친 민호 어머니가 숟갈을 들자, 지표는 인사를 하고 국을 먼저 뜬다. 무를 넣은 고깃국이 입에 달다.

"민호가 선생님 말씀을 통 안 듣나 봐? 성적이 지난달보다도 떨어진 걸 보니."

고깃점이 목에 탁 걸리는 것 같다. 여느 때와 달리 저녁밥 시간에 맞춰 집에 들른 게 이상하다 했더니. 갑자기 더부룩해진 배 속에서 무언가 뭉치는 듯하다. 민호네 집에 온 지 다섯 달째다. 첫 달이야 그렇다 치고, 둘째 달에 잠깐 올랐던 성적은 그다음 달엔 고무줄을 퉁겼다 놓은 것처럼 원위치로 돌아갔다. 그런데 그보다 더 떨어졌다니. 지표는 입에 든 것을 꼭꼭 씹어 삼킨 뒤 입을 연다.

"죄송합니다."

"그러게, 뭔가 대책을 세우든지 해야지……"

민호 엄마는 말끝을 흐린다. 꼭 집어 말하지 않고 흐리는 말끝에서 오히려 압력이 더 세게 느껴진다. 민호는 고개를 수그리고 수저

질만 열심히 한다.

성적표를 책상 위에 내려놓으며 지표는 보아란 듯 크게 한숨을
내쉰다. 민호가 움찔한다. 이해력이 필요한 과목이야 그렇다 쳐도,
공식을 외우는 수학도, 단어를 외우면 되는 영어도 점수가 낮아졌
다. 그동안 뭘 한 것일까. 민호보다 자기 자신이 더 한심하다.

하숙비 절약은 거저 얻어진 게 아니었다. 저녁 시간을 민호에게
나누는 것은 각오했던 바였다. 반갑지 않은 덤도 따랐다. 아침마다
만원버스에 짐짝처럼 끼어서 30분 넘게 진을 빼야 했다. 키 작은 지
표는 사람들 속에 파묻혔다. 다른 사람의 가슴팍이나 등짝에 얼굴
이 눌려 숨쉬기가 힘들었다. 이리저리 쏠리다 보면, 손에 꽉 쥐었던
가방 손잡이는 온데간데없었다. 다행히 내릴 정류장이 종점에 가까
웠기 망정이지, 중간에 내려야 했다면 책가방도 못 챙긴 채 버스에
서 퉁겨 나올 뻔했다. 그런데 이게 뭔가. 대학에 가면 과외로 학비며
생활비를 충당할 각오를 하고 있는 지표에게, 첫번째 과외는 일종의
시험이기도 했다. 실패로 그칠 수는 없다. 지표는 마음을 다잡는다.

"김민호, 이리 와 봐. 이걸 점수라고 받아와?"

민호는 고개를 푹 수그린다. 책상 앞에 진득이 앉아 있지 못한다
는 점만 빼면 나무랄 데 없는 아이다. 세상에 태어날 때 이미 뽑기
를 잘한 아이, 천성인지 모날 일 없는 환경 덕분인지 착하고 순수하
다. 지표가 몸살을 앓아 몸이 불덩이가 되었을 땐 물수건을 머리에
얹어주고, 체온으로 미적지근해진 물수건을 밤 내 찬물에 쥐어짜
갈아주기도 했다. 형, 형, 하면서 따르는 민호의 귀염둥이 짓을 떠올

리면 학교에서도 문득 미소가 지어지곤 했다. 어릴 적, 이런 동생이 한 명 있었더라면 데리고 놀기 딱 좋았겠다 싶은 생각도 들었다. 그 귀여운 응석에 넘어가서 엄하지 못했던 지표 자신의 책임도 없지 않다.

귀여운 건 귀여운 거고, 성적은 성적이다. 민호의 꺾인 목덜미며 볼에 하르르한 솜털을 보며 절로 물러지는 마음의 고삐를 잡아당긴다.

"너 형하고 살기 싫어? 이제 같이 사는 거 그만할까?"

민호는 고개를 번쩍 든다. 커진 눈으로 지표를 바라보며 고개를 설레설레 젓는다.

"아뇨. 형 왜 그런 말을……"

"생각해봐라. 내가 있으나 없으나 네 성적이 거기서 거긴데, 내가 너희 어머니 보기 미안해서라도 어떻게 너랑 함께 있겠냐?"

"잘못했어요. 이젠 정말 열심히 할게요. 가지 마세요, 형, 아니, 선생님!"

다급하니까 안 하던 '선생님' 소리까지 나온다. 지표의 마음에 글썽, 파문이 인다. 어린 시절, 조숙했던 지표는 누나들과 형 틈에서도 어쩐지 그들과 동떨어져 홀로인 듯했다. 지표는 다짐을 둔다.

"그래, 그럼 앞으로는 학교에서 돌아와서는 무조건 책상 앞에 앉아 있는 거다? 내가 학교에서 올 때까지 숙제는 미리 다 해놓고. 그래야 나랑은 예습복습을 할 수 있으니까. 알았지?"

"네, 알았어요."

지표가 새끼손가락을 내밀자 얼었던 민호의 표정이 비로소 풀리며 배시시 웃음기가 감돈다.

"손바닥!"

손때 묻은 30센티미터 대나무 자를 치켜든 지표의 목소리는 낮고 차갑다. 설마, 하는 눈으로 바라보던 민호의 눈에 겁이 더럭 실린다. 학교에서 돌아오면 숙제를 다 해놓고 기다린다는 약속을 어긴 게 세번째다. 그때마다 민호의 핑계는 다양했다. 숙제가 너무 많아서 미처 할 수 없었다, 학교에서 청소가 늦게 끝난 데다 청소검사하러 온 선생님이 벌까지 주시는 바람에 형이 들어오기 20분 전에야 집에 도착했다 등등. 식모 아주머니에게 민호가 귀가한 시간을 물어보지 않았더라면 속아 넘어갔을 것이다.

"안 들려? 빨리 손바닥 내놔!"

머무적거리던 것치곤 날렵하게, 민호의 손바닥이 눈앞에 펼쳐진다. 지표가 대자를 집어 들고 손바닥을 내놓으라고 말한 순간부터 손을 움키고 있더니, 어찌나 꽉 쥐었던지 손바닥에 손톱자국이 나 있다.

"숫자 세! 알았어?"

"네."

지표는 대자를 한껏 치켜 올렸다가 휘갈긴다. 찰싹, 소리가 제법 차지다. 민호는 흠칫 몸을 떨며 무릎을 오그린다.

"하나……"

생각보다 호되었던지, 얼굴이 빨개지며 눈물부터 글썽인다. 잠깐 마음이 흔들린다. 지표는 이를 악물며 배 아래쪽에 힘을 준다.

"손 펴!"

찰싹, 둘, 찰싹, 셋, 찰싹, 넷, 찰싹, 다섯…… 헤아리는 목소리에
울음기가 번진다. 똑똑, 노크 소리와 함께 문이 열리고, 민호 어머니
가 얼굴만 들이민 채 묻는다.

"지표 학생, 무슨 일이야?"

막 눈이 오기 직전의 하늘처럼, 민호 어머니의 낯색이 잔뜩 흐리다.

"별일 아닙니다. 민호 정신 좀 차리게 하느라고요."

"그래, 난 또 무슨 일 있나 해서……"

민호 어머니의 눈길이, 울상이 된 아들의 얼굴에 잠깐 머무른다.
민호는 제 엄마에겐 눈에 넣어도 안 아플 아들이다. 어쩌면 내일 당
장, 나가달라고 할지도 모른다. 상관없다. 때리는 마음이라고 편한
건 아니다. 그런데도 매를 드는 건 민호의 앞날을 위한 것이다. 사람
을 만들려면 어쩔 수 없다. 배짱을 정한 지표는 민호 어머니의 발짝
소리가 멀어지자 다시 매를 든다. 열넷까지 헤아리고, 마지막 열다
섯번째로 마무리한다.

"그만, 손 내려."

민호의 얼굴은 눈물로 범벅이 되어 있다. 그만한 매조차 견디지
못하는 여린 애다. 아니 어쩌면, 학교에서 단체로 벌 받는 거 말고
집에서는 처음 겪는 매질일지도 모른다.

"김민호. 내가 왜 열다섯 대 때렸는지 알아?"

민호는 흐느끼느라 대답하지 못한다. 지표는 조금 기다렸다가 목
소리를 더 깔고 묻는다.

"너 지금 몇 살이야?"

"열, 열다섯 살요."

"그래, 네 나이가 열다섯 살이야. 그래서 열다섯 대 맞았어. 넌 여태까지 십오 년 동안 남들보다 편하게 살아왔어. 공부는 네가 하고 싶으면 하고 말고 싶으면 마는 게 아니야. 지금 네 실력 이대로 가다가는 대학은커녕 전문대학도 못 갈 거야. 아니, 당장 인문고 가기도 어려워. 세상엔 고등학교는커녕 중학교 진학마저 엄두도 못 내는 사람들이 얼마나 많은지 알아? 공부를 못해서가 아니라 등록금이 없어서."

문득 검정 벽돌 담장이 눈앞을 가로막는다. 힘없이 돌아 나오던 병묵. 나를 바라보던 그 허허로운 눈길. 그 눈이 눈물로 번질거릴 것 같아서 조마조마한 마음으로 시선을 비껴야 했다. 이태가 지난 지금까지도 공부를 시작했다는 소식이 없는 걸 보면 공장 일이 어지간히 고된 모양이었다. 지표는 안으로 잠기는 목소리를 헛기침으로 끌어낸다.

"그런데 넌 고등학교뿐 아니라 대학, 아니 대학원이라도 보내주실 텐데 공부를 안 해? 지난 다섯 달 동안 널 지켜본 결과, 말로는 안 된다는 걸 알았어. 앞으로는 약속이 안 지켜지면 무조건 매로 다스릴 거야. 알았나?"

"네."

얇은 이불을 머리끝까지 뒤집어쓰고 오그렸던 민호는, 이불 위로 조금 비어져 나온 머리통에 손을 얹자 기다렸다는 듯 엉엉 울더니 잠들어 고른 숨소리를 낸다. 지표는 대나무자를 손에 들어본다. 민호의 잠을 깨울까 봐, 모서리 쪽으로 손바닥을 쳐본다. 넓은 면으로

117

쳤을 때엔 찰싹, 감기는 소리를 내던 대자는 모로 치자 탁, 탁, 탁, 어딘가 막히는 듯한 소리를 낸다. 지표는 그 손길을 멈추지 않는다. 말을 꺼내놓았으니 앞으로도 민호가 공부를 안 하면 매를 들어야 할 것이다. 마음이 자우룩해진다. 처음 매를 들 땐 마음이 쓰렸는데, 숫자가 거듭될수록 매질에 탄력이 붙는 걸 느꼈다. 속에서 꽹과리 치는 신명 같은 것. 자를 내리치는 지표의 손에 어느새 힘이 실린다. 탁탁, 왼손바닥의 아리고 저린 통증이 주는 쾌감. 지표는 양손을 펼치고 손바닥을 들여다본다. 대자의 모서리가 낸 붉은 직선의 흔적이 남은 왼손바닥과 왼손에 폭력을 가한 오른손바닥은 정확히 대칭을 이룬다. 세포가 기억하는 어떤 것. 지표가 지금의 민호와 같은 나이이던 때의 어느 하루.

부그르르 끓었다가 식으며 굳어버린 아교. 아교가 팔을 겨드랑이에 붙여놓은 것 같다. 지표는 앞에 선 병묵의 얼굴을 차마 바라볼 수 없다. 다행히 두 사람의 키가 안 맞는다. 그래서 지표는 병묵의 목을, 병묵은 지표의 밤톨 같은 머리통을 바라보며 시선을 비낄 수 있다.

"니들 지금 반항하는 거야, 뭐야? 어이, 김병묵, 너부터 실시한다."
병묵의 팔도 마찬가지로 요지부동이다. 가파르고 짧은 선도과장의 턱에 힘이 들어간다. 목울대가 철심을 박은 것처럼 꼿꼿해진다 싶더니, 몽둥이가 사정없이 병묵의 엉덩이를 후려친다. 퍽, 병묵의 몸이 흔들린다. 지표의 무릎에서도 덩달아 힘이 빠진다.

"다시 한번, 김병묵, 실시!"

병묵은 그대로 서 있다. 병묵의 엉덩이에 다시 내갈겨지는 몽둥이. 병묵이 충치 앓는 사람처럼 어금니를 꽉 악문 게 지표의 눈에 들어온다.

"이 자식이 어디서 대놓고 반항이야! 너 오늘 죽으려고 날 잡았냐?"

선도과장은 이제 병묵의 엉덩이며 등짝을 사정없이 갈긴다. 연탄불 위에 얹힌 마른 오징어처럼, 병묵의 팔이며 다리며 몸통이 오그라든다. 쫄밋거려서 더는 볼 수 없다.

"선생님, 제가 먼저 하겠습니다."

"그래? 역시 박지표는 머리가 좋아서 상황을 잘 파악하는군. 사정 봐준다고 힘 뺐다간 너도 똑같은 꼴 나는 거 알지? 김병묵, 반듯이 서."

팔을 들어 올리는 순간, 지표는 병묵과 눈이 마주친다. 의혹과 이해가 반반 섞인 눈이다. 어느 정도로 힘을 주어야 병묵을 덜 아프게 하고 선도과장의 눈을 만족시킬지, 지표는 알 길 없다. 질량 곱하기 가속도. 물리 시간에 배운 힘의 공식이 엉뚱하게 떠오른다. 지표는 아랫배에 힘을 주고, 떨어지지 않는 팔을 들어 올린다. 찰싹, 생각보다 소리가 커서, 누구보다도 지표가 놀란다. 다행히 선도과장은 만족한 듯하다.

"이번엔 김병묵 차례다. 김병묵, 어서 실시하지 못해?"

병묵도 체념한 듯 팔을 들어 올린다. 병묵의 소리는 지표가 낸 소리보다 작다. 선도과장의 몽둥이가 병묵의 옆구리를 쿡 쑤신다. 병묵의 몸이 옆으로 넘어질 듯 기우뚱했다가 간신히 균형을 잡고 선다.

"이 새끼가 어디서 속임수야. 얀마, 다시!"

이번엔 타격이 좀더 셌다. 지표의 뺨이 얼얼해진다. 다시 지표의 차례다. 빨리 끝내고 싶다는 마음에 손에 힘이 들어간다. 병묵도 같은 심정인 듯하다. 철썩, 철썩, 소리가 점점 커지고 두 사람의 뺨은 점점 더 붉어진다. 마음에도 뻘건 손자국이 남는다.

영화를 보러 가자고 한 사람은 지표였다. 포스터 속의 외팔이가 낯익었다. 읍내에 새로 생긴 극장이 아니라 새 극장이 생기면서 사람들의 발길이 뜸해진 옛 극장에서 상영 중이었다. 초등학교 때 단체관람을 하던, 형태네 극장이었다. 생활지도 나온 선생들도 주로 산뜻한 새 극장에서나 단속을 즐긴다는 걸 학생들은 알고 있었다.

맑은 날인데도 화면엔 비가 죽죽 내렸다. 한 손으로 쟁기 비슷한 농기구를 든 남자가 밭을 가는데, 백납병이라도 걸린 듯 흰 얼굴에 흰옷을 입은 남자와 가무잡잡한 얼굴에 검은 옷을 입은 남자가 나타나 붉은 봉투를 내민다. 강호의 고수들이 모이는 무술대회의 초대장이다. 외팔이 농부는 고개를 젓는다. "나는 이미 강호를 떠난 지 오래되었소. 지금은 농사꾼으로 살고 있소." 그 초대장을 보낸 고수에게 대적할 사람은 외팔이뿐이라는 걸 고수들은 안다. 또 다른 사부가 제자들을 데리고 찾아온다. 외팔이의 뜻은 굳다. 결국 그 사부는 같이 가겠다는 제자이자 아들들을 떼어놓고 시합장으로 떠난다. "사내는 물러설 때를 알아야 한다. 너희와 같이 갔다가 내게 무슨 일이 생기면 복수는 누가 해준단 말이냐." 그 사이에, 고수들이 서로 죽이고 죽는 토너먼트가 벌어진다. 사부가 돌아오지 않자, 제자들은 외팔이를 찾아와 도움을 청한다. 그들을 만나고 돌아오니 아내는 보이지 않고 납치했다는 편지뿐. 평화로운 나날은 한 장의 초대장 때문에 풍비박산이 난다. 아내를 찾아 나선 길, 사방에 피가 튀고 강호의 검객들은 쓰러진다. 칼은 기본이고, 줄 끝에 매달린 낫이며, 발목 감아 쓰러뜨리는 밧줄, 양끝으로 갈라진 날이 칼날을 물어 칼을 꼼짝도 못하게 하는 무기 등등이 화면에 난무한다. 그러나 제목에도 등장하는 주인공 아닌가. 외팔이는 결국 강호의 불의한 무리들을 추풍낙엽처럼 휩쓸어버리고, 사랑하는 아내와 함께 그들의 평화로운 집으로 돌아간다. 빰빠라…… 음악이 놀처럼 깔리는 화면을 등지고 표표히.

집으로 돌아오는 길, 한적한 산길에 접어든 지표는 문득 외쳤다. 나는 외팔이다! 푸드득, 놀란 산새가 어느 가지에선가 급히 날아올랐다. 그 말을 뱉고 나자 정말 오른쪽 어깨가 거뿟해진 느낌이 들었다.

지표는 왼손으로 오른팔을 쓸어보았다. 또래 애들보다 가는 팔에 마음으로 단단한 근육을 입힌다. 다른 칼의 절반 길이밖에 안 되는 짧은 칼을 쳐 들자, 날카롭게 벼린 칼날이 햇빛에 섬광을 발한다. 망설이면 안 된다. 칼이 허공을 가른다. 툭, 팔이 떨어져나간다. 어깨에선 피가 마구 솟구친다. 땅바닥에서 의수처럼 뒹구는 팔을 보는 지표의 눈길은 담담한 듯 비장하다. 여전히 피가 솟아나는 어깨에 된장을 처덕처덕 바른다. 양팔을 다 가진 검객들은 외팔이를 우습게 볼 것이다. 검객이 팔을 잃었으니, 끈 떨어진 뒤웅박이나 다름없다고. 오른팔이 없어지면, 왼팔로 쓸 수 있는 무공을 연마하면 된다. 양팔을 가진 사람들, 부자인 아버지를 둔 사람들이 함부로 대하지 못할 만큼 실력을 쌓을 것이다. 그리하여 외팔이 검객처럼 신의를 지키고, 정의를 수호할 것이다. 내 몫을 뺏기는 일은 다시는 없을 것이다.

국민학교 졸업식 전날, 담임은 지표를 따로 교무실로 불렀다. 그리고 작은 책을 건넸다. 영한사전이었다. 영문을 알지 못했으므로, 선뜻 손을 내밀어 받을 수 없었다. 지표야, 그냥 네가 양해해라. 담임은 딱 그 한마디뿐이었다. 교과서나 자유교양문고 말고, 새 책을 가져본 건 그때가 처음이었다. 뜻하지 않은 선물을 받고 교무실을 나오는데도 발걸음은 가볍지 않았다. 제게만 주어진 그 선물이며 담임의 말이, 졸업식 날의 수상 순서와 관계가 있을지도 모른다는 생각 때문이었다. 지표는 고개를 저어 머릿속에서 들끓는 생각들을 떨어냈다. 어쩔 수 없는 일이었다. 그러나, 다시는, 다시는 제 몫을 뺏기는 일은 없게 할 거라고 이를 꼭 물었다.

그랬는데, 신의는커녕 힘준 팔로 병묵을 때리고 있다니. 지표는 자신이 창피해서 견딜 수 없다. 마음속에 아까와 다른 무언가가 다글다글 끓어오른다. 이제 앞에 선 사람이 누구인지는 중요하지 않다. 알코올 램프 위에 놓인 비커 속의 용액처럼 분노가 비등한다.
선도과장의 얼굴에 만족한 웃음이, 비웃음 같은 무엇이 스치는 게 얼핏 보인다. 의리? 의리 같은 소리 하고 자빠졌네! 누가 먼저 극장에 가자고 했는지 대라는 말에, 병묵이 먼저 나선 건 의외였다.

"접니다." 그 마음이 고마웠지만, 지표는 사실을 밝히지 않을 수 없었다. "제가 보자고 했어요." 병묵도 물러서지 않았다. "저 때문입니다." "얼씨구, 니들이 지금 의리를 지키겠다는 거야? 감히 누구 앞에서!" 그 말과 함께 시작된 맞뺨치기였다. 옆으로 홱 돌아가게 쳐버리고 싶은 그 얼굴 대신, 분명 그 얼굴 앞에서 병묵과 자신이 영화를 보았다는 이야기를 속살대었을 누군가의 뺨 대신, 영화를 보러 가자고 해서 병묵과 함께 맞뺨치기나 당하고 있는 자신의 뺨을 칠 수는 없어서, 앞에 있는 뺨을 향하는 손길에 점점 더 힘이 실린다. 그게 부끄러워서 힘이 더 가고, 어, 어이없게 세어진 병묵의 손길을 믿을 수 없어서 더 가혹해진다. 서로의 뺨을 치는 손길이 더 빨라진다. 금방이라도 터져 나올 듯한 울음이 손바닥을 탱탱하게 부풀린다.

풀려난 그들은 교실로 돌아온다. 그만, 이라는 소리를 들은 순간부터 한 번도 눈길을 마주치지 않았다. 그냥 정신이 딴 데로 빠져나간 육신처럼 허정허정 교무실을 나와서 교실로 들어선다. 체육시간이라서 교실을 지키는 주번 한 명이 남아 있을 뿐이다. 지표는 제자리에 와서 책상 위에 엎드려버린다. 오래 맞은 뺨은 아직도 얼얼하다. 뺨의 아픔 따위는 옥죄는 마음에 비하면 아무것도 아니다. 발갛게 달아오른 수치가 마음에 턱 던져진다. 발갛게 달아오른 숯을 간장독에 던져 넣은 것처럼 피시시 소리 내며 김이 피어오른다. 수치의 짠내가 코를 찌른다.

"박지표, 너마저!"
다음 날 아침, 지표와 병묵은 선도과장 책상 옆에 나란히 앉아

무릎 꿇고 팔을 든 채 벌을 서고 있다. 오가는 선생들마다 지표에게 한마디씩 건넸다. 눈에도 혀가 있다면 혀를 끌끌 차는 것 같은 표정으로 바라보는 선생, 안쓰러워하는 선생, 잘코사니다, 하는 눈길 등등. 어려운 가정형편에도 전 학년 수석을 도맡는, 대추방망이처럼 야무진 학생 박지표를 모르는 선생은 없다. 다른 학생을 비교하고 비난할 때 그 잣대가 되는 '타의 모범이 되는' 학생이 교칙 위반으로 사흘 근신처분을 받는 이변은 느른한 교무실에 아연 생기까지 북돋웠다. 그 바람에 덤터기를 쓰는 건 지표에 비해 얼굴이 덜 알려진 병묵이었다.

"얀마, 넌 누구야? 네가 지표더러 같이 가자고 꼬였지? 안 그러면 우리 박지표가 그런 짓을 했겠냐?"

"아닙니다, 제가……"

고지식하게 대답하던 지표는 그만 말끝을 얼버무렸다. 그래 봤자, 지표가 친구를 감싼다고 생각하리라는 걸 깨달았기 때문이다. 선행이 부잣집 아이들의 전유물이라고 믿는 선생들이니, 우등생에 모범생인 학생과 자발적인 교칙 위반을 연결하기보다는 누군가의 꼬임에 빠져든 것이라고 믿는 편이 쉬웠다.

병묵은 병묵대로 미안해 죽겠다는 표정이었다. 전날, 종례를 마치고 교실을 나서는 지표에게 병묵이 다가왔다. 마음속을 큰물이 쓸고 지나간 듯 눈이 퀭했다. 미안하다, 나 때문에.

병묵에게도 그 영화는 감동적이었다. 외팔로 사람들 배를 쓱쓱 그은 뒤 외팔이의 표정이 어떠했는지, 숲길에서 검객을 꼬드기는 여자의 가슴이 얼마나 풍만했는지, 병묵이 채 지지 않은 감동에 과장을 섞어 짝꿍에게 이야기하는 걸, 지나가던 애가 들었다. 하필 방과 후에 선도과장의 집에서 과외를 받는 아이 중의 한 아이였다. 어떤 선생의 눈에도 안 뜨이고 극장을 벗어난 지표와 병묵이 이틀 만에 선도과장에게 불려갈 수밖에 없었던 건 그 때문이었고 선도과장 앞에서 병묵이 나섰던 것도 그래서였다.

"If it had not been for him……" "머나먼 저곳 스와니 강물 그리워라 날 사랑하는 부모 형제 이 몸을 기다려……" 교사 쪽에선 입 모아 읽는 영어 문장이며 변성기라서 음정이 들쑥날쑥인 노랫소리가 들려왔다.

오전엔 벌을 서고 오후엔 운동장에서 풀을 뽑았다. 어떤 풀은 뿌리가 얕아서 마른 땅인데도 기다렸다는 듯 쉽게 뽑히고, 또 어떤 풀은 악착같이 뿌리를 박고 있어서 결국 줄기만 뜯게 되었다. 어디선가 바람 타고 날아온 풀씨들인데 어떤 풀씨는 뿌리가 얕고 어떤 풀씨는 단단하게 뿌리를 내렸다. 사람도 마찬가지일 것이다. 학교에선 공부를 잘하는 것만으로도 뿌리가 깊어질 수 있었다. 그런데 세상에 나간다면? 지표는 세상에 깊게 뿌리를 내리고 싶었다. 나무를 옮겨 심고 나면 뿌리 내릴 때까지 지주목을 받쳐주어야 한다. 그러나 지표에겐 지주목이 될 만한 무엇이 없었다. 힘이 되어줄 만한 부모도 돈도. 지주목 없는 어린 나무에겐 건들바람도 태풍일 것이다. 한 팔이 없는 외팔이들은 왼팔로 새롭게 무공을 연마해야 했다. 비급을 담은 책이 거저 손에 들어올 리 없었다. 지표가 친구를 따라 산 등성이에 있는 교회에 첫발을 내디딘 건 그다음 주였다.

기주에게.

하늘이 점점 높아지는 것 같은 가을이구나. 건강하지?

지난번 교련실기대회 때 공설운동장에서 뜻밖에 널 보게 되어 반가웠어. 그 많은 학교 가운데 우리 학교와 너희 학교가 나란히 서게 되다니. 그것도 인연 아닌가 싶더라. 맨 앞줄에 들어오는 사람 가운데 낯익은 얼굴이 있어서 봤더니 바로 너였어. 바로 편지를 보내고 싶었는데 어쩐지 쑥스러워서 이제야 펜을 들게 되었네.

네가 하숙한다는 이야긴 채종회에게 들었어. 주일날 학생회에서 종회에게 가끔 네 소식을 듣긴 했는데 이렇게 만나게 될 줄은 몰랐지.

넌 그동안 키가 부쩍 컸더라. 어릴 적에는 나와 비슷한 키였다고 기억하는데, 그새 그렇게 커버리다니. 그 비결이 뭐냐? 나한테도 좀 알려주기 바란다.

어쩌면 너도 종회에게서 내 소식을 들었을지 모르겠다. 난 지금 말하자면 입주 가정교사야. 교회의 목사님께서 소개해주신 집인데, 중학교 2학년짜리를 가르치고 있어. 지내기는 편한데, 생각보다 나의 공부할 시간이 줄어서 걱정이야. 그래도 내게 주어진 환경 안에서 최선을 다해야겠지.

이제 우리도 곧 3학년 수험생이 되겠구나. 너도 인문계라며? 네가 대학 전공을 뭘로 할지 궁금하다. 난 생각해둔 학과는 있는데 아직 최종 결정은 못했어.

어느새 학생 가르칠 시간이 다 되었구나. 정말 귀여운, 동생 같은 아이야. 공부 안 하고 말 안 들을 땐 밉지만. 이것도 내게 하나의 수양이 되겠지.

오늘은 이만 쓸게. 너도 건강하고 공부 열심히 해서 네 꿈을 이루길 빈다.

197×. 10. 20.
동창 지표가.

기주를 만난 건 우연이었다. 학도호국단 창단일을 기념하는 D시 교련실기대회, 각 학교마다 몇 달 동안 준비에 바빴다. 총검술이며 구급 시범과 매스게임, 카드섹션 등등. 실기대회 날, 공설운동장에 모인 시내의 각 학교 가운데 지표네 학교는 남학교의 경계선이었다. 바로 옆자리는 이가 빠진 것처럼 비어 있었다.

연회색 교복 치마에 흰색 체육복 윗도리를 입고 구급낭을 멘 D여고생들은 가장 늦게 운동장에 들어섰다. 팔을 번쩍번쩍 들어 올리는 행진으로 트랙을 한 바퀴 돌고 난 뒤, 대열은 직각으로 꺾어졌다. 교련 시간에는 키가 큰 학생들이 앞에 서는 관행 때문에, 지표는 연단 쪽에서 보자면 맨 뒷줄에 서 있었다. 깃발을 앞세운 D여고생들이 지표 옆의 공간으로 들어서고 있었다. 먼지가 피어올랐다. 지표가 그쪽으로 고개를 돌린 건 무심결이었다. 그 순간, 맨 앞줄에서 들어오는 키 큰 여학생과 눈이 마주쳤다. 기주 같았다. 같았다,라고 말할 수밖에 없는 게, 지표가 알고 있는 기주와 닮은 듯 달랐다. 기억 속의 기주는 아주 작고 말랐는데, 깃발을 들고 앞에 서서 들어오는 그 여고생은 키도 크고 볼에도 살이 통통하게 올라 있었다. 오래 전 방학 마치고 같은 열차를 타고 오던 때에도 조금 큰 것 같긴 했다. 기주가 종희 저보다 더 크다는 말을 듣긴 했지만 그렇게까지 클 줄은 몰랐다. 햇볕 아래 오래 걸어온 탓도 있겠지만 혈색도 좋아 보였다. 노리끼리한 얼굴로 매미가 벗어놓은 허물처럼 힘없던 작은 아이가 운동선수라고 해도 될 만큼 단단한 여고생이 되어 있었다.

스탠드에 앉아서 삼각건과 압박붕대로 팔이며 머리를 싸매는 구급 시범을 펼치는 D여고생 가운데 기주를 찾으려 해보았다. 똑같은 옷차림에 똑같은 단발머리 여학생 틈에서 누군가를 찾는 일은 솔밭에서 바늘 찾기나 마찬가지였다. 체육복을 입어서 더 도드라지는 볼록한 가슴과 통통한 엉덩이의 굴곡, 한꺼번에 움직이는 일사불란한 동작들에 미미한 어지럼이 일었다.

중학교 때, 기주를 떠올린 적이 있었다. 운동장에서 풀을 뽑던 날이었다. 어느 반인지, 뜀틀을 내다 놓고 체육수업을 받고 있었다. 휘이익, 호각 소리가 운동장에 울리더니 체육선생이 아이들을 모이게 했다. 수업이 시작된 지 얼마 안 되어서였다. 아마도 무언가가 선생의 심기를 거스른 모양이었다. 다시 호각이 울리자 아이들은 일제히 달려 나왔다. 지표와 병묵이 풀을 뽑는 운동장 이쪽 끝까지 달려온 아이들은 농구대를 돌아서 되돌아갔다. 조금 있다가, 다시 달리기가 시작되었다. 아까보다 숫자가 조금 줄어들었다. 선착순달리기였다. 먼지를 피워 올리며 뛰어가는 아이들 등판으로, 국민학교 때의 운동장이 겹쳐졌다.

그날, 담임의 마음을 상하게 한 게 무엇인지는 기억나지 않는다. 운동장에서 피구를 하던 아이들이 죽었네 안 죽었네 옥신각신 싸웠던가. 아니면 줄을 반듯이 서라는 담임의 말에도 계속 삐뚤삐뚤한 줄만 만들어냈던가. 담임은 아이들을 모이게 한 뒤 발로 그 앞에 금을 그었다. 호각이 울리고 아이들은 일제히 달리기 시작했다. 철봉이 반환점이었다. 지표는 키가 작았지만 몸이 날랜 편이었다. 선착순 열 명 안에, 정구와 종희와 더불어 끼여 있었다. 나머지 아이들은 다시 철봉을 향해 달려나갔다. "하나, 둘, 셋, 넷, 다섯……" 담임은 먼저 들어오는 아이들의 순서를 매겼다. 담임이 열 명을 끊어낸 뒤에도 골인 지점에 이르지 못한 아이들이 있었다. 기주도 그중에 끼여 있었다. 꼴찌에서 두번째로 들어온 기주는 새우처럼 몸을 고부리고 가슴에 손을 얹은 채 힘겹게 기침을 내뱉었다. 열 명 안에 들지 못한 아이들은 자동적으로 출발선에 모여들었다. 기주도 가쁜 숨소리를 내며 그리로 가고 있었다. 담임이 문득 말했다. "정기주, 넌 몸이 아프니까 빠져라. 이리 나와." 이미 등수 안에 든 아이들 말고, 출발선으로 다가가지 않은 사람은 소아마비를 앓아서 다리를 절뚝이는 순자뿐이었다. 당장이라도 주저앉을 것 같던 기주는 잠깐 망설이다가 입을 열었다. "선, 선생님, 저, 저, 괜찮아요, 그냥 뛸래요." 뜻밖이었다. 담임은 당황한 표정이었다. "그래? 그래도 쓰러지면 큰일 나는데……" 기주는 고집스럽게, 출발선으로 알아서 다가가는 아이들 틈에 끼였다. 마치 그 아이들이 자기를 보호해주는 무엇이라도 되는 듯이. 다시 호각이 울렸다. 아이들은 뛰기 시작했다. 기주는 이번엔 꼴찌에서 세번째였다. 그날, 몇 차례 더 계속되었을지도 모르는 선착순달리기가 세 번으로 끝난 건 기주 때문이었을 거라고, 지표는 그렇게 생각했다.

기주는 수수해서 눈에 아예 안 띄는 아이였다. 성적을 발표하거나, 운동장에서의 전체조회 시간에 상을 타러 나갈 때에만 표가 나는 아이였다. 작고 마른 데다, 담임의 신용을 받는 애치고는 옷차림도 수수했다. 학예회 같은 데서 단골로 무대에 오르는 '신용 받는 애'들과 어울려 다니지 않아서 더 묻혔는지도 모른다. 그런 아이가 선생님의 말씀에 복종하지 않고 제 의견을 고집하다니.

지표는 볼펜의 똥을 연습장 귀퉁이에 굴려 닦아낸 뒤 제가 쓴 편지를 다시 한 번 읽어본다. '인연'이라는 단어가 어쩐지 마음에 걸린다. 교과서에 실린 수필의 제목이라는 걸 기주도 알 것이다. 그래도 문제는 남는다. 어쩌면 자기를 그 수필 속의 '아사코'로 여기는 게 아닌가 하고 오해할 수도 있다.

그런 생각이 들자, 키 이야기는 물론이고 가정교사로 있다는 이야기도 공연히 쓴 것 같다. 한껏 차려 입는다고 입고 나왔는데, 막상 사람들 앞에 서니 나달거리는 소맷부리에서 비어져 나온 실밥이 도드라지는 격이다. 기주의 키가 부쩍 큰 게 신기했고, 지표 자신의 현재를 말한 것뿐인데, 막상 편지에 써놓으니 부러움과 자격지심으로 비쳐질 것만 같다. 게다가 이 편지가 기주에게 전달될지 자신이 없다. 종희에게 물으면 기주네 하숙집 주소를 알아낼 수는 있겠지만 그러고 싶진 않다. 그저 반가움에 쓴 편지인데, 종희는 무슨 다른 뜻이 있는 거 아닌가 하고 눈을 반짝일 것이다. 기주네 학교로 보내는 수밖에 없는데, 공연히 기주가 선생에게 불려가는 거나 아닌지.

지표는 일껏 쓴 편지를 죽 찢는다. 풀리지 않는 수학 문제를 놓고 책상 앞에서 머리를 쥐어짜던 민호가 그 소리에 고개를 번쩍 든다. 지표가 매를 대면서부터 민호는 지표의 기척에 민감해졌다. 성적이 눈에 띄게 오른 것은 아니지만, 민호가 책상 앞에 붙어 있는 시간이 길어진 것만은 매를 댄 보람이 있었다. 지표는 편지지를 치우고 엽서를 꺼낸다.

보고 싶은 벗 병묵에게.

건강하게 잘 지내고 있는지? 지난번 편지를 받고 반가웠다네. 오래 소식이 없어서 조금 걱정했었네. 그새 좀더 큰 공장에 그것도 공채로 들어갔다니, 이제 그야말로 당당한 산업의 역군이 되었군. 나도 별고 없이 학업에 열중하고 있어. 공부하다 졸릴 때면, 병묵이 말한 철야작업의 풍경을 상상하며 졸음을 쫓곤 해. 나야 졸다가 책상에 머리 찧는 정도지만, 기계 앞에서의 방심은 금물이네. 그러니 부디 주의하기를.

나는 진로를 병묵이 말한 법대가 아닌 상대로 정했어. 아무리 생각해도, 남의 인생에 판결을 내리는 것은 나와 맞지 않는 듯해서. 그것보다는 돈을 많이 벌어 어머니를 편히 모시고 싶은 이기적인 욕망이 더 큰 것 같네.

내년 1년을 열심히 공부하고 나면, 병묵이 살고 있는 서울로 가게되겠지. 나보다 먼저 서울에 입성한 병묵의 안내를 받으며 지난 이야기를 나눌 꿈에 부풀어 있다네. 김칫국부터 마시는 격이지만, 목

표를 확실히 하고 노력하다 보면 그 꿈으로 다가갈 수 있을 거라고
믿어.

아무튼, 건강을 잘 돌보게. 나도 자네가 일하는 그 이상으로 공부
에 매진하도록 노력하겠네.

197×. 10. 20.

D시에서 지표가.

나 외팔이로 살지만

제과점 유리문 너머로 안 목사의 모습이 비치더니 이내 문이 열
린다. 지표는 슬쩍 시계를 본다. 약속시각에서 15분이 지났으니, 안
목사는 10분 늦은 것이다. 고등학교에 입학한 기념으로 누나들이
사준 지표의 시계는 여느 시계보다 5분 빠르다. '서양 사람들은 약
속 시간을 철저히 지킨다. 그러니 우리도 문명화하려면 코리언타임
에서 벗어나야 한다. 그러기 위해서 나는 늘 시계를 5분 먼저 가게
해놓는다. 그러면 약속에 늦지 않을 수 있다.' 어느 명사의 글을 읽
고 난 뒤 지표도 시계를 거기에 맞춰놓았다.

"오랜만이네. 얼굴이 좋아졌군."

안 목사는 지표에게 손을 내민다. 지표의 손끝을 살짝 잡았다가
놓는 안 목사의 손끝에서 냉기가 뻗친다. 갑자기 쌀쌀해진 날씨 때

문일 것이다.

"앉게. 어디 보자, 내가 곧 열차를 타야 하니…… 우유?"

"네."

종업원이 데운 우유를 두 잔 가져다 탁자에 놓는다. 안 목사는 우유잔을 손으로 감싼다.

사모의 안부며 학생회 소식까지 묻고 나니 지표로선 더 할 말이 없다. 안 목사가 입을 열기를 기다릴 뿐이다. 우유를 한 모금 마신 안 목사가 잔을 내려놓으며 지표를 똑바로 바라본다.

"지표 자네, 그 집 아이에게 종종 매를 든다면서? 그게 사실인가?"

학생과장이나 선도과장이 문제 학생을 불러놓고 추궁할 때의 그, 비난이 깔린 말투다. D시에 올 일이 있는데 좀 만났으면 한다는 안 목사의 전갈을 받았을 때, 최근 들어 냉랭해진 민호 어머니의 얼굴이 먼저 떠올랐었다.

"네, 몇 달 동안 지켜보았는데도 학습 태도가 고쳐지지 않아서요. 민호 어머니께서 싫어하시죠?"

"그게…… 아이를 미워해서가 아니라 가르치려 한다는 건 아는 눈치던데…… 그래도 민호는 그 귀한 집의 막내아들 아닌가. 게다가 민호가 어릴 때 아버지가 돌아가셔서 더 마음에 쓰이는 아들이고. 말이 났으니 말인데, 자기 자식이 남에게 맞는 걸 누가 좋아하겠나?"

하루아침에 서리 맞은 들판에 나선 것처럼 마음이 싸늘하게 가라앉는다. 잠깐 갈등이 인다. 하숙비를 생각하면, 다시는 안 그러겠다고 말하고 눌러앉는 게 낫다. 하지만, 매를 들고 난 뒤에야 짐 가득 실은 손수레가 산동네 골목을 오르듯 힘겹게 오르기 시작한 민호의 성적이 매를 치웠을 때 그 상승세를 유지할 것 같지는 않다. 그리고 곧 입시 준비를 해야 할 텐데, 학교까지 오가는 시간을 생각하면…… 지표는 이내 마음을 정한다. 안 목사의 눈을 똑바로 바라보며 정중히 말한다.

"제가 그 집에서 나와야 하는 거군요? 그렇게 하겠습니다."

"그리고 지표, 자네 술도 마시는가? 가끔 밤에 친구 만나러 갔다가 들어올 때면 술 냄새가 나는 것 같다던데? 나로선 믿어지지 않네만, 그 집 아주머니가 없는 말 지어낼 분도 아니고."

민호한테 들키지 않으려 껌까지 씹으면서 돌아왔는데. 오자마자 씻기부터 했는데 그래도 아주머니가 냄새를 맡은 모양이다.

"죄송합니다."

안 목사의 눈길에서 작고 날카로운 돌멩이가 마구 쏟아져 나온다. 그 딱딱한 눈길이 아프다. 안 목사는 자리에서 일어서며 말을 뱉는다.

"자네 이게 웬일인가. 그 나이 땐 대개 한번쯤은 반항을 하는 거라지만. 자넨 남들처럼 그럴 형편이 아니잖나. 난 내심 자네가 목회자의 길을 걷지 않을까 기대도 했는데. 이나저나, 그 댁에 신앙심 깊은 학생이라고 소개한 나와 사모는 뭐가 되겠나. 그 아주머니는 자기 아들이 자넬 따르니 그런 것까지 흉내 낼까 걱정이 태산이었네. 그 말 듣는데 내 얼굴이 화끈거려서 견딜 수가 없었네."

눈앞의 사물들이 일렁거린다. 머릿속이 혼곤해진다. 바리새여, 바리새여! 지표의 마음속에 떠오른 그 단어가 갇힌 물에 뜬 너겁처럼 빙빙 돌며 나갈 줄을 모른다. 길 잃은 어린 양을 염려하는 마음보다는 구겨진 자기의 체면을 더 생각하던 안 목사. 안 목사에게 미안한 마음은 여전하지만, 믿고 따르던 사람의 매몰참은 또 그만큼 아팠다.

"그렇게 쉽사리 떠날 줄은 떠날 줄은 몰랐는데, 한마디 말없이 말도 없이, 보내긴 싫었는데……" 누군가가 벽에 등을 기대고 흥얼거린다. 하숙집으로 되돌아온 첫날 밤이다. 다행히, 한 자리가 남아서 원래 있던 하숙집으로 돌아올 수 있었다. 술이 늦춰주는 마음의 끈, 그 다정함에 기대어 지표는 막 떠나온 민호네 집에서의 나날을 지워낸다. 아마도 새 가정교사를 구할 것이다. 어쩌면 대학생을, 어쩌면 여학생일지도 모르지. 지표는 고개를 젓는다. 내가 신경 쓸 일은 아니다. 이러다 아버지처럼 술에 의존하게 될지도 모른다는 생각에 잠깐 두려움이 인다. 읍내의 대서소에서 일할 때 빼고는 늘 술에 젖어 있던 아버지…… "그 사람은, 그 사람은, 어디쯤 가고 있을까……" 낮게 흥얼거리는 노랫소리. 사람이 죽으면 영혼은 정말 천국에 가는 것일까. 그럼 천국에서 날 보고 계실까. 외팔이가 되어버린 아들, 나름대로 무공을 연마하고 있지만 언제 더 센 적을 만나 그 칼날에 쓰러질지 모르는 아들을 지켜보고 계실까.

그날, 지표는 친구네 집에서 돌아오다가 아버지를 만났다. "집에 가냐?" 아버지가 물었다. 늘 술기를 달고 다니던 아버지가 어쩐 일로 말끔한 얼굴이었다. "예, 그럼 저 먼저 집에 갈게요." 아버지를 집 밖에서 만나서 어쩐지 어색해진 지표는 어서 그 자리를 벗어나고 싶었다. 아버지가 문득 지표 손을 붙잡았다. "아버지랑 어디 좀 가자." 아버지가 지표를 데리고 간 곳은 극장이었다. 반공영화를 단체 관람할 때 빼놓고는 극장에 간 적이 없었고 극장에 드나드는 아버지를 상상한 적도 없었다.

극장 안은 컴컴했다. 이미 뉴스가 상영되고 있었다. 거대한 배에 오른 파월 용사들을 부두의 사람들이 배웅하고 있었다. 줄줄이 늘어뜨린 테이프 사이로, 손수건으로 눈을 훔치는 어머니들의 모습이 잠깐 비쳐졌다. 잊었던 숙제가 떠올랐다. 위문편지 쓰기. "파월 장병 아저씨께. 더운 나라에서 베트콩과 싸우시느라 얼마나 고생이 많으십니까. 저는 매현국민학교 4학년 박지표라고 합니다. 오늘 아버지와 영화를 보러 갔다가 대한 뉴스에서 용맹한 아저씨들의 모습을 보았습니다." 머릿속으로 편지 문구를 떠올리는 동안 태극기가 화면에 펄럭이며 애국가가 울려 퍼졌다. 영화가 시작되자 지표는 숙제 따위는 까맣게 잊고 영화에 빠져들었다. 하인의 아들이지만 진실한 성품으로 사부의 귀여움을 받는 방강. 사부의 아름다운 딸은 방강을 짝사랑한다. 방강은 잘못한 것도 없는데 이래저래 사형들에게서 미움을 산다. 방강은 사문을 떠나려다 팔까지 잘린다. 그러나 왼손으로 익힐 수 있는 비급을 얻어 무공을 쌓는다. 그리고 위기에 빠진 사부의 딸을 구해준다. 사랑을 고백하는 사부의 딸, 그러나 방강은 사부의 딸을 등지고 어려울 때 자기를 돌보아준 여인에게 돌아감으로써 의리를 지킨다.

극장을 나섰을 땐 이미 캄캄한 밤이었다. "사람은 무슨 일이 있어도 신의를 지켜야 한다. 그게 없으면 짐승이나 다를 바 없다." 어둠

136

속에서 아버지가 혼잣말처럼 중얼거렸다. 이듬해, 아버지는 주독이
간에 쌓여 거무스름해진 몸으로 세상을 떴다. 장례식 내내, 아버지
가 가족에 대한 신의를 저버렸다는 생각이 지표를 떠나지 않았다.

토닥토닥 토닥토닥. 누군가가 다가오는 발걸음 소리. 지표는 눈을
뜬다. 어슴프레하게 떠오르는 벽과 천장이 죄어올 듯 좁다. 여기가
어디지? 지표는 어둠 속에서 눈을 깜짝인다. 공기 속에서 소주 냄새
가 맡아진다. 비로소, 제가 민호네를 나와서 하숙집으로 돌아왔다
는 걸 깨닫는다.

지표는 불을 켠다. 같이 방을 쓰게 된 1학년생이 잠결에 눈살을
찡그리더니 모로 돌아눕는다. 그 바람에 드러난 어깨를 이불로 잘
감싸주고, 지표는 방문을 조금 연다. 깨질 듯 아픈 머릿속에도 서늘
한 바람이 부는 것 같다.

그날, 아버지는 무슨 마음으로 아들을 극장으로 데려간 걸까. 막
내라고 더 귀여워해준 적도, 상을 타 왔다고 칭찬해준 적도 없는 아
버지였다. 서운한 마음은 잠깐이었다. 어떻게 해서인지 모르지만, 지
표는 아버지가 자식뿐만 아니라 자기 자신조차도 사랑하지 않는다
는 걸 알고 있었다.

용하다고 소문나서 다른 읍에서도 환자들이 찾아오는 유명한 한
약방집의 맏이로 태어나 귀하게 자란 아버지. 할아버지가 돌아가시
자마자 할아버지의 형제들과 아버지의 형제들, 숙질 사이에 이전투
구의 재산싸움이 벌어졌다. 피 나눈 형제들이 드러내는 감때사나운
욕심에 질린 아버지는 자기 권리를 모두 포기하고 읍의 외곽에 허

름한 집을 얻어 나왔다. 대서소 귀퉁이에서 대서를 해주는 게 아버지의 직업이었고 푼돈이라도 생기면 술을 마시는 게 아버지의 유일한 호사였다. 지표의 여동생이 홍역으로 죽자 그 뒤로는 아기가 생길까 봐 잠자리도 피했다고, 어머니가 외숙모에게 이야기하는 걸 들은 적이 있다. 세상은 무섭고 인간은 믿을 게 못 되는데, 이 험한 세상에 니들을 내놓은 것만도 미안하다며 이따금 술에 취해 웅얼거리기도 했다.

아버지도 외팔이였다. 팔이 잘렸다고 그저 잘린 팔만 한탄하다 세상을 버린. 남들보다 팔 하나가 없으면, 다른 팔로 무공을 쌓을 수 있는 비급이 어딘가에 있을 것이다. 그 팔마저 잘린다면, 또 다른 방법이 있을 것이다. 외팔이라는 조건 때문에 얕보는 이들이 있다면 그 코를 납작하게 해줄 것이다.

K고에 들어온 지 얼마 안 되어, 지표는 학생들이 크게 두 부류로 나뉜다는 것을 알아차렸다. 고교 입시에서의 실패를 대학 입시에서는 거듭할 수 없다고 굳게 마음먹은 아이들이 그 하나였다. 그런 아이들은 자기를 떨어뜨리고 D고에 간 아이들과 맞붙을 대학 입시에서 승리를 맛보겠다는 각오로 공부에 매진했다. 다른 한 부류는 고교 입시에서 겪은 실패의 기억에 발목 잡혀서 어영부영, 아무 의욕 없이 학교에만 왔다 갔다 했다. 지표가 하숙집으로 돌아올 수 있었던 것도, 그러다 결국 자퇴해버린 한 학생 덕분이었다.

이제 1년밖에 안 남은 대학 입시를 치르기 전까지는 술 같은 건 절대로 입에 대지 않으리라, 지표는 다짐한다. 마당에 깔린 낙엽 위로 추적추적 떨어지는 비, 문득 드는 한기에 오스스 몸을 떨며 지표는 방문을 닫는다.

월급 봉투 안에 계시는 하느님

지표에게.

답장이 늦어져서 미안하네. 그동안 여러 가지로 일이 많았고, 그에 따라 생각할 거리도 많아져서 쉽게 펜을 들 수 없었어.

우선 가장 큰 일은 아버지가 돌아가신 일이야. 자세한 사정은 나중에 만나서 말하기로 하고, 어쨌거나 지금은 땅속에서 편히 계시다네. 어쩌면 저승에서도 노름판을 기웃거리고 계신지도 모르지. 저승에도 노름판이 있다면 말야. 하하.

아버지가 돌아가시면서, 결국 집도 남의 손에 넘어갔다. 그래서 기숙사를 나와 방을 얻고 어머니를 모셔왔어. 어머니가 해주시는 밥을 먹으니 힘이 불끈불끈 나는 것 같아. 그런데 어머니가 자꾸 머리 아프다고 하셔서 걱정이야. 고향에서 맑은 산바람 들바람 쏘이시다가 도회지의 탁한 공기를 마시니까 그러시는 거겠지. 그렇지만 다른 병이 나신 건 아닌가 하고 걱정이 돼. 계속 편찮으시면 병원에 한번 모시고 갈 생각이야.

지표는 이제 고3, 입시 준비에 여념이 없겠군. 요즘도 기도는 열심히 하는지? 나는 아직 신을 믿기는 어렵다. 내가 지금 사는 동네는 물지게로 물을 날라야 하는 그런 곳이야. 서울 같은 대도시에 아직도 그런 동네가 있다는 게 믿어지나? 그런데 우리 동네에서 조금 내려와서 큰길을 건너면 거기는 정원수가 아름다운 이층집들이 줄지어 있어. 큰길에서 버스를 기다리며 길 이쪽과 저쪽을 바라보면, 어쩐지 하느님도 저쪽 동네가 마음에 들어서 그쪽에만 머무르고 계신 거 아닌가 싶다네.

내가 수험생한테 쓸데없는 말을 하고 있군. 어쨌거나 지표는 하느님의 사랑을 듬뿍 받을 거라고 믿어. 늘 건강하길 기원하네.

197×. 3. 30.

병묵 씀.

지표에게.

명문고 교복을 입고 으스대는 내 또래 남학생의 거만한 눈빛이 나를 슬프게 한다. 그 남학생을 보는 여자애들의 눈에 어린 호감이 나를 슬프게 한다.

5분이라도 더 자고 싶은데 새마을교육에 빠지면 안 된다고 딱딱거리는 반장의 목소리가 우리를 슬프게 한다.

통근버스에 오르자마자, "사원이냐 공원이냐" 따져 묻고 기어이 버스에서 내모는 경비원의 모습이 나를 슬프게 한다. 맥없이 내려서서 만원버스를 타러 버스 정류장으로 가는데 사원들만 태운 통근버스가 휑 스쳐 지나갈 때, 버스 뒤에서 내뿜는 검은 연기가 나를 슬프게 한다.

칸막이 쳐진 구내식당, 사무직들의 구역에서 우리 식판에 없는 반
찬 냄새가 날 때, 그 냄새를 맡고 무슨 반찬일까 상상하며 내려다
보는 식판이 나를 슬프게 한다.

버스를 기다리는 정류장, 버스 문에 매달려 몸으로 승객을 밀던
차장이 길바닥에 떨어진 줄도 모르고 저만큼 달려나가는 시내버
스가 나를 슬프게 한다.

어머니가 챙겨주신 밥을 든든히 먹어도 살이 쭉쭉 빠지는 듯한
야간작업. 밤새 일을 마치고 아침녘에 돌아와 쓰러져 잠드는 나를
애처롭게 내려다보시는 어머니의 눈길이 나를 슬프게 한다.

197×. 7. 5.

병묵 씀.

추신: 지난번에 지표가 보내준 글을 본떠서 써봤어. 쓰고 나니 공
연히 신세한탄만 한 것 같아서 부끄럽네. 언젠가 '우리를 기쁘게
하는 것들'에 대해서도 쓰게 되겠지. 건강하길!

지표에게.

오랜만이구나. 나 정구야, 한정구. 설마 잊은 건 아니겠지?

고향의 큰아버지 댁에 갔다가 우연히 상규 만나서 네 소식 들었
다. 상규는 키만 컸지 어릴 적 모습 그대로이더라. 넌 여전히 검고
큰 눈만 반짝이겠지.

고향을 떠나온 뒤, 가끔 국민학교 때 생각을 했다. 그럴 때면 몇몇

얼굴이 떠오르더라. 일종의 감상이겠지.

나는 사대에 가려고 사대부고에 왔지만 아무래도 선생님은 내 적성에 맞지 않는 것 같아 S대 신문방송학과를 생각하고 있다. 어쩌면 너와 같은 대학의 캠퍼스에서 만나게 될지도 모른다는 생각을 한다. 얼마 남지 않은 동안이지만 열심히 하기 바란다. 대학에 들어가서 만나자.

197× 9. 25.
동창 정구가.

나의 벗 지표에게.

종일 하늘이 찌푸렸더니 드디어 비가 오는구나.

이 비 그치면 겨울이 오겠다. 어머닌 어제 이웃들과 모여 김장을 담그시고 이제 연탄만 들여놓으면 월동준비 끝난다고 흐뭇해하시더라.

오랫동안 편지 못 해 미안하다. 어젯밤에는 지표 꿈을 꾸었다. 지표가 우리 집에 찾아와서 찐 고구마를 같이 먹는 꿈이었다. 어머니는 꿈 이야기를 들으시더니 "감기 조심하라"고 하시더라. 꿈속에서 무언가를 먹으면 감기 걸린다고 하시면서. 그러시더니 정작 어머니가 어제 찬바람 맞으시며 김장 한 게 고되셨던지 끙끙 앓는 소리를 내며 주무시고 계신다.

낮에 자고 밤에 일하는 일이 많아지니 아무래도 건강이 많이 나빠지는 것 같다. 야간작업 때는 특히 사고가 많이 나서, 이제는 타이밍 먹는 게 버릇이 되었다. 아무래도 건강에는 안 좋을 텐데, 그래도 졸다가 사고 나는 것보다는 나을 거라고 생각한다.

그런데 요즘은 예수라는 존재에 관심이 생겼어. 최근에 공장에 들어온 형이 있는데, 그 형 말로는 예수님이 그냥 우리 같이 열심히 일해서 벌어먹고 사는 사람이었다고 하더군. 목수라면 나처럼 공장 다니는 사람이나 뭐 도 긴 개 긴 아니겠나. 참 미덥고 좋은 형이야. 그 형이 하는 말을 다 알아들을 수는 없지만, 그런 형이 믿는 예수라면 나도 믿어볼까 하는 마음도 슬그머니 생기는군. 하지만 아직은 월급봉투 안에 든 지폐가 나의 하느님이야. 내가 하느님을 모독한 것일까.

어쨌든 지표는 하느님의 사랑을 듬뿍 받으리라 믿어. 예비고사 점수는 기대한 만큼 잘 나왔겠지? 남은 기간 공부에도 박차를 가해서 좋은 성과 거두기를.

197×. 11. 20.

병묵.

진인사 대천명

칸막이 너머로 누군가가 가늘게 코 고는 소리가 들린다. 그 소리가 신호라도 되는 듯이, 창 아래쪽에서 노랫소리가 들려온다. "고요한 밤 거룩한 밤 어둠에 묻힌 밤 주의 부모 앉아서 감사기도 드릴 때 아기 잘도 잔다 아기 잘도 잔다……" 자장가처럼 들리는 찬송가와 가늘게 코 고는 소리의 조합 때문에 지표는 쿡, 웃는다.

예비고사 점수는 지표가 예상했던 만큼 나왔다. 본고사에서 크게 실수만 하지 않으면, S 상대 합격권에 무난하게 들 것 같다. 본고사 준비를 위해 서울로 올라온 지 한 달이 되었지만, 누나와 지환 형을 잠깐 만났을 뿐, 아직 병묵에겐 연락하지 않았다. 본고사를 치르고 나서, 합격 소식을 받고 찾아볼 생각이다.

안 그래도 들뜨기 쉬운 크리스마스이브다. 잠깐 인근의 교회에라도 가볼까 하는 생각이 들었지만 지표는 의자를 좁다란 칸막이 책상 앞으로 바싹 다그며 책상 앞에 써 붙인 글귀를 바라보았을 뿐이다. D시에서 1년 내내 책상 앞에 붙어 있던 '3當 4落' 대신 '盡人事 待天命'이라는 글귀가 지표를 바라보고 있다.

코 고는 소리에 전염된 걸까. 아니면 갇힌 공기가 탁해서 자꾸 하품이 나는 걸까. 몸이 자꾸 처지는 듯하다. 지표는 기지개를 쭉 켜고 난 뒤 다시 『수학의 정석』을 펼친다. 연필로 끼워놓은 페이지와 남은 페이지를 가늠하다가, 타이밍을 한 알 꺼낸다. 그 작은 알약은 올 한 해, 지표를 수마로부터 구해내주었다. 약에 의지하게 될까 봐 걱정하면서도, 잠을 줄이기 위해선 어쩔 수 없이 약을 먹어야 했다. 병묵은 기계 앞에서, 지표는 책상 앞에서, 어쩌면 같은 시간에 타이밍을 꺼내 삼켰을지도 모른다.

찬물이 목으로 넘어가는 느낌이 서늘하다. 입시 스트레스로 졸아붙었을 장의 말라붙은 주름 사이로 스며드는 물. 파삭한 장 안벽이 촉촉이 젖는 듯하다. 코 고는 소리가 더 커진다. "고요한 밤 거룩한 밤 주 예수 나신 밤 그의 얼굴 광채가 세상 빛 되셨네 왕이 나셨도다 왕이 나셨도다아" 왕의 태어남을 소리 높여 칭송한 성가대원이 멀어진다. 1년에 단 하루 통금이 없는 밤, 골목을 걷는 발짝 소리가 자박자박 울린다. 진인사 대천명, 본고사가 한 달도 채 남지 않았다. 지표는 다시 책에 집중한다. 눈은 내리지 않는다.

3부

햇빛 한번 비춘 적 없는 젊은 날

젊은 시절 난 자신에게 말했었지 내 삶은 내 것이 될 거라고
그리고 이제 난 햇빛 한 번 비춘 적 없는 이곳을 떠나려 해
태양이 떠오르는 걸 볼 때까지 기다리기엔 내 삶이 너무 짧으니까
게다가 계속 나아가지 않으면 안 된다는 걸 너무 잘 아니까
내일이 올 때까지 계속 나아가는 거야, 뒷걸음칠 이유가 없어
계속 나아가는 거야, 나아가는 거야, 나아가는 거야

캐리 온, 캐리 온, 캐리 온…… 경사 완만한 언덕을 오르는 듯하던
배드핑거의 목소리가 언덕 너머로 자취를 감춘다. 멜로디로 출렁이
던 방에 내려앉은 정적이 급작스럽다. 오시시, 한기가 드는 듯하다.
반듯하게 누워 눈을 감고 있던 기주는 천천히 눈을 뜬다. 학교 후문
옆의 자취방엔 보자기만 한 창이 골목 쪽으로 아주 높게 나 있다.

낮에도 볕이 잘 들지 않는 방에 누우면 꼭 어릴 적 벽장에 숨었을 때 같다. 흐린 날엔 관 속에 누우면 이런 기분이 들까 싶기도 하다. 테이프의 한 면이 다 돌아갔다. 되감기 버튼을 누른다. 덕자가 선물한 카세트테이프는 한 면이 비지스의 여러 노래들로, 다른 한 면은 배드핑거의 「Carry On Till Tomorrow」로 채워져 있었다. 볕이 잘 들지 않는 방에 누워 배드핑거의 노래를 들으면, 햇빛 한 번 든 적 없는 듯하던 덕자네 옛집이 떠오르기도 했다.

중학 시절, 기주는 아주 작고 말라서 삭정이처럼 보였다. 바람이 거센 날 기주가 운동장을 지나면 상급생인 기주 언니의 반 친구들은 창밖을 내다보다 언니를 불렀다고 한다. 네 동생 날아간다. 날아가! 그런 기주의 단짝은 뒤에서 보면 남학생이라 할 만큼 키도 크고 뼈대도 굵은 덕자였다.

덕자는 다른 데에서 국민학교를 마치고 1년 쉬었다가 중학교에 들어왔다. 기주보다 나이가 두 살 많은 데다 성격도 너글너글했다. 급히 걸어야 할 때면 교복인 플레어스커트의 귀퉁이를 둘둘 말아 올려 끄트머리를 묶어버리는 덕자였다. 기주에겐 동급생이라기보다는 언니 같았다. '어이, 꼬맹아', 단둘이 있을 때면 기주를 그렇게 부르던 덕자. 언제부턴가 둘은 단짝이 되었다.

엄마와 단둘이 사는 덕자의 집은 학교에서 내려다보이는 논 한가운데에 있었다. 논 가운데 달랑 한 채인 집이라서, 산을 깎아 만든 언덕 위의 교실에서 내려다보면 섬처럼 보였다. 초록 바다에 떠있는 작은 배 같기도 했다. 그 집의 지붕은 농수로 옆 논둑의 높이

와 얼추 맞먹었다. 대문이라고 해야 각목으로 틀을 짜고 함석을 덧 댄 것이었다. 문틀은 뒤틀렸고, 함석은 세월에 삭아 녹슬고 구멍이 뚫렸다. 하기야 도둑이 든다 해도 겁날 게 없는 살림이었다. 그 집에 서 유일하게 빛나는 건 월남에서 돌아온 덕자 외삼촌의 선물인, FM 이 흐릿하게 잡히는 라디오뿐이었다. 관절염을 제때 치료하지 못해 앉은걸음으로 뭉개는 엄마 대신 살림을 도맡은 덕자는 틈만 나면 라디오를 끼고 살았다. 사방이 논이라 툭 트였는데도, 막상 집 안 에 들어서면 볕이 안 드는 집처럼 퀴퀴했다. 덕자는 막내였고, 형제 자매는 다들 외지에 나가서 제 한 몸 살기에도 바쁜 듯했다. 수업이 끝나면 기주는 덕자네 집 어둑한 방에 엎드려 덕자와 함께 숙제를 했다.

D시의 고등학교로 진학한 뒤에도 기주는 어쩌다 고향에 가면 덕 자네 집에 들렀다. 도시에서 살던 기주의 눈에, 덕자네 집은 시간 이 흐르지 않고 고여 있는 곳으로 보였다. 추녀는 더 낮아지고, 방 은 더 좁아진 것 같았다. 중학교 때의 친구들과 선생님들 이야기를 나누고 나면 어색한 침묵이 찾아들었다. 그 침묵을 가려준 것은 라 디오에서 흘러나오는 음악이었다. 집 떠난 곳에서 누리는 자유를 덕 자에게 말하기가 어려웠다. 고향에 가도 덕자네 집에 들르는 횟수가 뜸해졌다. 2학년 때, 수학여행 다녀와 받은 덕자의 편지에는 『데미 안』의 한 구절이 적혀 있었다. "새는 알을 깨고 나온다. 알은 하나의 세계다. 태어나려는 자는 세계를 파괴해야 한다." 그게 마지막 편지 였다. 겨울방학 때 찾아간 덕자네 집은 새가 깨고 날아간 알 껍질처 럼 비어 있었다. 엄마가 돌아가시고, 덕자는 서울인지 어딘지 사는

언니에게 갔다는 소문이 뜯어내다 만 벽지처럼 너붓거렸다. 그루터기만 남은 논바닥을 쓸며 내닫는 바람이 황량했다. 네다섯이나 된다는 언니 오빠 이야기를 덕자는 거의 하지 않았다. 몸 불편한 노모를 막내인 덕자가 모신 걸로 보면 데면데면한 사이거나 다들 제 한 몸 살기 힘든 처지였을 텐데 군식구가 되어 눈칫밥을 먹는 거나 아닐까. 반죽 좋아 보이는 덕자의 큰 체구 그늘에 무 싹처럼 여리고 상처 받기 쉬운 감수성이 돋은 걸 기주는 알고 있었다. 덕자는 엄마가 돌아가시면서 그 이전의 세계를 다 파괴하고 싶었던 걸까. 그럼 기주 자신도 그 파괴해야 할 세계에 속한 사람인 걸까. D시의 새로움에 홀리고, 개성 다른 하숙생들이 벌이는 크고 작은 사건들에 마음 팔고, 아는 이 없는 익명의 자유로움에 취해서 편지가 오갈 때에나 덕자를 떠올렸던 벌을 받는 것 같았다. 코트 앞섶으로 바람이 사정없이 파고들었다. 논둑길에 파인 작은 웅덩이마다 살얼음이 깔려 있었다. 기주는 그 살얼음을 제겨 디뎠다. 파삭, 얇은 얼음장 깨지는 소리를 마음에 가득 담고 D시로 돌아와 입시 공부에 몰두했다.

덕자를 다시 만난 건, 서울 시내 각 대학교가 장기 휴교에 들어간 지난해였다. 봄, 꽃망울 맺은 나무들보다 더 먼저 피어난 것은 군사 정권에 대한 노여움의 함성이었다. 서울 시내 대학생들이 서울역에 모이고, 같은 또래의 진압 전경이 죽고, 그 죽음을 제대로 삭일 겨를도 없이 남도의 한 도시에선 사람들이 마구 죽어갔다. 검은 연기처럼 뭉게뭉게 번지는 말들. 검은 연기가 발화점을 가려서, 누가 불을 붙인 것인지, 누가 타는 불에 기름을 끼얹었는지 알 길이 없었다. 학교는 기한 없는 휴교에 들어갔다.

돌아온 고향집은 다른 세상처럼 고요했다. 두고 온 서울이 아득했다. 그냥 긴 꿈을 꾼 듯했다. 꽃이 피고 지고, 또 다른 꽃이 피고 모내기 마친 논에선 어린 모들이 물에 제 그림자를 비추며 살랑거렸다. 그 평화가 거짓말 같았다. 기주는 책을 읽거나 방바닥에서 뒹굴다 발작처럼 일어나 털이개를 집어 들었다. 방을 닦고 걸레를 삶아 방망이로 팡팡 두드렸다. 신문지를 물에 적셔 창유리를 반들반들하게 만들었다. 그러다 지치면 기진한 듯 잠들었다. 혼곤한 낮잠에서 깨어나면, 자신이 그로기 직전에 이른 권투 선수 같았다. 오직 좀더 얻어맞겠다는 일념으로, 젖은 행주에서 마지막 물기를 쥐어짜듯 온몸의 힘을 모아 일어서는, 이길 수 없는 상대에게 비칠거리며 다가가는 권투 선수. 봄의 끝자락에 고향에 내려왔는데 장맛비에 눅진해졌다 볕기 반갑다 싶더니 어느새 매미며 쓰르라미가 시끄러웠다. 저녁 무렵이 되면 창턱에 걸터앉아 대문 쪽의 기척에 귀를 주었다. 서울에서 대낮에 펼쳐지는 석간신문은 기주의 고향인 소읍엔 오후 예닐곱 시쯤 배달되었다. 배달부의 자전거가 멎는 짧은 브레이크 소리에 뒤이어 대문 아래 틈으로 툭, 디밀어지는 신문 소리를 들으면 비로소 하루가 마감되는 기분이었다. 기주는 슬리퍼를 끌고 나가 신문을 갖고 와서, 방바닥에 펼쳐놓고 천천히 넘겼다. 신문기사를 믿을 수도, 소문을 믿을 수도 없었다.

서편으로 난 창에 낮게 가라앉은 햇살이 노염 타듯 부서지던 어느 저녁이었다. 자전거 멎는 소리가 났는데도 신문 떨어지는 소리가 들려오지 않았다. 기주는 문간을 내다보았다. 대문 아래로 운동화의 그림자가 어른거리더니 초인종이 울렸다. 신문대금 낼 때가 되었나, 하면서 나가보니 파마를 해서 빠글거리는 머리 때문에 얼핏 아줌마로 보이는 덕자가 서 있었다. 더위로 벌게진 얼굴에서 땀이 줄줄 흘렀다. 늘 덕자를 올려다본 것 같은데, 어느새 두 사람의 눈높이는 수평을 이루었다. 그다음에 만났을 때 덕자는 말했다. 나, 너희 학교 앞 지나는 버스 안내양으로 일했어. 지금은 그만두었지만. 너희 학교 학생들이 탈 때마다, 혹시 너 아닌가 싶어서 찾았는데……고향 인근 소읍의 외삼촌네 벽돌 공장에 경리일 보아주러 간다는 덕자가 건넨 테이프였다.

문밖만 나서면 사람들의 시선을 의식해야 하는 소읍에서 벗어난 고등학교 시절, 기주는 자유의 맛을 알게 되었다. 혈연이나 지연으로 얽힌 사람이 없다는 것, 어디로든 날아갈 수 있는 민들레 갓털 같은 가벼움. 대학에 가면, 더 큰 도시로 가면 이보다 더 큰 자유가 있을 것만 같았다. 입시생이 되어 야간자습을 할 때, 가슴이 답답해지면 어두운 운동장에 나와서 숨을 깊이 들이쉬었다. 가슴이 바람에 부푼 돛처럼 부푸는 듯했다. 그 돛을 달고 더 넓은 세상에 나가면, 물 만난 물고기처럼 자유롭게 유영할 수 있을 것 같았다.

막상 대학에 오니, 곁을 주지 않는 사람 곁에 서 있는 듯했다. 이래라저래라 하는 사람이 없다는 게 그렇게까지 낯설 줄 몰랐다. 자유의 뒤편엔 스스로 결정하고 책임져야 한다는 의무가 도사리고 있었다. 교양학부라서 여러 학과를 혼합해서 두 반으로 나누었는데, 기주의 반엔 기주와 같은 과 여학생이 한 명도 없었다. 여고생의 티를 싹 벗기로 작심한 듯 파마머리에 정장을 입고 굽 높은 구두를 신은 여대생들이 기주에겐 낯설었다.

기주는 강의실 맨 뒷자리에 앉아 있다가 강의가 끝나면 굴뚝의 금간 틈으로 새는 연기처럼 살그머니 빠져나왔다. 강의와 강의 사이에 시간이 비면 도서관에 처박혀 있었다. 자신이 파초 잎 위의 물방울처럼 느껴졌다. 어떻게든 마음 붙여보려고 서클에 가입하기도 했지만 입안에 유리 조각 가득한 듯 서걱거리는 이물감은 가시지 않았다. 강의가 끝나면, 학교 앞이 종점인 시내버스에 올라 맨 뒷자리에 앉았다. 차창 밖으로 보이는 도시는 번잡했다. 어쩌면 이렇게, 섞이지 못하고 지나가는 사람으로만 살게 될지 모른다는 생각이 차창을 스치는 풍경처럼 마음을 스치기도 했다. 눈길 잡아끄는 골목이나 건물이 보이면 버스에서 내렸다. 걷고 또 걸으며, 도시의 속내를 조금이라도 만져보려 했다.

콘크리트 기둥이 위압적인 세운상가 고층에 빨래가 나부끼는 장면도 기주를 사로잡았다. 안내양의 눈총을 받아가며 뒤늦게 내린 기주는 무작정 그 건물로 향했다. 찻소리 끊이지 않고 매연투성이인 중심가의 상가 위쪽에서 누군가가 밥을 해 먹고 몸을 뉘고 빨래를 하며 살아간다는 게 상상이 되지 않았다. 거기엔 D시에서 보지 못한 것들도 많았다. 기름에 볶은 듯 윤기 흐르는 불개미 더미엔 '양기회복'이라고 쓰인 팻말이 꽂혀 있었다. 이 나라와는 전혀 관련이 없을 것 같은 외국 여배우의, 몸매에 비해 너무 커서 그 자체로 다른 생명임을 주장하는 듯한 유방이 드러난 사진 패널들도 있었고, 염료로 그린 눈에 안질을 앓는 듯 희부연 눈으로 오가는 사람을 바라보는 고무인형이 섬뜩했으며, 태엽을 감으면 감긴 만큼 도르르 굴러가다 멎는 장난감 행상도 있었다. 기주는 그 장난감이 부러웠다. 누군가, 서울과 대학에 적응하지 못해 베도는 제게 태엽을 감아주었으면 싶었다.

2학년이 되어 전공 수업을 들으면서, 전보단 아는 사람들이 많아졌다. 같은 과 친구들과 학교 앞 다방에 죽치고 앉아서 디제이에게 음악을 신청하는 쪽지를 써 보내고, 모여 앉아 리포트를 베끼기도 했다. 그런데도 마음은 이 자리 아닌 다른 곳에 있는 듯했다. 대학이 버거운지 서울에 정을 못 붙이는지, 기주 자신도 알 수 없었다. 고향에도 서울에도, 어디에도 속하지 못한 마음은 너겁처럼 물 위에 떠서, 바람결 따라 모였나 싶으면 다시 흩어졌다. 그러다, 도서관이나 자취방에서 책을 읽을 때면 흔들리던 마음이 조금씩 발을 내리는 것 같았다.

캐리 온, 캐리 온, 캐리 온…… 외치는 가수의 목에서 피가 날 듯하다. 배드핑거의 목소리는 감미롭지만, 이마며 입가에 잔주름이 잡히고 목살 늘어진 중년이 되어 묵은 앨범을 들여다보는 듯한 기분이 든다. 내 삶이 내 것이 될 수 있을까. 이십대 초반, 누가 보아도 젊은 나이라고 할 수 있다. 그런데도 팽팽한 살갗 한 겹 안쪽에 등 굽고 뼈 시린 할머니가 웅크리고 있는 듯, 어쩐지 제 삶이 제 것이 아닌 것만 같았다. 마녀가 빌려준 화려한 옷을 잠시 빌려 입고 있는 듯한 어색함. 파티장 귀퉁이에서 그 은성함을 구경하는 데 몰두한 동안 시곗바늘은 재깍재깍 원반 위를 돌고, 한순간 자정을 알리는 종소리가 뎅, 데엥 둔중하게 울리면서 빌려 입은 모든 걸 재투성이로 만들 것 같은 의구심. 머릿속에서 마구 증식하는 생각을 조롱하듯, 배 속에서 쪼르륵 물 흐르는 소리가 난다. 기주는 몸을 일으켜 부엌으로 나간다.

대양의 파도는 두 사람을 감싸고

"오빠, 저 차 귀엽지? 난 나중에 차 갖게 되면 저 차 살 거야."

은경이 가리킨 건 신호대기에 걸린 빨간 폭스바겐이다. 볼 때마다 딱정벌레가 생각나는 차였다. 구슬처럼 빛나는 은경의 눈이 가슴에 환히 박히는 데도 입은 퉁명스러운 말을 뱉는다.

"야, 네가 저런 차 사면 난 타지도 못하겠다. 내 몸뚱이가 저기 들어가기나 하겠냐?"

형태는 어깨를 편다. 가뜩이나, 은경 옆에만 있으면 킹콩이라도 된 것처럼 몸이 더 커지는 느낌이다.

"오빠도, 내가 차 살 때 되면 오빤 이미 차 갖고 있을 거면서."

"하긴 그래. 내가 큰 차 사서 너 태워줄게."

"오빠가 차 사면 난 차 안 사도 되잖아? 그래도 차 없으면 불편하니까……"

말하다 말고 은경은 킁킁거린다. 그 바람에, 콧등에 잔주름이 생

긴다. 동물원에서 본 아기 원숭이의 얼굴을 생각나게 하는 잔주름
이다.

"바다 냄새 난다. 이 냄새 맡으면 꼭 어릴 때 생각이 나. 그때 우
린 부산에서 살았거든."

바다가 있는 쪽을 바라보는 은경의 눈길이 아득해진다. 화장기
없는 얼굴의 솜털이 햇살 받아 반짝이다가 야자수 그늘에 가려 지
워진다. 한국 여자치고는 흰 편인 피부에 눈동자가 유난히 커서 놀
란 듯 보이는 동그스름한 눈매가 인형을 닮았다. 은경의 미소를 볼
때면, 한국을 떠나던 날, 구름 위에 올랐을 때처럼 마음속에 환한
기운이 번진다. 먹구름 드리운 지상의 막막함을 한꺼번에 날려버리
던 그 화사함.

"그동안 네 공부에 들인 돈만 해도 집 몇 채는 샀을 것이다. 그런
데 결국 한국 대학에 들어갈 실력도 안 된다니. 나도 이제 예전 같
지 않다. 미국으로 가면 학비는 대주마. 거기서 쓸 돈은 네가 벌어
라. 미국에선 다들 부모한테 기대지 않고 제 용돈은 제가 번다더라.
그래야 너도 거기 사정도 알 수 있고, 말도 빨리 배울 테니."

떠나오기 전 고향집에 갔을 때, 아버지는 당당하던 풍채가 줄어
들고 얼굴마저 작아진 것 같았다. 아버지가 작아진 탓일까, 집은 더
휑하게 보였다. 전과 달리 서늘한 기운이 느껴지는 거실, 아버지의
말에서 뚝뚝 떨어지는 냉기가 형태의 마음에 고드름으로 박혔다.

"얘가 어떻게 돈을 벌어요? 가면 말 배우기도 바쁠 텐데, 게다가
음식도 안 맞을 테고. 그냥 있어도 몸이 상할 판인데."

세상에 별소리도 다 듣겠다는 듯이 엄마가 나섰다. 아버지는 엄마를 쳐다보지도 않고 대답했다.

"젊어서 몸 상한 건 금방 나아. 나도 왜정 때 광산에서 일하면서 몸이 많이 축나고 망가졌지만 그 뒤 조섭을 잘해서 이만큼 멀쩡해진 거야. 외국에 가서 시간 많으면 쓸데없는 생각이나 들지. 어쨌든 그리 알고, 가기 전에라도 영어 공부 열심히 해라. 가서 멀쩡한 벙어리 되지 말고."

그 여우 같은 년들이 제 새끼들 데리고 와 알랑대더니…… 엄마는 방으로 들어오자마자 화증이 치미는지 철퍼덕 주저앉아 양말부터 벗어던지며 말했다. 내내 출입을 안 하던 아버지의 딸들이 형태 엄마가 서울에 올 때마다 자기 아이들 데리고 드나든다는 걸 알려준 사람은 식모 아주머니였다. 아주머니는 월급 주는 사람이 엄마라는 걸 잊지 않았다. 집에 갈 때면 뭐라도 사 먹으라고 호주머니에 슬쩍 돈을 찔러 넣어준다는 것까지 얼결에 말했다. 그게 지들 왔다는 걸 나한테 말하지 말라고 와이로 쓰는 거 아니고 뭐겠냐, 그년들이 나중엔 이 집까지 꿰차려고 하는 거 아닌가 모르겠다, 엄마는 방문 쪽을 향해 소리쳤다. 아줌마, 나 물 좀 줘요. 예, 하는 소리가 들리기 무섭게 형태도 외쳤다. 아줌마, 난 콜라! 차가운 물을 벌컥벌컥 들이켜는 엄마 옆에서 형태도 콜라를 마셨다. 유리잔 안에서 보글거리는 공기 방울을 바라보고 커억, 트림을 했다. 미국에 가면 콜라를 물처럼 마셔야지. 미국으로 간다는 게 두렵기도 했지만 설렘이 더 컸다. 서부 영화에서 본 것처럼 시가를 문 채 술집 입구의 나무문을 확 열어젖히고 들어서는 모습─고등학교 때부터 담배를 피웠지만 시가는 아직 한 번도 피워보지 못했다──을 떠올리며 거울 앞에서 폼을 재보았으며, 한쪽 차창에 팔을 얹고 한 손으로만 운전하는 자기의 남자다운 모습에 반해 넋을 놓는 금발 여자──그녀는 가슴골이 환히 드러나는 옷을 입고 있다──의 빨간 립스틱 바른 입술이 다가오는가 하면, 멋진 양복을 입고 매끄럽게 영어를 말하는 자기를 둘러싸고 감탄하는 여대생들──물론 그곳은 한국의 서울하고도 한복판인 명동이었다. 그는 미국에서 성공해서 돌아온 젊은 사업가다──의 넋 놓은 모습이 그려지기도 했다. 아버지의 말은 그 멋진 모습들이 이어지던 필름을 딱 끊어내고 난데없이 음식접시를 들고 양키들이 앉아 있는 식탁 사이 좁은 통로를 지나다니거나 주유소에서 기름을 넣는 노란 얼굴을 화면 가득 채워버렸다. 그것도 주눅 든 얼굴로. 엄마 말이 맞았다. 아버지가 큰집 누나들에게 넘어간 게 틀림없다. 대학 갈 실력이 못 된다고 대 잇고 제사까지 모셔줄 아들이 미국 거지가 돼도 좋단 말인가. 아버지의 말이 터뜨린 폭탄에 바스라진 마음을 모자는 물과 콜라로 축였다.

떠나는 날은 아침부터 잔뜩 찌푸렸다. 하늘에 드리운 먹구름이 그대로 내려앉아 세상을 짓누를 것 같았다. 엄마는 자주 창문을 열고 하늘을 올려다보았다. 엄마의 마음속에도 먹장구름이 끼는 듯했다. 점심을 먹자마자 집을 나섰다. 엄마 역시 처음 타보는 비행기였다. 비행기를 타는 즐거움과 사진으로만 보던 제복을 입은 스튜어디스를 만날 기대에 부푼 형태와 달리 엄마는 바싹 긴장한 기색이었다. 말도 안 통하는 낯선 나라로 가는 거였다.

택시를 타고 공항에 가면서 본 거리 풍경도 어둑했다. 도무지 볕이 날 것 같지 않았다. 이러다 비라도 와 비행기가 못 뜨면 어떡하니? 엄마가 마음속의 먹구름 조각을 토해냈다. 택시 운전수가 룸미러로 뒷좌석을 보며 대답했다. 이 정도면 비행기 잘 뜹니다. 걱정 안 하셔도 돼요. 공항에 자주 다녔다는 그 운전수의 말에 엄마는 반색했다. 아저씨 말 들으니 마음이 놓이네요. 우리 애가 공부하러 미국 가는 거라서요. 묻지 않은 말까지 늘어놓았다. 엄마에겐 친언니나 다름없다는 영미 아줌마가 미군과 결혼해서 LA에서 살고 있었다. 그 아줌마의 집에서 어학원에 다니기로 되어 있었다.

처음 타보는 비행기가 신기한 것도 잠깐, 김밥 속의 단무지며 시금치, 채 친 당근처럼 차곡차곡 쟁여 앉은 좌석이 좁아서 다리도 제대로 뻗기 힘들었다. 몸이 갑갑해지니 마음도 오그라들었다. 서부영화나 갱영화에서 본 미국은 아무나 총을 가질 수 있는 나라였다. 다른 거라면 모를까, 총을 들고 있는 놈 앞에선 그대로 당할 수밖에 없을 거였다. 게다가 양놈들은 흑인도 동양인도 깔본다고 했다. 이럴 줄 알았으면 유도나 태권도라도 배워둘 것을, 후회했지만 이미 늦었다. 영어는 그곳에서 살다 보면 답답해서라도 익힐 수 있을 거라고 했지만 어떨지. 비행기가 활주로를 천천히 구르기 시작하자, 엄마는 형태의 손을 꽉 잡았다. 형태도 맞잡은 손에 힘을 주었다. 세상천지에 엄마와 저뿐인 것 같았다. 비행기가 이륙하자 엄마는 눈을 꼭 감았다. 부잣집 마나님답던 엄마의 도톰한 볼이 많이 꺼진 걸 처음 알았다. 형태도 따라서 감았다가 금방 눈을 떴다. 귀가 멍하고 머릿속이 거뭇해졌다. 미국 간다, 미국 간다. 햄버거, 비프 스테이크,

목장을 달리는 말들…… 주문을 외듯 속으로 다졌다. 그 주문 사이로 얼핏얼핏, 혼자 비행기를 탈 엄마의 모습이 끼어들었다. 엄마는 얼마 안 있어 돌아간다고 했다. 집을 오래 비우면 그 사이 딸들이 드나들며 알랑거릴 거라는 게 엄마를 불안하게 했다. 아버지와 20년을 넘게 살고도, 엄마의 자리는 기류 만난 비행기처럼 덜컹거렸다. 상승의 기세가 줄어들고 한참 뒤에도 엄마는 눈을 감고 있었다. 무심코 창밖을 본 형태는 그때까지 쥐고 있던 엄마의 손을 마구 흔들었다. 엄마, 바깥 좀 봐. 환해! 비행기에 올랐을 땐 모든 풍경이 거무죽죽했다. 하늘을 가린 먹구름이 슬그머니 마음속으로 스며들었다. 그런데 지금 창밖에 솜사탕 같은 구름이 몽실몽실 깔려 있고 환하다 못해 눈부셨다. 엄마도 탄성을 질렀다. 정말 환하구나. 우리가 구름 위로 올라온 거야! 눈부신 태양과 햇빛 받아 희게 빛나는 구름처럼, 미국에서의 나날도 꼭 그럴 것만 같았다. 창밖에 눈을 주던 엄마가 그때까지 끌어안고 있던 핸드백을 열었다.

"네 아버지만 믿고 살 수는 없잖니. 그래서 엄마가 그동안 아버지 몰래 모은 돈이야. 아버지가 엄마더러 생활비 많이 쓴다고 뭐라 하셔도, 사치한다고 타박하셔도 꾹 참은 건 네 앞날을 위해서였어. 그러니 넌 일 같은 거 하지 말고 우선 영어부터 배워. 한국에서 난다 하던 사람들도 미국 가면 막일 한다더라만 네가 어떻게 안 해본 일을 해? 그냥 공부 열심히 해서 대학에만 들어가면 되는 거야. 네가 필요하다고 할 때마다 엄마가 돈 부쳐줄 테니까."

엄마, 나 정말 아버지가 돈 안 주시는 거야? 그럼 나 어떻게 살아? 미국 거지 되면 어떡해? 형태가 징징거릴 때면, 걱정 마, 짧게 자르던 엄마가 그동안 남몰래 쥐고 있던 동아줄을 내보였다. 엄마가 펼친 그 통장엔 형태의 생각으로는 엄청난 돈이 들어 있었다. 엄마 말대로, 일 따위는 안 해도 될 것 같았다. 비행기에 오를 때까지만 해도 무겁던 마음이 구름 위로 올라오자 햇빛 반사하는 구름으로 환해졌다.

미국은 넓었다. 넓다는 게 어떤 건지 보여주겠다는 듯이 넓었다. 폭이 너른 길에 건물도 큼지막했다. 영미 아줌마는 고향에서 가장 컸던 형태네 집보다 훨씬 큰 이층집에서 부부 둘만 살고 있었다. 두 딸은 대학에 다니느라 다른 도시에 가 있다고 했다.

어학원에는 한국인뿐 아니라 베트남인, 중국인, 멕시코인 등 여러 나라 학생들이 있었다. 은경도 그중의 하나였다. 모국어를 알파벳으로 표기하는 나라 아이들은 영어를 빨리 터득했다. 동양인은 발음에 애를 먹는데, 특히 형태가 그랬다. 하고 싶은 말이 목까지 차오르는데 말할 수 없는 답답함은 한국말로, 욕으로 튀어나왔다. 에이 씨팔! 강사의 질문을 제대로 알아들을 수 없어서 대답을 못하면 저절로 튀어나왔다. 한국말을 전혀 못하면서도 강사는 그게 욕이라는 건 짐작하는 눈치였다. Excuse me, Harrison? What did you say? 강사는 고춧물을 뿜을 듯 매운 눈으로 형태를 노려보았다. 껌이라도 질겅질겅 씹었으면, 발 앞에 돌멩이라도 있었으면, 씨팔, 엄마는 나를 왜 미국으로 보낸 걸까. 아랫입술을 자근자근 깨물며 나오는데 뒤에서 종종거리며 발걸음 소리가 다가왔다.

"오빠 왜 맨날 씨를 판대? 우리 할아버지가 늘…… 그게 뭐더라, 씨? 씨앗? 뭐였더라, 굶어죽어도 씨 뭐는 파는 게 아니랬는데."

자다가 봉창 뜯는다더니, 웬 씨앗? 강사한테 한 소리 들었는데 너 같은 꼬맹이 잔소리까지 들어야 하냐? 영어 좀 한다고 나대고 나 무시하는 거야 뭐야? 욱하고 가파르게 솟구치던 성질이 허, 헛웃음으로 흩어져버린다. 씨팔,이라는 말을 은경은 씨를 판다,로 알아들었다는 걸 깨달은 것이다.

"아, 맞다, 씨종자! 그건 절대로 파는 게 아니랬어, 오빠. 그러니까 오빠도 그런 말 그만해요."

어쨌거나 할 말을 다해 속이 후련하다는 말간 얼굴이 귀여웠다. 같은 코스에 등록했지만 영어를 아주 잘하는 여자애였다. 씹할을 씨를 팔로 듣다니, 씨팔도 모른다니. 그럼 씹이 무슨 뜻인지도 모른다는 거 아냐? 앤 대체 어떻게 살아온 거지? 하긴, 저 해맑은 얼굴이 욕 같은 걸 입에 올렸을 것 같지는 않다. 개나 소나 다 하는 그 개새끼 같은 욕도. 급작스러운 깨달음에 갑자기 솟아난 의문들로 머릿속이 시끄러워진 형태는 은경의 얼굴을 빤히 보았다. 은경의 볼이 발그스름해졌다. 속에서 응어리 같은 게 치받쳤다. 저 볼을 만져보고 싶다…… 제멋대로 나가려는 손을 불끈 쥐는데, 안녕히 가세요, 고개까지 숙이며 인사하더니 은경은 잰걸음으로 통통통 걸어나갔다. 포니테일로 묶은 머리카락이 찰랑거렸다. 그 찰랑거림이 형태의 마음에 들어앉았다.

여태까지 형태에게 여자는 그저 몸뚱이일 뿐이었다. 고등학교 때 사창가를 드나들기 시작하면서 여자의 몸에 대해선 알 만큼 알았다. 여자들은 다 거기서 거기였다. 돈만 주면 어떤 남자 앞에서든 얼마든지 다리를 벌리는 암컷들. 터질 듯 부푼 제 성기를 감싸 쥐는 따뜻하고 촉촉한 성기에 얼굴이며 손발이 달린 동물. 그런데 은경의 말간 눈이며 찰랑거리던 머리카락은 여자가 배설을 위한 도구가 아니라 마음을 흔드는 존재일 수도 있다는 걸 알려주었다. 난생처음 일어난 감정에 형태는 어리둥절했다. 그게 유행가 가사나 드라마에서 흔히 말하는 사랑이라는 걸 알려준 사람은 영미 아줌마였다. 워낙 바닥이 빤한 교민사회라서, 영미 아줌마도 은경의 부모를 알고 있었다. 신문사에서 일하다 해직당하고 한국을 떠난 부부인데 남편은 세탁소에서, 부인은 마트의 캐셔로 일한다고 했다. 많이 배워서 그런지 점잖은 사람들이야. 그런 집 딸이니 괜찮을 거야. 공부하러 간 아들이 여자 친구를 사귄다는 말에 걱정이 태산인 엄마를 안심하게 한 건 영미 아줌마의 그 말이었다.

은경이 영어를 훨씬 잘해서, 은경과 함께 다니면 편하기도 했다. 미국인이 말을 걸어오면 형태는 엄, 엄, 하다가 은경을 바라보았다. 은경은 낯선 사람에게도 웃으며 대꾸해주고 형태에게 말했다. 오빠랑 다니면 든든해. 보디가드를 둔 것 같아. 아기들도 여자애가 남자애보다 말을 빨리 배운대. 그런 말로 형태의 미안함을 가려줄 줄 알았다. 무심한 듯하면서 자상한 은경은 때로 여동생 같았고 때로 누나 같았다. 미국인과 사는 영미 아줌마네 집이 주로 미국식으로 밥을 먹는다는 소리를 들은 은경은 때때로 김밥을 싸 왔다. 바다가 내려다보이는 벤치에 앉아 은경이 김밥을 펼칠 때면 와락, 끌어안고 싶은 걸 억누르느라 발끝에 힘이 주어졌다. 잠자리에 누워 은경을 떠올리다 발기하면 어쩐지 못할 짓을 한 것만 같았다. 그나마 입이라도 맞출 수 있었던 건 해변의 홈리스 덕분이었다.

'저 안에 뭐가 들어 있는 걸까.'

해변로, 홈리스들이 누워서 잠자는 야자수 아래 커다란 검정 비닐봉투 두 개가 맞물려 있었다. 봉투의 입구에 다른 봉투의 입구를 덧씌운 모양새가 꼭 껍질 안 벗긴 땅콩처럼 보였다. 저만한 땅콩이 있다면 혼자서 며칠은 먹겠다. 막 떠오른 생각이 기발해서 은경에게 말해주려던 참이었다. 옹관묘 같네…… 선글라스를 꺼내던 은경이 말했다. 은경의 눈길은 조금 전 형태가 본 그 비닐봉투에 가 있었다.

옹관묘? 선글라스를 걸치려던 은경이 대답했다. 전에 책에서 봤는데, 옛날에는 사람이 죽으면 아주 커다란 독에 넣고 또 독을 맞물려 흙에 묻었대. 신기하지, 오빠? 길바닥에 누운 땅콩인지 옹관묘인지의 맞물린 입구가 벌어지고 있었다. 고치 속에서 나오는 애벌레처럼 꿈틀꿈틀, 텁수룩한 머리가 쑥 밀려나왔다. 엄마야, 은경은 놀라서 팔짝 뛰며 몸을 돌렸다. 팔을 벌려 은경을 감싸 안았다. 팔딱거리는 심장이 나비의 날갯짓 같았다. 형태의 얼굴이 내려오자 은경은 눈을 감았다. 감은 눈가가 파들거렸다. 혀끝조차 디밀지 못한 풋내 나는 입맞춤. 은경의 입술에선 오렌지 향 같은 게 났다.

"와, 저거 재밌겠다. 오빠도 저런 거 해봐!"

패러글라이딩이 해변의 모래사장에 착륙하자 은경이 감탄한다. 조용한 편인 은경은 뜻밖에도 새로운 것에 호기심이 많았다. 영어를 열심히 한 것도 그 때문이라고 했다. 여기 말을 빨리 배워야 사람들하고 이야기하기고, 돌아다니기도 편할 것 같아서요. 아빠가 쉬는

날이면 온 가족이 여행을 다니던 집에서 자란 아이다웠다. 골목에
서 보드를 타는 아이들을 보아도, 바닷가에서 보트에 매달려 수상
스키를 즐기는 사람을 보아도, 은경은 말했다. 오빠 저런 거 안 해?
서양인에게도 꿀리지 않는 큰 키와 체구 때문에, 은경은 형태가 만
능 스포츠맨이라고 제멋대로 짐작해버렸다. 미국에 오던 비행기 안
에서 기류 불안정으로 이리저리 흔들리다 덜컹 아래로 떨어지는 순
간, 형태는 질금 오줌을 지렸다. 길모퉁이에서 흑인을 만나면 속이
덜컹 내려앉았다. 금방이라도 칼이나 총 같은 걸 디밀 것 같았다. 그
런데도, 은경의 말을 듣다 보면 슈퍼맨이 된 것 같았다.

　내가 미국까지 온 건 은경을 만나기 위한 게 아니었을까.

　사람 키를 넘는 파도가 해변으로 밀려와 철썩 포말을 만들며 부
서진다. 이 바다가 한국까지 닿아 있다는 생각을 하다 말고 형태는
은경을 와락 끌어안는다. 싸아아, 파도 소리가 두 사람을 감싼다.

　　　　　　　　　　　　잘 자, 내 작은 친구야

　　모든 것이 끝날 때 나는 뭐라고 말해야 하나요
　　미안하다는 말은 내게 너무 가혹하군요

　소리 심스 투 비 더 하디스트 워어드— 경양식집 문을 열자 노래

가 밀려 나온다. 칸막이가 높아서, 사람을 확인하려면 실내를 한 바퀴 돌아야 한다. 기주는 창가 쪽 통로로 먼저 들어간다. 전에 지표와 만났을 때 그쪽에 앉았던 기억 때문이다.

"일찍 왔네? 잘 있었어?"

맞은편에 앉으면서 기주가 묻는다.

"어, 방금. 오랜만이다."

지표가 수첩을 집어넣으며 대답한다. 오랜만에 본 지표는 여름 볕에 그을어선지 얼굴이 더 조그마해진 것 같다.

"넌 좀 마른 것 같다? 어디 아팠니?"

"아프긴, 술을 너무 많이 마셔서 그렇지, 뭐."

"웬 술을 그렇게 마시는데?"

ROTC가, 하는 말이 튀어나오려는 것을 기주는 가까스로 가둔다. 제복 차림으로 월부책장수처럼 똑같은 서류가방을 들고 걸음마저 각이 진 듯 캠퍼스를 활보하는 ROTC들은 학생과 군인의 중간쯤 되는 어정쩡한 정체성을 갖고 있었다. 태어나면서부터 대학생이 될 때까지 한 대통령 아래서 자랐고, 대학에 들어가면서 세상을 보는 눈이 180도로 바뀐 학생들은 학교 운동장에 모여 집체훈련을 받는 ROTC를 곱게 볼 수 없었다. 종로에서 뺨 맞고 한강에서 눈 흘기는 격임을 모르지 않으면서도. ROTC들은 공공연히 '바보티씨'로 불렸다. ROTC에 손톱만 한 호의도 없으면서, 바보티씨라는 말을 들을 때면 기주의 마음속엔 꺼끌거리는 거스러미가 돋았다. 캠퍼스 어디에서나 한눈에 들어오는 그 우스꽝스러운 제복을 선택할 수밖에 없었던 저마다의 이유가 있을 텐데, 그 개별적인 사정을 싸잡아

묵살하는 듯해서. 그렇다고 옹호할 수도 없었다. 이쪽에도 저쪽에도 속하지 못하는 건 기주도 마찬가지였다.

강당엔 이미 사람들이 들어차 있었다. 학우들이 모여서 현 시국에 대해 이야기를 나누자는 벽보. 그 벽보에 쓰인 장소로 향한 건 단순한 호기심이었다. 그동안 몰랐던 것을 알게 될지 모른다는 기대가 강당으로 향하는 발걸음을 재촉했다. 강당 구석에 앉아 눈을 반짝이며 단상에서 쏟아지는 말들을 들었다. 마이크를 쥔 사람들의 말마다, 낯설면서도 일리 있어 보였다. 오랫동안 저를 보호해주던 난막 같은 게 조금 찢어지는 듯했다. 따뜻하게 감싸주던 난막을 찢고 나올 때 새는 얼마나 외롭고 무서웠을까. 문득 그런 생각이 스쳤다. 해가 저무는지도 모르는 채 시간이 흘렀다. 밤이 깊어지고 연사가 바뀔수록, 강당의 공기는 후끈 달아올랐다. 조심스럽게 난막을 밀어 올리던 기주를 움찔하게 한 건 마침 단상에 오른 한 남학생의 말이었다. "이 자리에 모인 학생들은 다 의식이 있는 학우들입니다. 그러나 지금도 자기의 영달을 위한 공부에만 몰두하고 있는 저 바깥의 학생들은……" 그 말이 정수리를 찔러 기주는 자라처럼 목을 움츠렸다. 그 말대로라면, 이 자리에 있는 자신도 의식 있는 학생이어야 할 텐데, 어쩐지 수긍하기 어려웠다. 투철한 의식 같은 게 있어서 이리로 향한 건 아니었다. 무엇이 되었든, 그동안 몰랐던 것을 알게 될지 모른다는 기대와 호기심이었을 뿐이다. 그런데 연단에 선 그 사람은 그 호기심을 '의식'으로 둔갑시켰다. 그가 말하는 의식이라는 게 뭔지 알 수 없었다. 다만 이 자리에 왔다는 것만으로 의식이 있고 여기에 없다는 것 때문에 의식이 없는 학생으로 분류된다면, 그건 집권자의 뜻에 동조하지 않는 걸 '빨갱이'로 몰아붙이는 것과 뭐가 다른가. 단상에서 울려 나오는 목소리에 깃든 신념이 서먹해지고, 청중석에서 치는 박수의 열기가 버거워졌다. 머릿속 엉클어진 채 밤을 지새운 새벽, 기주는 결국 그 자리를 떠나왔다. 신새벽 텅 빈 교정을 밟으며, 어릴 적 점심시간에 홀로 가로지르던 학교 운동장에서 빛나던 모래처럼 무언가가 마음속에서 서걱거렸다. 어쩌면 늘 이렇게, 어디에도 속하지 못하고 그 경계에 머무를지 모른다는, 생의 중심으로 깊이 파고들지 못하고 가두리에서만 빙빙 돌지 모른다는 예감이 새벽 한기로 몸을 감아왔다. 이쪽도 저쪽도 아닌 경계에 서서, 양쪽에서 날아드는 돌을 맞는 것, 그걸 제 몫으로 할지 모른다는 예감. 그래서 기주는 확신에 찬 말을 하는 사람보다는 그렇지 않은 사람 쪽에 더 호감이 갔다.

"몰라. 그렇게 술 마실 일들이 생기네. 야, 술은 좋은 거 아니냐?"

뭔가 말하고 싶지 않을 때면, 지표는 그렇게 능치듯 말을 돌리며 웃었다. 지표는 어딘지 모르게, 마음에 늘 살얼음을 한 겹 깔고 사는 듯했다. 그 살얼음의 정체가 궁금했지만 기주는 굳이 헤치려 들지는 않았다. 누이들이 도와준다는데 그게 다 빚 아니겠냐, 힘들어도 내가 버는 게 더 떳떳하지. 언젠가 지표가 말했다. 그때 지표는 제 키보다 몇 뼘 더 커 보였다. 집에서 학비며 용돈을 받는 기주로선, 그 모든 것을 제가 벌어서 감당하는 지표의 팍팍함이 어떨지, 짐작도 되지 않는다. 언젠가는 지표가 덮어쓴 살얼음이 녹아 투명해지려니, 지표의 봄날이 좀 빨리 왔으면 좋겠다고 생각할 뿐.

"참, 넌 정구 본 적 없지? 걔 올해 들어 학우회에 자주 나오더라."

술이 두어 잔 들어가고 난 뒤, 지표가 흘리듯 말한다. 정구? 하는 순간 10여 년 전의 얼굴이 금세 떠오르는 게 신기하다.

"한정구? 우리 반 반장이던? 걔 어디 다니니?"

"K대 정외과. 신방과 가려다 삼수하면서 정외과로 바꿨다더라. 너 학우회 명단에 있는데 왜 안 나오느냐고 묻던데?"

나도 궁금했어, 라는 말이 지표의 눈에 씌어 있다. 그래도 끝내 입 밖으로 물음을 끌어내지는 않는 지표가 고마웠다. 어쩌면 그런 면 때문에 지표하고만 꾸준히 만나게 되는 건지도 몰랐다.

허공에 초를 밝힌 듯 환하던 목련이 뚝뚝 떨어지던 어느 날, 강의를 마치고 나서는데 건물 앞 벤치에 앉아 있던 긴 머리 여학생이 발딱 일어서며 기주를 불렀다. 기주네 학교에서 멀지 않은 S여대 식품영양학과에 들어간 종회였다. 풀어헤친 긴 머리를 찰랑이는 종회는 성숙한 여인 같았다. 너네 학교 구경하러 왔어. 너네 학교에 비하면 우리 캠퍼스는 고등학교 같다야. 학교 앞 빵집에서 종회가 꺼낸 건 학우회를 알리는 엽서였다. 그냥 부치려다가, 너랑 꼭 같이 가고 싶어서 여기까지 왔어. 갈 거지? 종회를 따라 나간 학우회는 지도교수까지 있는, 제법 역사가 있고 탄탄한 모임이었다. 거기서 지표를 만났고 상규도 만났다. 기주는 몇 번 나가다 그만두었다. 기껏 떠나온 고향을 거멀못 삼아 다시 모인다는 게 어쩐지, 이미 스쳐 지나친 곳에서 본 수초 한 줄기를 확인하러 애써 물살을 거슬러 오르는 것처럼 부질없이 느껴졌던 것이다. 애향심을 자꾸 강조하는 것도 걸렸다. 어떤 종류의 집단이든, 집단에 속하기엔 내게 개인적인 성향의 너무 강하구나. 학우회를 알리는 엽서를 찢어서 휴지통에 넣는 기주의 마음에 무서리가 차갑게 내렸다.

학우회 모임에 안 나가자 지표가 저희 학교 학보를 보내주기 시작했다. 처음 학보를 받았을 땐 지표의 글이 실렸나 해서 샅샅이 읽었다. 그다음부터는 큰 제목만 훑어보았다. 학보가 꽂혀 있던 우편함에 어느 날 지표의 엽서가 들어 있었고, 기주는 종로에서 지표를 만나기 시작했다. 어쩌다 만나면 지난번 모임에서의 의결사항을 알려주고, 참석한 사람 가운데 기주가 알 만한 사람의 이름을 대며 이번엔 꼭 같이 가자고 하는 종희와 달리, 지표는 기주가 왜 안 나오는지 묻지 않고 나오란 말도 없었다. 기주가 지표의 살얼음을 헤집지 않듯, 지표도 기주의 마음속에 내린 무서리를 모른 척하고 있는지도 몰랐다.

"정외과? 어쩐지 걔한테 어울리는 것 같다. 걔도 여전하지?"

정구가 지방의 국립사대 부속 고등학교로 진학했다는 건 뜻밖이었다. 걔가 선생님이 돼? 어울리는 듯하면서도 어쩐지 정구한테 배울 학생들이 걱정스러워졌다. 당연히 사대에 갔으려니 하고 잊었다.

대학에 와서도 이따금 정구를 떠올리긴 했다. 사람 숫자가 둘만 넘어도 줄을 세우려 들고 서열을 정하려 하는 사람은 어디에나 있었다. 특히 몸에 밴 군대 물을 못 뺀 것처럼 목에 뻣뻣이 힘주는 복학생들을 만나면. 좋게 말하면 리더십일 그것이, 기주에겐 수직으로 틀을 짜놓고 사람들을 거기에 차곡차곡 욱여넣으려는 것으로 보였다. 그런 사람들의 강고한 눈길 앞에 서면 어쩐지, 뭔가 잘못한 것이 없는지 제 스스로 헤집어야 할 것 같아졌다. 복학생이 아닌 신입생이라고 해서, 정구가 그 복학생들과 다를 것 같지는 않았다.

"응, 나이가 많아도 신입생 티는 나더라. 어느새 졸업이라니. 넌 졸업하면 뭐 할 거냐? 집에서 시집가라고 안 하시냐?"

"다행히 언니들이 막아주고 있잖아. 오빠도 한 명 남았고. 우리 집이 역혼은 절대 안 된다,니까 잘되었지. 집으로 내려갈 마음은 없고. 그냥 어디서든 밥벌이하면서 버텨봐야지. 넌 군대 가겠네?"

"우리야 뭐, 자동 케이스니까."

"그래도 장교면 병보다는 나은 건가?"

"아무래도…… 그 대신 책임이 따르니까."

지표는 잔을 들어 한 모금 마시고, 스피커에서 흘러나오는 노래를 흥얼흥얼 따라 부른다. 군대 이야기가 부담이 된 듯하다. 슬픈 계절에 우리 만나요. 해맑은 모습으로. 사랑인 줄 알았지만 헤어질 줄 몰랐어요. 나 이렇게도 슬픈 노래를 간직할 줄 몰랐어요……

밤거리는 흥성하다. 기주는 슬며시 시계를 들여다본다. 제법 취기가 올랐는데도 8시가 조금 넘었을 뿐이다. 해가 환할 때 만나서 낮술부터 시작했으니.

"우리 저녁 안 먹었지? 너 뭐 먹고 싶냐? 밥은 내가 살게."

술값은 대개 그러하듯 기주가 냈다. 지표가 굳이 말리면 기주는 순순히 지갑을 도로 집어넣었다.

"술 마셔서 배부른데……, 넌?"

"그래도 밥은 먹어야지. 밥심으로 사는 건데."

지표는 노인 같은 말을 하고 주위를 둘러본다. 종로 뒷골목엔 온갖 먹을거리가 있다. 너무 많아서 선택하기 어려울 정도다.

"그럼 라면 먹자. 뭐 얼큰한 게 먹고 싶어지네."

"라면? 라면 좋지."

고개를 두어 번 끄덕이던 지표가 문득 엄지와 중지로 딱, 소리를 낸다.

"라면이라면…… 내가 아주 맛있는 라면 먹을 수 있는 데 알아. 근데 차 타고 좀 가야 하는데."

"라면 한 그릇 먹자고 버스까지 타고 가? 얼마나 맛있기에?"

"한번 맛보면 잊지 못할걸? 게다가 너 사는 데에서 그리 멀지도 않아."

"그래? 그럼 괜찮아. 근데 넌 그쪽에서 집에 가려면 한참 걸리잖아?"

기주가 사는 곳은 서울의 북동쪽이고, 지표는 서울의 서남쪽에서 산다. 기주네 동네에 갔다가 돌아가려면 한참 걸리고 버스도 갈아타야 한다.

"나야 뭐, 반은 군인인데 겁날 게 뭐 있겠어. 가시죠."

버스에 오른 뒤에야 지표는 행선지를 밝힌다.

"내 방을 보여주고 싶어서. 내가 라면 끓여줄게. 나, 다른 건 몰라도 라면 하나는 자신 있거든. 김치는 없지만."

"야, 김치 없는 라면이 어떻게 맛있을 수 있냐? 차라리 앙꼬 없는 찐빵을 먹고 말지."

짐짓 삐친 척 받아치면서도 기주의 머릿속은 복잡하게 얼크러진다. 대학생 과외금지 조치가 내려진 뒤, 지표는 따로 방을 얻어 몰래 바이트를 한다. 과외를 할 때만 학생들과 만나는, 아지트 같은 곳이다. 무슨 마음으로 제 방을 보여주려는 걸까. 그것도 밤에. 가장 단순하게 생각한다면, 아이들이 제 장난감을 친한 친구에게 보여주는 것일 수 있다. 아니면, 서캐 슨 내복의 솔기마저 뒤집어 보여주듯, 제가 그렇게 애쓰며 산다는 걸 누구든 알아주기를 바라는 것일지도 모른다. 그렇지만, 귀뚜라미 우는 가을밤에 성인 남녀 단둘이 방에 있을 때 벌어질 수 있는 일을 감안하지 않을 수 없다.

자취방으로 들어가는 길목, 내려야 할 정류장이 다가온다. 그냥 집으로 간다고 하고 내릴까. 그건 좀 속이 보이는 것 같아 망설이다가 지나친다. 외곽으로 갈수록 가게 불빛도, 인적도 드물어진다. 버스는 어느새 서울과 경기도의 도계 쪽을 향하고 있다. 기주는 지갑에 남은 돈을 가늠한다. 급할 때 돌아갈 택시비 정도는 남았을 거라는 계산이 서자 마음이 놓인다. 그새 지표는 잠이 든 듯 고개를 떨구고 있다. 설마? 아무래도 제 상상이 앞서가는 것 같다. 체구가 작아서일까, 아니면 지표가 갖고 있는 부드러움 때문일까. 기주에게 지표는 남자라기보다는 동성친구에 가깝다. 만에 하나, 술김에 남자처럼 군다면 어떡하나? 어둑해지는 마음에 엉뚱한 단어가 돌출한다. 젖은 꿀빛.

다락문을 여는 기주의 손길은 조심스럽다. 다행히, 다락문이 이어진 작은 방은 잠잘 때 빼고는 식구들이 잘 드나들지 않는다. 하지만 다락 아래는 부엌이라 누군가 늘 드나든다. 천장 쪽에서 인기척이 나면 누가 다락에 올라갔냐고 묻기 십상이다.

기주는 발소리를 죽이며 다락으로 올라간다. 언니 오빠들의 낡은 교과서부터 엄마가 수놓은 액자며 제사 때나 꺼내는 놋그릇 등이 놓인 곳을 지나, 기주가 다다른 곳은 유리병들이 놓인 곳이다. 약간 푸른 기가 도는, 원기둥 모양의 유리병들이 선반에 죽 놓여 있다. 더덕이며 인삼, 뱀 등으로 술을 담근 유리병이다. 뱀술이 담긴 유리병은 시멘트 포대종이로 감싸놓아서, 다행히 뱀과 마주하는 일은 피할 수 있다. 그래도 그 안에 든 게 뱀이라는 건 알고 있다. 그 옆 유리병, 사람 몸체 같은 인삼의 둘로 갈라진 부분에 눈길이 가는 바람에 얼굴이 빨개졌다. 기주는 얼른 눈길을 돌린다. 기주가 찾는 것은 인삼주 병과 조청 단지 사이에 있다. 대두 술병에 든 꿀이다. 병에 앉은 고운 먼지를 손으로 쓸어내고 쪼그리고 앉은 채 뚫어져라 바라본다. 청주가 담겨 있던 대두 병은 병 자체에 갈색 기운이 감돈다. 꿀 빛깔에서 그 갈색을 지워내야 한다. 상상 속의 지우개로 초록을 지워가며 뚫어져라 바라보았건만 마음에 닿아오는 게 없다. 기주는 묵직한 병을 조심조심 들어서, 볕이 들어오는 작은 창가로 옮긴다. 빛깔이 좀더 환해졌지만, 여전히 '젖은 꿀빛'이 뭔지는 이해되지 않는다.

중학교 규정에 맞게 귀밑 1센티미터로 자른 단발머리를 수그린 채, 국민학교 때부터 사 모으던 청소년 문고의 한 권을 읽어가던 기주는 그 단어에 사로잡혔다. 청소년들의 이야기가 주로 나오는 그 시리즈에, 도시로 나온 파란 눈의 아가씨가 남자를 만나 같이 밤을 보내는 장면이 실린 건 파격이었다. 여느 때라면 거리낌 없이 오르내렸을 다락에 식구들의 눈을 피해 숨어들게 한 것은, 여자가 첫 경험을 한 뒤 자기 다리 사이에 놓인 남자의 그것을 '젖은 꿀빛으로 빛나는……'이라고 표현했기 때문이었다. 사람 그것도 옥양목처럼 새하얀 백인의 몸에 꿀빛의 무언가가 붙어 있다니. 그것만으로도 머릿속이 복잡한데, 그냥 꿀빛도 아니고 '젖은 꿀빛'이었다. 꿀은 액체인데, 그 액체가 젖다니. 그건 물이 젖었다거나 햇빛이 말랐다는 거와 다를 바 없는 말 아닌가. 모순된 조합, 이해되지 않는 그 단어들이 며칠 동안 기주의 마음속에서 맴돌았다. 그걸 떠나보내려면 눈으로 확인하는 수밖에 없었다.

아무리 들여다보아도 젖은 꿀빛은 물론 젖은 꿀빛을 한 남자의 성기는 짐작조차 되지 않는다. 기주는 한숨을 폭 내쉰 뒤 꿀병을 제자리로 옮겨둔다. 선반엔 고운 먼지가 내려앉아, 꿀병이 놓였던 자리의 먼지 없는 면이 초승달처럼 남는다. 기주는 병을 움직여 그 윤곽선에 꼭 맞춘다. 다시 한 번 바라보지만, 설레설레 고개를 저을 뿐이다. 조청 단지의 뚜껑을 열어, 손가락을 꾹 찔렀다가 입으로 가져간다. 기주는 그렇게, 은밀한 거사의 소득 없음을 혀에 감기는 다디단 맛으로 위로한다. 끝내 이해할 수 없던 그 단어들이 10여 년 뒤 어느 가을밤에 느닷없이 튀어나오다니.

"다 왔어. 다음 정거장에 내리면 돼."

조는 것 같던 지표가 문득 고개를 들며 말한다. 늦은 시각 시 외곽의 한적한 곳에 내리는 젊은 남녀를 보는 버스 안내양의 눈길에 '요것들!' 하는 의심이 실려 있을 것 같다. 기주와 지표가 내리자마자 안내양이 버스 몸체를 탕탕 두드린다. 밤의 한적한 정류장에 탕탕 울리는 소리가, 무슨 경고처럼 들린다.

배기가스 냄새가 번지더니, 이내, 다른 냄새가 배어든다. 나무 냄새다. 잎 떨굴 준비를 하느라 더 짙어진 향기. 기주는 주위를 둘러본다. 길 건너편 달랑 하나인 구멍가게 뒤, 어둠 속에서 더 짙은 어둠으로 산 그림자가 보인다. 가게 옆, 차 한 대가 지날 만한 길이 산 쪽으로 벋어 있고, 그 어귀엔 작은 집들이 닥지닥지 붙어 있다.

"이쪽이야. 길이 좀 어둡지? 발밑 조심해."

기주는 지표 곁에 붙어서 따라간다. 얼마 안 가, 수채 같은 작은 물길에 난 토관을 건너 작은 집 앞에 서더니 열쇠를 열어 쪽문을 연다. 현관문은 닫혀 있고, 현관 옆쪽으로 돌아가자 한 사람이 겨우 지날 만한 틈새가 있다. 그 안쪽, 본채와 떨어져 달아낸 방이 있다. 지표가 열쇠를 꺼내어 자물쇠를 여는 동안, 기주는 몰래 심호흡한다. 별일 있겠어, 하면서. 막상 별일이 벌어지면? 기주는 속으로 고개를 젓는다. 지표를 남자라고 생각해본 적은 없다. 남자라고 생각했으면 그렇게 꾸준히 만나지 못했을 것이다. 그냥, 남동생을 대하는 누이의 심정이었다. 아주 가끔, 의젓한 오빠처럼 굴지만 대개는 남동생같이 느껴졌다. 그럼 그건 근친상간이게? 퍼뜩 머릿속에 떠오른 그 단어가 무슨 부적이라도 되는 듯, 기주는 조금 평정을 찾는다.

방은 좁고 썰렁하다. 학교 책상 같은 작은 책상이 벽에 붙어 있다. 의자는 두 개다. 그 옆에 책꽂이가 있고, 다리를 접은 앉은뱅이 상이 벽에 세워져 있다. 그 벽에 작은 미닫이문이 있다. 그래도 방바닥엔 미적지근한 온기가 돈다. 지표는 의자를 한 개 기주에게 밀어주고, 저도 의자에 앉더니 책상에 기대어 버린다. 기주는 좁은 방을 둘러본다. 책꽂이에 『성문영문법』과 『수학의 정석』 같은 게 꽂혀 있고, 그 옆에 라면이 몇 개 쌓여 있다. 방에 달린 문을 슬쩍 밀어본다. 어둑하고 좁은 공간이다. 이곳을 부엌으로 쓰는 걸까. 라면을 끓일까 하다가, 기주는 그만둔다. 지표 제가 끓이게 놓아두어야 할 것 같다. 그런데 지표는 책상에 한쪽 팔을 얹고 고개를 받친 채 눈을 감고 있다. 무슨 생각을 하는 걸까. 기주는 가만히 바라본다. 외딴집에 남겨져 언제 돌아올지 모르는 엄마를 기다리는 오누이처럼, 어쩐지 애틋해진다. 제 마음을 적시는 그 물살에 맞서느라, 기주는 짐짓 거칠게 지표의 팔을 잡고 흔든다.

"박지표, 자? 너, 라면 끓여준댔잖아. 배고파!"

"잠깐만…… 어, 술 은근히 많이 마셨나 봐. 좀 정신 차리고 나서…… 조금만 기다려줄래."

기껏 대답하더니 이번엔 아예 책상에 엎드린다. 기주는 지표가 얼굴을 책상에 묻은 게 차라리 다행스럽다. 지표에게 투정처럼 말하는 순간, 긴장을 덮으려 한 제 말의 거짓됨에 얼굴이 붉어졌으니.

숨소리가 고른 걸 보니, 지표는 그새 잠이 든 모양이다. 짧게 치켜깎은 머리로 쏟아지는 형광등 불빛이 파리하다. 어깨에 각을 세운 제복이 불편해 보인다. 그냥 제대로 누워서 눈을 붙이라고 하고 싶은데, 기주는 마음과 달리 조용히 몸을 일으킨다.

정류장엔 아무도 없다. 다행히 가게엔 아직 불이 켜져 있다. 차가 끊긴 건 아니라는 말에 가슴을 쓸어내린다. 오렌지 주스를 사들고 나와 단숨에 마신다. 차가운 액체가 몸 안으로 들어가면서, 등이 선뜩해진다. 적막한 밤거리의 가로등이, 기주를 똑바로 바라보던 양조

장집 외손자의 동그란 눈 같다. 어릴 적, 기주의 동작을 좇던 그 눈. 눈도 깜박이지 않은 채 자신을 바라보며 "먹고 싶다"던 그 애에게 기주는 대꾸했다. "내가 사관가, 뭐." 그 짧은 대꾸가 왜 그토록 오래 마음에 고여 있었는지, 알 것 같다. 그건 자기 방어나 남을 감싸기 위한 거짓말이 아니라 오직 제 마음을 감추고 자기를 꾸미기 위한 거짓말이었기 때문이었다. 치장을 위한 거짓말이라서, 그토록 기억을 깊게 할퀸 것이다. 그런데 또! 기주는 입술을 깨문다. 자기도 모르게 자기를 꾸미려 드는 게 사람이고, 자신도 거기에서 벗어나지 못한다는 게 차가운 바람이 되어 안에서 회오리친다. 헐벗은 채 겨울바람 맞는 나뭇가지 같은 마음으로, 기주는 길 건너 어둠을 오래 지켜본다. 사람의 마음은 얼마나 많은 겹으로 둘러싸인 걸까. 자칫 방심하면 스프링처럼 툭 튀어나오는 또 다른 모습들. 제 안에 있는 제 모습을 들여다보는 것만으로도 평생이 다 갈지 모른다는 생각에, 기주는 깊이 한숨을 내쉰다.

늦은 밤의 버스 안엔 승객이 한 명도 없다. 온종일 서 있었을 안내양도 앉아 있다. 기주는 안내양 뒤쪽 자리에 앉으며 지표가 잠들었을 동네를 바라본다. 버스가 움직이자 몸까지 돌려 뒤돌아본다. 잘 자. 어둠 속, 흐릿한 윤곽들로만 남은 집 가운데 어느 한 곳, 아주 작은 방, 아주 작은 몸으로 세상을 헤쳐가는 아이가 잠들어 있다. 친구 하나를 잃지 않게 되어 다행이라고, 속으로 마음을 쓸어내린다.

"멕시코에서 올림픽이 열리긴 했지만, 멕시코는 개도국이면서도 자원부국 아닙니까? 우리나라처럼 자원 부족의 분단국가와는 아주 다르죠. 아시아에선 중공이나 인도 같은 커다란 나라도 아직 올림픽을 유치하지 못하지 않았습니까? 그런 점에서 이번의 거사는 역사적으로 의미가 크다고 할 수 있죠."

"게다가, 올해는 일제 삼십육 년에서 해방된 지 딱 삼십육 년 되는 해 아닙니까? 그런데 일본 나고야와 경합을 벌여서 52 대 27이라는 큰 표 차로 이겼습니다. 우리 민족사에 획기적인 전환기가 온 거예요."

"그렇지요. 올림픽 개최지로 서울이 결정되었다는 것은 우리가 이제 개도국에서 선진국 대접을 받게 되었다는 것을 말합니다."

"자자, 다들 기쁨에 들떠 계신데요, 그만큼 앞으로 해야 할 일도 많습니다."

"그럼요, 일본도 동경올림픽 때 하네다 공항을 만들고 신간선이 생겨나지 않았습니까. 기본시설 건설, 도시미관 정비, 시민의식의 발전 등, 앞으로 칠 년 안에 해나갈 일이 한두 가지가 아닙니다. 남은 칠 년 동안 성공적인 개최를 위해……"

88올림픽 개최지로 서울이 확정된 뒤끝의 흥분이 붕붕붕, 벌 떼들의 비행처럼 흘러나오는 라디오. 좁다란 비밀 과외방에서 나오자마자 듣는 그 소리들이, 호스 끝에서 뿜어지는 물에 잠깐 맺히는 무지개처럼 느껴진다. 7년 뒤 나는 어디에 있을까. 올림픽도, 그때쯤 이십대의 막바지에 이르렀을 제 모습도, 다른 행성의 일인 듯 아득하다. 기주는 적막한 밤거리에 눈을 준 채 차가운 차창에 이마를 댄다.

기주에게.

오랜만이다. 잘 지내고 있는지? 지금쯤 네가 어디에 있을지 몰라서 집으로 편지를 보낸다. 네가 원하던 대로 직장생활을 하는지, 아니면 부모님이 계신 집으로 내려가 있는지.

나는 지금 남녘 도시, 광주에 와 있다. 남쪽이라서 확실히 계절이 빠른 것 같다. 먼지투성이 연병장에서도 꽃냄새가 맡아진 지 제법 되었으니.

군인의 일과야 뻔하다. 그냥 이 기간은 나라를 위해 담보 잡힌 거라고 속 편히 생각하기로 했다. 사병이 아니라서 책임감이 어깨를 누르기도 하지만, 그 대신 일반병보다 좀더 여유로울 수 있으니 일장일단이 있다고나 할까. 아무튼 이 기간을 내 인생의 마이너스가 아닌 플러스로 만들려고 노력하는 중이다.

가끔은 서울의 번잡한 거리가 그립기도 하다. 친구들과 취해서 지껄이던 말들도 그립고. 그렇지만 얼른 내가 처한 현실로 돌아오곤 한다. 그게 지금 내가 견딜 수 있는 유일한 방도이니까.

시간 나면 소식 주기 바란다. 6월 말에 자대 배치 받는데, 그 전까지는 이 주소로 보내면 되니까. 어디서 무얼 하든 건강하길 빈다.

198×. 3.

상무대에서 지표가.

첫 월급을 타서 부모님의 내복을 사 고향집에 갔을 때 엄마가 전해준 편지를 기주는 몇 번이고 읽었다. 가는 물줄기처럼 이어지는 인연, 하필 광주에 있을까. 휴교령 때문에 고향집에서 난 그 봄과 여름의 무료함을 기억한 몸이 먼저 느른해지려 했다. 떠돌던 소문이 며 휴교령이 풀린 학교에 가서 듣게 된 참상의 충격이 연달아 떠올라 허리를 곧추세웠다. 한 도시에서 사람들이 무고하게, 그리고 무더기로 죽었는데도 그 도시 밖 사람들의 일상은 아무 일 없이 이어진다는 생의 참혹함. 때때로 한기 들게 하던 그 비정함도 시간의 먼지에 덮여 흐리마리해졌다.

기주 또한, 갓 사회로 나와 모든 게 서먹하고 신기하던 참이었다. 졸업을 앞두고, 기주의 학교 친구들은 입대하거나, 사립학교 교사로 가거나, 대학원에 남거나, 군소 출판사에 취직했다. 집에선 교사가 되기를 바랐지만, 기주는 그보다 상대적으로 자유로울 것 같은 출판사를 택했다. 어릴 적부터 꾸준히 마음을 당긴 일이 책읽기였으니. 기주가 취직한 출판사는 인문과학과 사회과학 서적을 주로 내는 곳이었다. 삼십대인 사장은 재벌 집안 출신이고, 사장의 형제들은 다들 그 기업에서 한자리씩 차지하고 있다고 했다. 사장이 왜 그런 자리를 두고 굳이 종로 뒷골목, 허름한 건물 3층에서 잘 팔리지도 않는 책을 만드는 것인지, 기주는 알 길이 없었다. 일종의 문화적 허영심 아닐까, 하는 게 운동권 출신인 편집장의 진단이었다. 편집장의 말이 맞다면, 사장은 그 허영심의 대가를 톡톡히 치르는 셈이었다. 갓 나온 책을 보도자료와 함께 신문사에 돌릴 때마다, 기주는 자기 아기를 잘사는 집 문간에 놓아두고 떠나는 엄마의 심정을 조금은 알 수 있을 것 같았다. 그 집에서 아기를 거두어줄지 아니면

고아원으로 보낼지, 아기를 두고 나오는 사람은 모른다. 어쩌면 누구의 눈에도 띄지 않아서 굶거나 얼어 죽을 수도 있었다. 기주네 책은 대부분 종적도 찾기 힘들었다.

머리 아픈 책을 집어 들기엔 반짝이는 게 너무 많아졌다. 자정 무렵이면 종종걸음 치게 하고, 집을 지척에 두고도 발이 묶여 외박하게 만들던 통행금지가 풀리자 밤거리가 사람들을 유혹했다. 그 유혹에 굴하지 않고 귀가한 사람들은 흑백에 색을 입힌 컬러텔레비전의 화려한 색감에서 눈을 떼지 못했다. 가슴 큰 여배우가 말을 타고 달리는 영화가 화제가 된 이후, 전보다 노출 수위가 한결 높아진 영화의 너른 스크린에 가득한 살색 화면, 게다가 심야상영까지. 텔레비전과 라디오에선 프로야구를 중계하는 아나운서와 해설자의 흥분한 목소리가 이어졌다. 대중가요 음반에까지 건전가요를 붙여야 했던 '건전한 사회'의 기억을 지우겠다는 듯 스포츠와 스크린과 섹스가 범람하는 세상에서 진지한 책이라니. 어쩌다 신문에 단신으로라도 소개가 되면 사장은 열심히 스크랩해두지만, 그게 판매부수에 영향을 미친 적은 거의 없었다. 편집장, 영업부장과 경리를 맡은 아가씨, 편집부원인 기주의 월급이 박봉이나마 제 날짜에 나오는 게 신기할 정도였다.

다달이 방세와 공과금을 내고, 가끔 퇴근길에 혼자 찻집에 들어가 음악을 듣고, 주인집 아들이 늦게 돌아올 땐 주인집 식구들과 텔레비전을 보기도 했다. 젊은 부부가 홀어머니를 모시고 사는 집이었다. 부엌을 같이 쓰기 때문에 주인집 고부간과 자주 마주쳤다. 며느리가 없을 땐 시어머니가 살림 헤픈 며느리 흉을 보았고, 시어머니가 딸네 집에 가서 며칠 집을 비우면 며느리가 고지식한 시어머니 때문에 답답한 심사를 털어놓았다. 시어머니의 한탄을 들을 땐 그럴 만하다 싶고, 며느리의 하소연을 들으면 또 그 심사가 오죽할까 싶은 기주는 그저 부는 바람에 잔가지 살랑대는 나무처럼 고개를 끄덕이며 들을 뿐이었다. 그들에게 필요한 건 대숲이었을 테니. 번갈아 듣는 고부간의 이야기는 기주에게, 사람살이가 겉보기와 얼마나 다를 수 있는지 깨닫게 했다. 이웃들 보기엔 명랑한 며느리가 조신한 시어머니를 모시고 사는 바람직한 가정이었다.

거품처럼 흘러내려 바닥에 쓸리는 웨딩드레스를 입고 얼음덩어리를 꿀꺽 삼킨 얼굴로 신부 대기실에서 어설픈 미소를 짓던 친구들과는 어느새 뜸해졌다. 남편이 출근한 뒤의 무료함이나 시댁과의 소통 불능을 호소하는 친구의 전화를 일터에서 오래 붙들고 있을 순 없었다. 그 대신 직장 생활을 하는 친구들과 전보다 가까워졌다. 직장인이라는 공통분모 때문이었다. 하지만 너나없이 직장에 매인 몸, 퇴근시간이 일정하지 않아 시간 맞추기가 쉽지 않았다. 고인 듯 흐르는 이십대 중반, 지방의 학교에서 교사로 일하는 동창생이나 군대 간 지표에게 편지를 쓰는 건 기주에게 작은 물꼬 트기 같았다. 자기를 감출 필요도, 꾸밀 필요도 없었으니, 일기 쓰는 것이나 다름없었다.

건강하게 잘 지내고 있니? 곧 추석이구나. 군대에서도 송편은 먹을 수 있는 거지?

내가 만든 책 보낸다. 시간 때우는 데 알맞은 책은 아니지만 정 심심할 때 한번 읽어보길. 읽다 보면 알아차리겠지만, 오자가 몇 개

낳어. 눈이 빠져라 교정지를 들여다볼 땐 안 보이더니. 우리 부장님과 내가 번갈아 보거든. 그런데도 안 보이던 오자가 왜 제본된 책을 펼치면 확대경을 들이댄 것처럼 한눈에 들어오는 걸까. 그럴 땐 꼭 뭐에 홀린 것 같아.

책이 나오면 재판 찍을 때를 대비해서 교정본을 만들어. 멀쩡한 새 책에 빨간 글자를 써넣다 보면, 내 인생 늘 이렇게 뒷북이나 치는 거 아닐까 하는 생각도 들어. 오자나 탈자 없는 책 같은 인생은 불가능한 걸까.

왜 그런지 모르지만, 넌 교정본 같은 거 필요 없이 살 거 같아서 부럽다. 이런 믿음이 어디에서 생겨난 건지는 나도 모르겠다만, 부하들에겐 좋은 상급자일 테고. 이건 은근한 압력 같다. (사실 압력 맞아!) 건강하길.

198×. 9. 20.
오자 내고 기죽은 기주.

군대에서도 그럴 여지가 있는 건지, 아니면 군대라서 더더욱 그런 것인지, 지표는 이따금 감상을 드러냈다. 지표가 '한잔의 술을 마시고 우리는 버지니아 울프의 생애와 목마를 타고 떠난 숙녀의 옷자락을 이야기한다.' 이런 시구들을 적어 보내면 기주는 짐짓 등 뒤에서 어깨를 탁 치는 동성 친구의 말투로 답장했다. "군인이 그렇게 감상적인 시에 빠져 있다니. 그러다가 트로이의 목마에 당하는 거라구." 지표의 편지에 종종 '술이 고프다'는 구절이 들어 있었다. 오빠들과 오빠 친구들의 군 시절 이야기를 귀가 솔도록 들은 기주는 군대에서도 필요한 것, 특히 술 종류는 어떻게든 조달된다는 것쯤은 알고 있었다. 지표의 말은 결국, 군대가 아닌 민간의 어떤 것, 제복이나 위계질서 없이 숨 쉴 수 있는 자유가 그립다는 완곡한 표현일 것이다. 그건 다른 사람이 어찌해줄 수 있는 일이 아니었다. 술인지 감상인지에 젖은 듯 편지에서 눅진한 기운이 느껴질 때면 잠깐, 면회라도 가봐야 하는 거 아닌가 싶어졌다. 그러나 주말이면 밀린 빨래며 밑반찬 만들기에도 바빴다. 게다가 면회는, 지표에게 과외를 받는 여학생이었다가 이제는 애인이 된 경미라는 여자애가 알아서 할 것이다. 러시아워의 만원 버스를 피하려 다들 퇴근한 사무실에 혼자 남아 이런저런 생각을 하던 기주는 메모지를 꺼낸다. 내일 날짜 밑에 할 일을 적는다. 1. 과학철학 원고 읽고 의문점 정리. 2. 노신 소설 번역 진행 체크—마감일 확정. 3. 퇴근길에 서점 들르기. 책상머리에 메모지를 붙여두고 기주는 사무실을 나선다.

종로 쪽 도로 위에 학생들과 전경들이 대치해 있다. 팔뚝을 쭉쭉 뻗어 올리는 아이들 앞엔 완전장비를 갖춰서 갑충처럼 보이는 전경들이 착착착, 위협적인 소리를 내며 벽을 만들고 있다. 길가에 완전무장하고 방패까지 들고 도열한 전경들을 만나면 문득 마음이 움츠러들며 딱딱해진다. 한편으로는 발끝 간질이는 위태로움이 인다. 멀쩡히 길을 걷다가 문득 그들 앞으로 다가가 구호를 외치게 될 것 같은 위태로움이. 조만간 최루탄이 등장할 것 같다. 기주는 걸음을 재촉한다. 이번 주 중에는 지표에게 편지를 써야 한다. 지표가 제대하기 전에 받는 마지막 편지가 될 것이다.

다른 세상을 사는 사람들

"어서 오세요."

카운터에 앉아 있던 아주머니가 문간을 향해 말한다. 기주가 들어서고 있다. 기주네 회사 바로 옆, 레스토랑이라는 간판을 걸었지만 점심땐 근처 직장인들을 위한 찌개 메뉴가 있어서 자주 들른다는 곳이다. 오늘 얼굴 좀 볼 수 있냐? 지표의 전화에 기주는 잠깐 망설이다 말했다. 그게, 야근해야 하거든. 혹시 이쪽으로 올 수 있니? 저녁 먹고 일하면 되니까.

"기다렸지? 나오다가 전화 받는 바람에 늦어졌어. 미안."

"얼마 안 기다렸는데 뭘. 저녁 먹어야지? 여긴 찌개도 되네?"

벽에 비스듬히 써 붙인 '오징어찌개'를 진작부터 보아두었다. 기주의 눈길이 지표를 따라 그 벽으로 향한다.

"점심 메뉴인데, 저녁에도 될지 모르겠다. 넌 점심 뭐 먹었니?"

"짜장면 먹었어. 찌개 먹을 수 있으면 좋은데, 안 되면 그냥 아무거나 먹어도 괜찮고."

"퇴근한 거니?"

"아니, 회사에 들어가 봐야 해."

"하긴, 어쩐지 퇴근이 이르다 싶었어. 그럼 술은 안 되겠구나. 아주머니, 혹시 오징어찌개 해주실 수 있어요?"

주문을 받으러 온 아주머니에게 기주가 부탁하는데, 지표가 끼어든다.

"그래도 오랜만인데 술 한잔이 없을 순 없지. 아주머니, 맥주 한

병만 주세요."

어, 시원하다. 찌개 국물을 한 술 떠넘기자 속이 확 풀리는 기분에 저도 모르게 뱉은 말에 기주가 쿡 웃는다.

"왜?"

"너 말하는 게 꼭 아저씨 같아서."

"곧 아저씨 될 거라 연습하는 거야. 그런데 넌 왜 그렇게 밥을 못 먹냐? 그러니까 그렇게 말랐지."

"사돈 남 말 하신다. 거울 보고 와서 말씀하셔. 낮에 인쇄소 다녀오느라 점심을 늦게 먹었거든."

"찌개 맛있다. 그런데 이 동넨…… 어째 다른 세상에 온 것 같다."

기주가 알려준 대로 택시를 타고 마포 강변 뒷길로 달렸다. 마포대로 곁가지 같은 이면도로변은 빌딩들이 들어선 대로변에 비하면 몇십 년 뒤로 물러선 듯 보였다. 길가의 건물들은 낡아서 납작 엎드린 것처럼 보였다. 차가 달리는 동안, 어디선가 녹내가 날 듯했다. 아니면 고인 채 흐르지 않는 물의 썩는 냄새. 좁고 휘어진 길로 지나다니는 차들조차, 어서 벗어나야겠다는 듯 속력을 냈다. 택시에서 내리자, 무뚝뚝한 하급 관리의 제복을 생각나게 하는 회청색 건물이 보였다. 주차장으로 쓰이는 마당을 공장 같은 큰 건물과 기숙사처럼 이어진 건물이 에워싼 모양새였다. 어딘지 모르게, 한 세대 전에 지어진 듯한 느낌을 주는 기다란 2층 건물 문마다 작은 간판들이 붙어 있었다. 기주가 이런 곳에서 일하는구나…… 시내 한복판, 주위 건물을 누를 기세로 위압적인 붉은 대리석 건물인 저희 회사를 생각하니 기주가 다른 세상에 있는 듯한 격절감이 들었다. 분위기를 내느라 조도를 낮춘 레스토랑의 침침함까지 마음에 걸린다.

다른 세상, 지표가 무심코 한 말이 기주의 마음에 퍼석거리는 먼지가 일게 한다. 뜯어진 솔기, 몸동작을 줄이면서까지 가리려 했던 그 솔기 사이의 맨살을 들킨 기분이다. 그 맨살엔 더구나, 허연 각질까지 일어나 있다. 기주는 로션을 발라 임시로 각질을 잠재우듯 짧게 대꾸한다.

"좀 그렇지?"

기주가 일하던 출판사는 결국 문을 닫았다. 문화사업이라는 명분과 실리 사이에서 가늠하던 사장은, 형제들이 일하는 기업의 외국 지사에 나간다며 손을 털었다. 대안이 있는 사람에게 선택은 가벼운 것이었다. 출판사를 인수할까 말까 고민하던 편집장은 색깔 뚜렷한 시사 월간지의 스카우트 제의를 받고 미련을 접었다. 편집장이 떠나면서 소개해준 직장이었다.

아침, 기주가 출근할 무렵이면, 제복을 입은 여자들과 남자들이 을씨년스럽게 노출된 계단을 내려와 맨손체조를 했다. 낮이면 책을 싣고 내리는 봉고차들이 주차한 공용 창고 옆에서, 반품되거나 낡아서 빛이 바랜 책의 면을 그라인더로 갈아대는 먼지가 피어올랐다.

사장은 점잖은 사람이었다. 그러나 새로운 걸 받아들이기엔 살아온 세월이 길었다. 사장이 기획하는 책은 기주의 감각으로는 구태의연했다. 오래전에 낸 베스트셀러 수필 두 권이 꾸준히 나가는 덕에 겨우 명맥을 유지하고 있었다. 그런데도 기주가 그만둘 수 없는 건, 유일한 편집부 직원이 되어버렸기 때문이었다. 기주가 오기로 결정하자마자, 기다렸다는 듯이 편집장이 그만두었다. 그 바람에 기주 혼자 편집실을 지켰다.

남향의 장방형 편집실은 크지 않은 창이 높은 곳에 있어서 얼핏 수용소 같았다. 오후 3시쯤이면 그 창을 통해 들어온 빛이 기주의 얼굴을 정면으로 때렸다. 그 창 뒤엔 자동차 정비소가 있었고, 거기서 일하는 누군가가 노래의 한 대목을 꾸준히 반복해 불렀다. 잃어 버린 세월 찾고 싶어 잃어버린 정 찾고 싶어…… 외부와 철저히 단절된 공간에 홀로 앉아, 문장을 뜯어고치고 사전을 뒤적여 오자를 잡아내며 보람 없는 노동을 이어가다 그 노래를 들으면, 뒷날 이 시기를 잃어버린 세월로 되돌아볼지 모른다는 암담함이 가슴 한끝을 적셔왔다. 그만둘 생각을 하면서도, 성실하고 정중한 사장을 대하면 마음이 약해졌다. 직장을 구하지 못한 후배를 소개하고 빠져나갈 생각도 해보았지만, 싱싱한 젊음을 그 정체된 공간에 데려다 놓는 게 무자비하게 느껴졌다. 이럴까 저럴까 망설이는 동안 한 권 두 권 책이 나오고, 기주는 어느새 그 회청색 풍경에 물든 것처럼 무기력해졌다. 활판 인쇄 일색이던 출판계에 필름을 뽑는 컴퓨터 인쇄가 도입되고 있었다. 인근 출판사들이 점차 새로운 방식으로 바뀌어가는데, 기주네 사장은 끄덕도 하지 않았다. 종이 위에 글자 하나하나 꾹꾹 눌러 찍은 듯한 활판 인쇄에 비하면, 새 방식으로 인쇄한 책의 글자가 뜬 것처럼 맥없어 보이는 건 사실이었다. 그러나 언제까지 옛 방식을 고집할 수 있을 거라는 생각은 하지 않았다. 인쇄소에서 날렵한 손놀림으로 활자를 집어내는 문선공들을 보면 어쩐지, 침몰하는 배에서 동승한 사람을 보는 기분이었다.

후식으로 나온 커피를 마시다가 지표는 옆자리에 놓아둔 가방을
끌어당기더니, 그 안에서 하얀 봉투를 꺼낸다.

"그냥 우편으로 부칠까 하다가…… 그래도 이 김에 얼굴 한번 보
려고. 이거, 왠지 쑥스럽구만."

"드디어 날 받았구나. 네 어머니 좋아하시겠다. 경미 씨 맞지?"

"그럼 걔 말고 누가 나 같은 사람하고 결혼하려 들겠냐?"

어쩐지 쑥스러워져 불퉁거린다. 오래전, 무슨 마음에서였는지, 기
주에게 경미를 소개한 적이 있다. 내가 그 언니를 왜 만나야 하는
건데? 여태 연락하고 지내는 국민학교 여자 동창생 이야기를 이따
금 들었던 경미는 대번에 반발했다. 그거야, 여태까지 나한테 가장
가까웠던 사람들이니까. 넌 내 애인이고 기주는 내 친구였고. 그냥
두 사람을 만나게 해주고 싶은데, 네가 정 싫으면 할 수 없고. 지표
가 물러서자 경미는 잠깐 생각하다 대답했다. 그 언니는 나 만나겠
대? 응, 내가 네 이야기를 하도 많이 해서 궁금하다고, 보고 싶다고
했어. 그 말이 경미를 움직였을 것이다. 약속 장소인 광화문의 술집,
기주는 먼저 나와서 기다리고 있었다. 앳되고 볼이 통통한 경미와
대비되자, 기주는 나이 들어 보였다. 여태 느끼지 못했던 시간의 흔
적이 기주의 얼굴에 고스란히 앉아 있었다. 막상 나오긴 했지만 그
자리가 어색했는지, 경미는 전에 없이 술을 많이 마시더니 비칠거리
며 일어섰다. 남녀공용인 화장실에 어린 경미를 혼자 보내는 게 마
음에 걸렸다. 네가 같이 가줄래? 여기 화장실 남녀공용이잖아. 부
탁하면서도 좀 걸렸는데 기주는 알았어, 하면서 순순히 일어서 경

미 뒤를 따랐다. 순하게 일어나 무심히 경미를 따라가는 기주의 뒷모습을 보며 어쩐지 저 속없는 것, 혀를 끌끌 차는 마음이 되었다.

"아냐, 또. 그동안 네가 경미 씨 얘기 통 안 하기에 난 그새 신부가 바뀐 거 아닌가 했지. 아무튼 대단하다. 몇 년 연애한 거냐?"

지표를 두고 떠나온 그 작은 방이 얼핏 스친다. 경미도 그 방에서 과외를 했을까?

"내가 대학 2학년 때 만났으니까……, 칠 년? 그래도 군대 가 있는 시간 빼면 뭐. 그날 올 수 있겠니? 와준다면 나야 고맙지만."

기주는 우회적으로 답한다.

"잘하면 거기서 동창들 만날 수 있을지 모르겠다."

"글쎄, 국민학교 동창이라야 다들 연락이 뜸해져서…… 참, 형태 너한텐 연락 없었냐?"

"형태? 걔 어디 들어가 있다고 들었던 것 같은데?"

연로한 형태 아버지 대신 사업을 도맡은 사람은 이복누나의 남편이었다. 형태의 아버지가 수술 받고 병원에 있는 동안, 형태 모자와 사위를 위시한 본부인네와 재산싸움이 본격적으로 벌어졌다. 싸움은 청부업자까지 등장한 폭력으로 이어졌다. 후처 쪽에서 사람을 사서 본처 쪽 사위를 다치게 한 사건은 소읍을 떠들썩하게 하고, 지방지에 크게 실렸다. 그 집 아들이 미국에서 산다더니 역시 일을 벌여도 국제적인 규모라는 이야기가 읍내에 떠돌고, 형태는 배후로 지목되어 감옥에 갔다고 했다. 기주가 대학을 졸업하기 직전의 일이었다. 형태네가 조금만 일찍 움직였더라면 영락없이 삼청교육대 감이라는 둥, 삼청교육대야 힘없고 백 없는 사람이나 쓸어가는 거지, 있는 집 자식이 거길 왜 가겠냐는 둥 말들이 많았다.

"어느 날 갑자기 전화해서 회사 지하에 와 있다고 좀 보자더라."

"그동안 서로 연락하고 지냈어?"

"연락은 무슨. 걔 전학 가고 나서 처음인데. 십오 년쯤 되었나……
그런데 이상한 게, 걔 목소릴 듣는 순간, 이름을 대기도 전에 얼굴이
먼저 떠오르는 거야. 우습지?"

"걔, 지금도 그렇게 크디?"

"레슬링 선수라고 해도 믿겠던걸."

"그런데 웬일이래?"

"돈 빌려달라더라. 변호사 비용 대고, 겨우 형 줄여 살고 나오니
옥바라지한 어머니가 쓰러져 병원에 입원한 지 몇 달 되었다고. 아
버지도 여태 병원에 있고. 그래서 집을 팔려고 내놓았는데 워낙 덩
치가 커선지 팔릴 듯 팔릴 듯하면서 성사가 안 된다고. 집 팔면 갚
겠다면서 당장 제 어머니 병원비가 필요하다더라고. 장기 입원이라
해도 병원비는 중간중간 결산해야 한다면서……"

"그래서, 빌려줬구나?"

기주의 올린 말끝에 질책기가 묻어 있어서 지표는 찔끔한다. 그
러면서도 이상하게 위안이 된다. 지표가 생각하기에 기주는 적빈했
던 자신보다는 형태 쪽에 더 친밀한 집안 출신이다. 그런데 제 옆에
서서 형태를 저와 함께 바라보는 듯한 말투라니. 지표는 그냥 고개
를 끄덕인다.

"그래서, 언제 갚겠대?"

"갚긴…… 집 팔리면 바로 갚겠다더니 미국으로 떴다던데? 엄마

와 함께. 알고 보니 당한 게 나뿐만 아니더라고. 다들 걔네 아버지
가 지역 사회에 쌓은 이름이 있으니 믿고 그랬나봐. 뭐 주식하다 날
린 셈 쳐야지."

병묵이 공장 차릴 때나 도와줄걸…… 뒤늦은 후회가 엉뚱한 데로
방향을 틀게 한다.

"생각 나냐? 형태가 나 어지간히 구박했잖냐."

"그랬지."

"전학하면 텃세 겪을 거라는 건 예상했었어. 그런데 표준말 갖고
트집 잡을 거라고는 생각지도 못했어. 그 말씨 연습하느라 내가 얼
마나 노력했는데."

"그래, 맞다, 너 사투리 안 썼어. 그래서 신기해했던 것 같아. 서울
애도 아닌데 하면서."

지표는 잠깐 망설인다. 지금 와서 말하면 기주는 배신감을 느낄
것이다. 그래도, 지난 일을 이렇게 오래 마음에 담아두고 비밀로 하
는 제가 옹졸하게 느껴지는 것만은 어쩔 수 없었다.

살면서 정말로 무서운 건

"박지표? 어이, 나 형태야. 초등학교 6학년 때 같은 반이었다 서울
로 전학 간. 생각나지?"

이상했다. "전화 돌려드릴게요. 동창이시래요." 짝지가 말하는 순간, 왠지 받지 말아야 한다는 생각이 든 건. 그런데도 받았다. "박지표?" 하는 말을 듣는 순간, 난데없이 형태가 떠오른 것도. 잠깐, 기억나지 않는 척할까 싶었다. 그러는 사이에 입이 말을 뱉었다.

"어, 오랜만이다."

"그래, 정말 오랜만이다. 네가 D상사 들어갔다는 말 듣고 역시 공부 잘하는 사람은 어디가 달라도 다르다 했지. 잠깐 볼 수 있냐? 나, 너희 회사 지하에 와 있다."

만나서 좋을 거 없으리라는 게 훤히 느껴지는데, 엘리베이터를 탔다. 하강하는 엘리베이터 안에서, 병묵을 기다리며 서 있던 그 높던 담장이 떠올랐다. 병묵은 결국 공장에 다니면서 검정고시로 고등학교 자격증을 땄다. 병묵의 고교 등록금은 그 집에선 껌값이었을 텐데. 형태가 미국에 갔다는 소문을 들은 적이 있다. 어학원에서 배운 영어로 무역 업무를 맡으면서, 미국에서 잠깐이라도 살았더라면 싶었을 때 그 소문을 떠올렸다. 목사의 말처럼, 은수저를 입에 물고 태어난 사람들. 태생이 달라서 누리는 게 영판 다른 사람들. 그런 사람이 어떤지 궁금해서 만나는 것일 뿐이라고, 지표는 제 눈을 가렸다. 자부심도 없지 않았다. D상사는 국내에서 최고 대우를 해주는 곳이었다.

"어, 지표야, 여기!"

찻집에 들어서자 큰 소리가 났다. 손을 번쩍 든 거구의 남자는 광택이 나는 양복을 빼입고 있었다. 지표를 맞으러 일어서는 형태는 키가 1미터 80은 넘을 것으로 보였다. 모르는 사람이었더라면 레슬

링 선수라 믿을 몸집이었다.

"반갑다. 넌 여전하구나."

형태의 손은 크고 두툼했다. 형태의 손에 쥔 제 손이 그렇게 작게 느껴질 수 없었다.

"어, 오랜만이네. 미국에 있다고 얼핏 들은 것 같은데……"

"오래되었지. 엄, 하이스쿨 졸업할 무렵에 갔으니까. 동창들이 네 얘기 많이 하더라."

형태의 체구가 워낙 커서, 탁자는 지표 쪽으로 밀려와 있었다. 지표는 의자를 조금 뒤로 뺐다. 박쥐, 오래전의 그 말이 생생하게 떠올랐다. 박쥐는 현명한 새야. 쥐 쪽에서도 밀려나지 않고 새 무리에서도 잘 섞이니까. 어릴 적에도 그런 마음이었다. 중학교에 들어갔을 땐 제 이름이 삶의 지표를 가리키는 뜻일 수도 있다는 걸 알게 되었다. 난 그래서 일찌감치 지표를 찾았고 그걸 이뤘지, 넌? 속으로 물으며 커피를 마셨다.

"내 이야기 못 들었나 보구나. 난 커즌인 병묵 만났다가 네 이야기 들었는데. 너랑 친하게 지낸다며? 난 미국에서 집안일로 돌아왔어. 내가 집을 비운 사이에 우리 이복 매형들이 지들 배 채우느라 집 꼴을 엉망으로 만들었거든. 주인이 집 비우면 쥐새끼들이 설치기 마련이잖아. 그래서 손 좀 봐줬다가 못 볼 꼴도 겪고."

형태는 담배에 불을 붙였다. 양담배였다.

"그냥 무서운 게 뭔지 좀 알려주려 했는데 일 맡은 사람이 오버하는 바람에 내가 뒤집어썼어. 퍽."

형태는 담배 연기를 깊게 들이마셨다 내뿜었다. 무명지엔 검은 돌이 박힌 두툼한 금반지가 끼워져 있었다.

"나 제일도 갔다 왔다. 거기 가니 별의별 인생들이 다 있더라. 우리 마미가 내가 그러고 있는 꼴을 보고 가만있을 사람 아니잖냐. 결국 나오긴 했는데, 내 뒷바라지하다 마미가 쓰러졌어. 그동안 내 일 처리하느라 있는 돈 다 쓰고, 남은 건 커다란 집뿐인데. 나도 미국에서 급히 나오느라 돈도 못 챙겨왔고. 엄마 병원에 있는데 당장 병원비가 모자란다. 집을 내놓았는데 워낙 커서 팔릴 듯 팔릴 듯하면서 금방 팔리지 않네. 집 나가면 바로 페이백할 게 돈 좀 빌려줘라. 너 돈 많이 번다고 소문이 났더라. 그 말 듣고 반갑더라."

제일이 뭐더라, 흔히 쓰는 단어가 아니라 지표는 잠깐 헷갈렸다. 뒷이야기를 듣고서야, 감옥이라는 걸 깨달았다. 반갑다니, 돈 빌릴 데가 있어서 반가웠겠지. 뒷골목 깡패처럼 패거리를 몰고 다니던 그때도 컸지만, 그 사이 뼁튀기라도 한 것처럼 커진 덩치에 비하면 정신은 한 뼘도 안 자란 것 같았다. 빌려주기 싫었다. 십수 년 만에 나타나 돈 빌려달라고 말하는 뻔뻔함에 기가 질리는 기분이었다. 그럴 여유가 안 된다, 라고 말하고 싶은데 그러지 못했다. D상사에 들어왔다는 것만으로 자기의 태도가 곡해되는 경우를 충분히 겪었다.

국내에서 손꼽히는 D그룹의 주력기업인 D상사에 들어가자 찾아오는 사람들이 많아졌다. 고등학교 시절의 친구들이 가장 많았다. 어느 날 정구가 찾아온 건 뜻밖이었다.

"졸업할 무렵에 병으로 갈까 학사장교로 갈까 고민이 되더라. 나야 삼수했으니 나이도 남들보다 많고, 병으로 가서 어린 애들한테

갈굼당할 생각 하니 그것도 그렇고."

삼수까지 한 정구가, 일반병보다 복무 기간이 1년이나 긴 학사장교를 지원했다는 건 뜻밖이었다. 영화 「사관과 신사」를 본 게 결정적이었다는 말에 지표는 슬그머니 웃었다. 정구 같은 애한테도 이런 허방이 있었구나 싶어서. 늘 억압적으로 느껴지던 정구가 성큼 다가서는 기분이었다. 정구는 GOP에서 겪었던 지뢰 폭발 사고를 늘어놓았다.

"깨어나는 순간, 살아 있구나, 싶더라. 눈을 떠보니 눈이 뜨이고. 한쪽 팔을 움직이니 움직여지더라, 다시 다른 쪽 팔, 한쪽 다리, 다른 쪽 다리. 사지가 멀쩡하다는 걸 알고 나니 한숨이 쉬어지는데. 내 앞에 다섯 명이 있었거든. 그 애들이 내 방패가 되어준 셈이지."

"걔들은 어떻게 되었냐?"

"한 놈은 안구 바로 밑까지, 어떤 놈은 불알 바로 아래까지 파편이 튀었는데, 신기하게도 결정적인 데는 안 다쳤어. 살아 있다는 게 그렇게 감사한 일인 줄 처음 알았다. 나중에 알고 보니 대대장이 일개 소대 병력 손실이 예상된다는 보고서를 올렸더라. 일 개 소대면 대체 몇 명이냐."

"GOP가 무섭긴 하구나."

"그럼, 행군하는데 부비 트랩이 있을 것 같아 겁나더라. 그런데 아무도 날 위해 나서주는 사람이 없는 거야. 속으로 서운했지. 이놈의 자식들, 다음부터 잘해주나 봐라, 하면서 내가 맨 앞으로 나섰지."

그때의 서운함이 살아나는지, 정구의 양미간에 힘줄 같은 게 돋는다. 지표는 자신도 철책 근무를 했다는 사실을 밝히지 않는다. 지표에겐 이미 지난 일이었고, 막 제대한 정구에겐 거의 현재진행형이나 다름없을 터였다. 부하들에 대한 서운함을 늘어놓는 정구 앞에서, 나라면 어땠을까, 지표는 속으로 생각한다. 아무래도 부하들보다는 제가 앞섰을 것 같다. 싫어도, 상급자였으니까. 그런데도 그걸 서운하게 여기는 정구를 보며 지표는 생각한다. 제가 그만큼 해준 게 없으니까 그랬겠지. 세상에 거저는 없다, 라는 게 지표의 생각이었다.

숲 속의 다람쥐는 부지런히 먹이를 모았다. 겨울이 되자 먹이가 떨어진 날짐승들은 다람쥐가 먹이가 많다는 소문을 들었다. 꿩이 찾아와 말했다. "애, 다람쥐야, 내가 왔다. 먹이 좀 가져와." 다람쥐는 화가 나서 꿩의 볼을 때렸고, 꿩의 볼에 자국이 난 건 그 때문이다. 이번엔 비둘기가 찾아와 "애, 욕심쟁이야. 먹을 것 좀 줘"라고 말했다. 다람쥐는 화가 나서 비둘기의 뒤통수를 때렸고, 그때 맞은 멍이 아직도 남아 있다. 이번엔 까치가 찾아와 말했다. "먹을 것을 좀 나누어주시오." 다람쥐는 까치가 얌전히 말하는 걸 듣고 먹을 것을 나누어주었다.

어릴 적 교과서에서 이 이야기를 읽고 지표는 말하는 방식의 중요함을 가슴에 깊이 새겼다. 그런데도 동창들 사이에서 '박지표, D상사 들어가더니 거들먹거리더라'라는 소문이 돌다가 결국 당사자의 귀에까지 들어왔다. 자기가 달라졌다고 생각한 적은 없는데, 사람들은 자기들의 시선으로 덧칠했다. 거만하다니, 씁쓸했다. 자기가 이

룬 것에 대한 자부심을 알게 모르게 드러낸 걸까, 싶기도 했다. 그런
데다 형태의 말이 보태진다면? 박지표, 많이 컸더라. 다른 것도 아니
고 병원비라는데도 안 된다는 걸 보면. 뒤에서 수군거릴 게 뻔했다.
지표는 돈이 아닌 평판을 택했다. 돈의 소중함을 누구보다 잘 아는
지표였다. 그러나 돈은 쥐고 있다가도 놓아야 할 때가 있는 것이고
빈손이었다 다시 쥘 수도 있는 것이다. 다시 쥘 만한 자신도 있었다.
그러나 더럽혀진 평판은 씻어내기 어렵다. 설령 씻어낸다 하더라도,
지우기 힘든 얼룩처럼 자국이 남을 것이다.

"지금은 그만한 돈이 안 되니, 다음 주에 한번 만나자. 이리로 와
줄래?"

"그래, 월요일에 올까?"

형태가 반색했다. 어지간히 다급했던 모양이었다. 짐짓 느긋하게
말했다.

"그러자. 그날 내가 바이어들 만나고 다섯 시쯤 돌아오니까 그때
쯤 와라."

그날 바이어와의 약속은 없었다. 그래도 시간까지는 제가 정해야
했다. 그건 최소한의 자존심이었다. 주식하려고 모아놓은 채, 들어
갈 시기를 보던 돈을 형태에게 넘겨주었다. 양아치 같은 놈이니 못
받을 수도 있다는 생각을 안 한 건 아니었다. 그래도, 형태에게 돈을
빌려줄 수 있는 처지가 된 자신이 대견해서 그쯤은 감수할 수 있었
다. 학교 뒷동산에서 보면 주변의 집을 짓누르던 그 너른 집에서 떵
떵거리던 형태가 돈을 빌리러 오다니.

동상의 가림막이 흘러내리듯

은회색 양복 앞가슴에 진분홍 카네이션으로 만든 코사지가 화사하다. 지표는 장기공연하는 연극무대에 선 배우처럼 자연스럽게 보인다. 그러나 얼굴은 조금 상기되어 있다. 아랫배에 힘을 잔뜩 주고 견디고 있을 거라는 짐작이 든다. 지표 곁에 서서 하객을 맞는 파르스름한 한복 차림의 여인은 지표의 엄마일 것이다. 작은 얼굴에 큰 눈이 지표와 닮았다. 지표네 회사의 이름을 단 화환이 입구에 우뚝하고 다른 화환들도 많다. 아마 거래처일 것이다. 예식장의 천장이 높아서, 서로 안부를 나누는 하객들의 말소리는 웅성웅성하다. 계단을 막 올라선 기주는 계단 입구를 막다시피 한 사람들 뒤에 몸을 가린 채 망설인다. 다가가 인사를 해야 하는데, 어쩐지 어색하다. 누구든 같이 왔더라면 좋았을 거라는 생각이 든다. 그냥 있다가 식이 시작되면 들어갈까? 그건 예가 아닌 것 같다. 이왕 왔으니, 하며 마음을 다진 기주는 사람들을 비껴가며 나선다. 지표와 눈이 마주치는 순간, 짙은 회색 양복을 입은 남자가 기주 옆을 스쳐 성큼성큼 지표에게 다가간다. 지표가 남자에게 미소 지으며 손을 내민다.

"왔어? 잠깐만."

지표는 남자에게 양해를 구하고, 그 뒤편에 무르춤하게 서 있는 기주에게 손을 내민다.

"바쁠 텐데 와줘서 고맙다."

남자가 기주를 돌아본다.

"동향인데 처음 보지? 인사해. 여긴 내 중학교 친구 김병묵이고,

이쪽은 내 국민학교 동창 정기주. 서로 이름은 들은 적 있을걸?"

"아, 말씀 많이 들었습니다. 처음 뵙겠습니다."

얼굴도, 체구도 좀 너부데데해 보이는 남자가 기주에게 고개를 숙인다.

"예, 안녕하세요?"

두 사람이 굽혔던 허리를 펴자마자 지표가 퉁을 준다.

"정기준 그렇게 말하면 진짜인 줄 안단 말야. 많이 듣긴, 내가 얘 이야길 너한테 하면 얼마나 했다고……"

"왜, 너 군대시절에 기주 씨가 보낸 편지 이야기 많이 했잖아? 저도 기주 씨 편지 읽은 거나 마찬가지예요."

"예, 저도 말씀 여러 번 들었어요."

기주는 가볍게 미소 짓는다. 형태와 먼 친척간이라고 들었는데, 기억 속의 형태와는 얼굴이 많이 다르다. 우뚝한 코와 단정한 입매가 야무져 보인다. 어려운 가정 형편 때문에 잘사는 친척 집에 찾아가 등록금을 빌리려 했던 소년, 결국 진학을 포기하고 공장에 다니면서 검정고시로 고등학교 졸업 자격을 따고, 그동안 배운 기술로 작은 공장을 차렸다는 병묵. 직장에 다니면서 쥐꼬리만 한 월급으로 살아가는 기주, 중학교 졸업의 학력으로 공장을 차렸다는 게 얼마나 대단한 일인지 이제 안다.

"박지표, 결혼 축하해!"

낭랑한 목소리, 종희다. 소리 나는 쪽을 돌아보던 기주는 그만 어안이 벙벙해진다. 단정한 감색 투피스를 차려입은 종희 옆에 선 남자가 낯익다. 어디서 봤지, 하는데 종희가 다가온다.

"기주도 오랜만이다. 기주야, 너 정구 씨 알아보겠니?"

기주는 그제야 양복 입은 젊은 남자를 축소시켜 정구를 끄집어낸다. 종희가 정구의 팔짱을 끼며 말한다. 둘이 사귀는 걸까, 기주는 속눈을 크게 뜬다. 종희와 정구, 어딘지 모르게 비슷해서 어울리는 것 같기도 하다.

"정구 씨도 기주 정말 오랜만이지? 졸업하고 처음이지, 아마."

"그러네, 반갑다. 출판사에서 일한다는 이야긴 들었어."

정구가 손을 내민다. 기주는 그 손을 잡는다. 손바닥 전체에 굳은살이 박인 것처럼 단단하다. 정구는 명함을 꺼내 기주에게 건넨다. 기주도 들은 적 있는 사회단체의 간사라는 직함이 박혀 있다. 나도 명함을 꺼내야 하는 걸까, 기주가 잠깐 망설이는데 정구가 말한다.

"명함 있으면 하나 주라. 연락할 일이 있을지도 모르니."

기주도 지갑에서 명함을 꺼낸다. 어릴 적 알던 사람끼리 명함을 주고받는 걸 보니, 우리가 나이를 먹긴 먹었나 보다, 생각하면서.

"정구 씬 썩은 세상을 바꾸겠다나 어쩌겠다나. 난 세상 바꿀 생각 말고 자기 생각이나 바꾸라고 하는데, 내 말은 한 귀로 듣고 한 귀로 흘려버린단다. 못됐지?"

살짝 눈을 흘기는 종희의 눈가에 아주 가는 주름이 잡힌다.

고등학교 때인데, 어느 토요일에 정구 씨가 학교 앞에서 기다리더라. 깜짝 놀랐지. 알고 보니 고민이 많더라. 집안 형편 생각하면 사대 가서 선생이 되는 게 맞는데, 선생으로 살 생각하니 벌써부터 갑갑하다고. 그냥 내 생각이 나서 그리로 왔대. 그때부터 가끔씩 연락하고…… 정구가 화장실에 간 사이, 묻는 눈으로 바라보는 기주에게 종희가 빠르게 쏟은 말이었다. 그동안 한 번도 그런 이야기 안 하고 선…… 늘 직선적으로 보였던 종희의 다른 면을 본 듯 서늘해진다. 하숙집에서 같은 방을 썼던 은희, 늘 기도하던 은희가 결혼한 남자를 사랑했고, 그래서 자살했다는 소식까지 전한 종희가. 사람은 정말 여러 겹이구나, 종이꽃 펼치듯 겹겹이구나. 마음속에 고요히 떠오르는 한 줄의 문장을 읽으며 기주는 식장의 의자에 앉는다.

웨딩마치가 울리자 하객들은 출입문 쪽으로 고개를 돌린다. 순백의 드레스를 입고 베일을 드리운 신부가 아버지로 보이는 남자의 팔을 잡고 조심스럽게 걷는다. 신부의 도도록한 볼이 앳되게 보인다. 기주는 새삼 제 어깨에 얹힌 시간의 무게를 느낀다. 지표에겐 없는 생기를 가진 신부가 어딘지 믿음직스럽다. 새신부를 향한 제 눈길이, 올케 될 사람을 보는 손윗시누이 같다는 생각에 속으로 웃는다. 신부와 아버지에게 허리를 거의 90도 각도로 숙여 절하는 지표의 얼굴은 긴장으로 단단해져 있다. 그 시절, 비밀과외까지 시킬 정도라면 제법 잘사는 집일 것이다. 다행이야, 기주의 마음 안벽을 슬그머니 적신 말이다. 신부의 아버지가 지표에게 장갑 낀 신부의 팔을 건넨다. 아버지 슬하에서 남편의 품으로 건너가는, 삼종지의의 두번째 통과의례다.

내가 너희 집에 가서 아버질 만나겠다, 라는 남자의 말은 결혼이라는 동상의 제막식에서 가림막의 끈을 잡아당긴 것이나 다름없었다. 천에 덮여 막연히 형태만 짐작할 뿐이었던 그것의 재질이며 윤곽이 선명하게 드러났다.

그 남자는 소꿉장난 판 걷어치우듯 출판사를 가볍게 접고 제 집 안의 그늘로 돌아간 사장의 후배였다. 이따금 사장을 만나러 출판사에 드나들던 그 남자가 전화를 걸어 이름을 밝혔을 때, 기주는 누구시라구요? 하고 되물었다. 이름은 낯익었다. 그렇지만 그 이름이 사장 아닌 기주를 찾을 이유가 없어서 긴가민가했던 것이다. 상대방의 침묵에서 상한 마음이 느껴졌다. 기주와 밖에서 만났으면 한다고 말했을 때, 기주는 선선히 그러자고 했다. 뭔가, 사장과 관계된 부탁이 있나 보다 했다. 편집과 영업이 함께 쓰는 사무실을 거쳐 안쪽의 사장실을 드나드는 그 남자를 보았을 뿐, 이야기를 나눈 적이 없는 기주로선 당연한 추측이었다. 남자를 만난 뒤에야, 그 만남이 사장이나 회사와는 무관하다는 걸 깨달았다.

남자는 수다스러운 사장과 비슷한 데가 있었다. 남자는 말하는 걸 즐겼다. 자연히 기주는 말을 덜해도 되어서 좋았다. 생에 구김살이 져본 적 없는 이들의 낙천성도 편했다. 퇴근 뒤나 주말이 덜 단조로워졌다. 함께 영화를 보고, 교외선을 타고 송추 같은 데 가서 나무 그늘 아래서 계곡 물소리를 듣기도 했다. 남자를 만나러 갈 때면, 약속시각에 맞추느라 급하게 걷다가도 공중 화장실에 들러 거울에 얼굴을 비춰보게 되었다. 급히 걷느라 상기된 제 볼이 얼핏 사랑에 빠진 여자로 보였다. 남자에게 예쁘게 보이기 위해 거울을 들여다보고 립스틱을 덧바르는, 보통 여자처럼 구는 제가 마음에 들었다. 그래서 기주는 자기도 그 남자를 좋아한다고 믿었다. 수다스러운 것과 달리 남자는 신중한 데가 있었다. 손을 잡거나 장난스럽게 이마에 입술을 대었을 뿐이었다. 만났다 헤어질 때, 아쉬운 듯 기주의 맨팔을 슬쩍 쓸어보고, 영화를 볼 때 앞사람 때문에 화면이 안보여서 그런다는 듯 기주의 몸에 지그시 기댈 때, 기주는 아랫배에서 응어리가 꿈틀대는 듯한 관능을 느꼈다. 이따금 기주는 물었다. 이게 사랑일까?

헤어질 때마다 기주의 손을 놓는 데 점점 시간이 걸리던 그 남자가 마침내 결혼하자고 했을 때, 기주는 바로 대답할 수 없었다. 제안에 웅크리고 있던 아기 염소가 반짝 모습을 드러낸 것이다. 해가 뉘엿뉘엿할 때, 풀밭에 묶어두었던 고삐를 쥔 주인이 집으로 데리고 가려는데, 좀더 풀밭에 머무르고 싶어서 뒷발로 버팅기는: 제가 몰랐던 자신의 모습에 당황한 기주가 대답하지 않는 걸, 남자는 감격으로 받아들이는 눈치였다. 남자의 집안은 기주네 집보다 훨씬 부유했고, 남자는 마담뚜들이 손길을 내미는 직업을 갖고 있었다. 누가 보아도 기주가 처졌다. 보고 지나치면 기억나지 않는 외모에, 박봉인 데다 전망이 밝지도 않은 직업, 아버지가 일을 놓은 뒤 전 같지 않은 가세 등등.

"이유가 뭔데?" 남자는 짧게 물었다. 취조당하는 기분이었다. 며칠 동안 머리가 아프도록 생각했지만, 청혼을 거부하는 데 이거다, 할 만한 이유는 없었다. 그냥 본능 같은 것이었다. 무서운 영화를 볼 때, 죽음이나 치명적인 무엇이 웅크리고 있는 음습한 곳, 그래서 관객들이 '저리로 가면 안 되는데, 안 되는데' 하며 주인공의 동선을 조마조마하게 지켜보게 되는 그런 곳. 남자와의 결혼이 그리로 가는 것처럼 느껴진다는 걸 그 남자에게 이해시킬 자신이 없었다. 기주의 거절은 남자에게 실망이나 상심이 아니라 분노를 불러일으킨 듯했다. 기주의 책임도 없지 않았다. 그 남자와 있을 때, 기주는 그 남자에게 집중했다. 그가 좋아하는 음식과 싫어하는 장소, 그를 즐겁게 하는 것과 그의 마음을 편하지 못하게 하는 것들. 이런 것들을 기억했다가 배려했다. 대부분의 여자들이 사랑하는 남자에게나 보이는 관심이었다. 그게 만나는 사람에 대한 예의라고 믿는 기주가 남자든 여자든 아이든 노인이든 그 순간에 집중한다는 걸 알지 못하는 그 남자로선 착각할 만했다. 평범한 여자에게 거부당하는 일을 상상해본 적이 없었을 남자는 거절을 감당하지 못했다. 기주의 거부는 남자의 자부심에 아주 가는 금을 그은 격이었다. 단단하고 매끄러운 표면에 난 작은 금조차 남자는 견디지 못했다. 방관하던 사장까지 나서서 기주를 설득하려 들었다. 남자의 집요함은 그동안 기주에 대한 존중으로 보였던 것의 이면을 되짚어보게 했다. 특별한 날에 입으려 옷장 속에 넣어둔 옷 같은, 그런 심사 아니었을까. 영화관에서 한꺼번에 밀려나올 때 기주를 보호하려 감싸던 그 팔 또한 자기가 읽던 책을 접지 않는 그런 마음이나 다름없는 거 아니었을까.

조서를 작성하는 수사관처럼 이유를 알고 싶어 하는 남자에게 기주는 지쳤다. 아무래도 나는 한 남자의 아내로 살기엔 부족한 사람인 것 같다, 결혼 안 한 언니가 있는데 역혼은 꿈도 못 꾸는 집안 분위기라는 건, 남자의 단념을 좀더 쉽게 하기 위해 덧붙인 말이었다. 스스로 알 길 없는 모호함을 남이 알아듣게 설명하는 건 힘든 일이었다. 단호하고 결연하게 의지를 드러내려던 게 중언부언으로 치닫는 걸, 기주는 절망적으로 지켜보았다. 겨드랑이가 식은땀으로 촉촉해졌다. 횡설수설을 마친 기주가 물컵을 들어 입안에 물을 머금는데, 남자의 단호한 목소리가 들렸다. "내가 너희 집에 가서 아버질 만나겠다." 사레가 들릴 뻔했다. 아니, 결혼할 사람은 난데, 내가 결혼할 수 없다는 데 왜 아버질? 이 모든 번거로움이 역혼이 허락되지 않는 집안 분위기 때문이라고 믿기로 한 걸까. 그 남자가 아버지를 찾아가겠다는 건, 아버지 소속이던 기주의 소속을 변경하는 것, 아버지가 갖고 있던 부양의 의무를 자기가 짊어지겠다는 것이었다. 그렇게 지워진 의무의 대가가 무엇일지, 기주는 겁이 났다. 기주의 마음에 어른거리던 모호함이 싹 가신 건 바로 그때였다.

웨딩마치의 선율을 밟으며 퇴장하던 신랑과 신부는 이내 사진 촬영에 들어간다. 엇나가는 부케를 팔짝 뛰어서 가까스로 붙잡은 신부의 친구가 환히 웃고, 둘러선 친구들이 박수 치는 걸 보며 기주는 자리에서 일어난다. 통로로 나서려는데 종희가 잡는다.

"기주야, 사진 찍고 밥 먹고 가야지!"

"응, 난 어디 가야 할 데가 있어서. 먼저 갈게. 지표에게 말 좀 전해줄래?"

"밥 못 먹으면 사진이라도 찍고 가지. 오랜만이라 너랑 할 이야기도 많은데. 정구 씨도 그럴 거고. 그렇지?"

종희가 정구를 보며 눈웃음친다. 종희가 눈웃음치는 것을 처음 보았다. 그 단단하던 종희도 사랑에 빠지니 말랑말랑해지는구나, 싶다.

"나도 그러고 싶은데, 약속이 있어서. 지금 안 가면 늦거든. 먼저 갈게."

기주는 손을 흔들고 예식장을 빠져나온다. 병묵은 예식장 문 근처에서 누군가와 이야기를 나누고 있다. 인사를 하고 갈까 하다가, 기주는 그냥 돌아선다. 한꺼번에 빠져나가는 사람들로 통로가 복잡해서 주춤거리며 밀린다. 출입구에 이르렀는데, 언제 보았는지 병묵이 다가와 말을 건넨다.

"어디 가세요? 좀 있으면 친구들 사진 찍으라고 할 텐데요."

"예, 전 그냥······"

"안 돼요. 나중에 지표가 저한테 뭐라고 할 거예요. 중학 동창은 좀 보이던데, 국민학교 동창은 기주 씨만 왔나 봐요?"

"아, 저쪽에 친구 둘이 와 있어요."

"그럼 같이 식사라도 하고 가시죠. 지표가 알면 서운해할 거예요."

"예, 그랬으면 좋겠는데, 제가 가봐야 할 데가 있어서요. 나중에 지표에게 말할게요. 안녕히 가세요."

기주는 조금 서두른다 싶게 그 자리를 벗어난다. 오랜 친구인 지표의 결혼식에 오는 게 당연하다고 생각했는데, 막상 종희와 정구가 나타난 걸 보자, 남자 동창의 결혼식에 혼자 온 게 어쩐지 상식에 어긋난 일처럼 여겨졌던 것이다. 그냥 축의금을 보내거나 선물을 하고 마는 게 낫지 않았을까. 밥 먹고, 종희네랑 이야기를 하다 보면 자리가 길어질 것이다. 오늘 방을 구하지 않으면 한 주일을 더 기다려야 한다. 결혼식장에 온다고 챙겨 입은 정장이 문득 무겁게 느껴진다.

"세상에, 정말 언니하고 딱 어울리는 방이다. 꼭 수도사의 방 같아!"

기다란 앉은뱅이책상, 철제 앵글 선반 책장 하나로도 한쪽 벽면이 거의 차는, 조금 너른 관 속처럼 좁고 긴 방을 본 후배는 호들갑스럽게 감탄했다.

방이 좁은 건 그다지 불편하지 않았지만, 보일러가 주인집 방을 거쳐 들어오는 바람에 냉골이나 다름없는 건 문제가 되었다. 그걸 알았더라면 계약하지 않았을 방이었다. 전기장판의 온기에 기대는 수밖에 없었다. 전기장판 위에서 자고 일어나면, 땅속 깊은 데에서 사지를 끌어당기는 듯 몸이 처졌다.

"수도사의 방 본 적이나 있어?"

"본 적은 없지만…… 아이 뭐, 말이 그렇다는 거지. 그걸 꼭 짚어야 되겠어?"

후배는 입을 비죽거렸다. 기주보다 두 학년 어린 같은 과 후배였다. 대학시절, 기주의 집에서 바다가 그리 멀지 않다는 걸 안 그 후배는 기주의 팔을 붙들며 말했다. "언니, 저 방학 때 언니네 집에 놀러 가도 돼요?" 그냥 하는 말인 줄 알았는데, 어느 날 전화가 왔다. "언니, 나 어디 있게? 언니네 역 앞이야. 여기 해수욕장이 유명하긴 한가 봐. 서울에서부터 내내 서서 왔어. 나 미아 되기 싫으니 빨리 와 데려가요!" 정작 바다에 가서는 물 깊이가 오금이 넘는 곳에서도 비명부터 질렀다. 수영을 배운 적도 없고, 배울 마음도 없다며.

튜브도 못 미더운지 빌린 튜브를 끼고도 허리춤 정도의 물에서 오리걸음을 할 뿐이었다. 서울내기인 후배에겐 그때 본 기주네 고향집의 규모가 인상 깊었던 모양이다. 형태네 집과 담을 사이에 두고 아버지가 지은 이층집은 너른 편이었다. 서울과 도시의 땅값 차이를 알지 못했던 후배에겐 기주가 '부잣집 막내딸'로 각인되었다. 기주가 하는 모든 행동을 후배는 그 필터로 걸렀다. 조금만 열심히 알아보면 갈 수 있었던 사립학교 교사가 아닌 박봉의 출판사를 선택한 것도, 치장에 무심해서 늘 같은 옷차림인 것도 후배는 '부잣집 막내딸'의 객기로 여기는 듯했다. 좁고 추운 방도, 후배의 눈엔 자발적인 가난을 선택한 것이었고, 후배의 말을 듣다 민망해진 기주가, 사실은, 하고 말해봤자 후배의 필터를 거치면 '겸양'이 되었다. 자기 필터가 너무나 공고한 후배 앞에서, 어느 날부턴가 기주는 말을 아끼게 되었다.

일이 밀려서 교정지를 외부 아르바이트로 돌리던 날, 일감을 받으러 기주의 사무실에 들렀던 후배는 사무실의 정체된 분위기에도 감탄했다. "뭐랄까, 자본주의 사회에 물들지 않고 고집스럽게 정신적인 걸 지향하는 것 같잖아." 사람들이 왜 삶에 대해 고민하지 않는가, 그저 처자식 먹여 살리는 걸로 만족하는가, 술자리에서 말하던 이전 출판사 사장과 후배가 닮은 데가 있다는 걸 기주는 그때 처음 깨달았다.

서울에서 태어나서 부모님과 같이 살던 후배는 기주의 방에 단단히 반한 모양이었다. 자기 집에 뭐가 그렇게 많은지 답답하게 느껴진다더니, 급기야 결혼이나 하라는 부모와 싸워가며, 독립인지 가출인지를 했다. 기주의 방만 한 작은 방이었다. 정히 그러겠다면 전세를 얻어주겠다는 부모의 말도 거절했다고 했다. "그러면, 독립이 아니잖아요?" 아무 대책 없이 집을 나온 후배가 기주의 대책이 되어주었다. 자발적 가난으로 뛰어들 채비를 갖추고 집을 나온 후배에게 기주는 제가 일하던 자리를 넘겼다. 그런 뒤에 전부터 손을 내밀던, 좀더 크고 안정된 회사로 옮길 수 있었다. 단행본 출판과 잡지사를 겸한 곳이었다. 고인 채 하릴없이 썩다가 문득 트인 물길 따라 졸졸 흐르는 물이 된 기분이었다. 후배는 제 명함과 제 책상을 가질 수 있다는 것만으로도 고마워했다. 고인 물속 같은 나날을 후배가 얼마나 견딜 수 있을지 몰라 마음 편치 않던 기주는 짧게 대꾸했다. 지나봐야 아는 거지, 뭐. 직장을 옮기면서, 방까지 옮기기로 했다. 새 일터인 대학로에 가까운 곳, 무엇보다도 전기장판을 깔지 않아도 되는 방으로.

몇 정류장쯤이 좋을까. 걸어서 오갈 수 있는 거리는 위험하다. 자칫 회사에서 받은 스트레스를 고스란히 떠안아 집에다 부려놓을 수가 있으므로. 직장에서 오래 견디려면, 회사에서의 일과와 집에서 보내는 시간을 되도록 분리해야 한다. 버스로 서너 정류장 정도? 그 정도면 퇴근길에 천천히 걸어도 되고, 출근시간에도 러시아워를 비껴서 차를 탈 수 있다. 일단 버스를 타고 가다가, 마음에 드는 동네에서 내리기로 마음먹는다.

주말인데도 버스 안엔 자리가 없다. 기주는 시야가 좀더 확보되는 운전수 뒤쪽에 선다. 차창 너머 가로수들이 까칠하게 보인다. 올림픽 순위와 그 뒷이야기에 열광하는 동안 가을은 성큼 깊어졌다.

신호를 받고 나아가려던 버스가 덜컹, 멎는다. 균형을 잃고 기우뚱, 넘어질 뻔했던 승객들의 시선이 운전수의 뒤꼭지를 향한다.

"저 쌍년……"

운전수가 어금니에서 잘근잘근 짓이긴 말을 뱉는다. 운전수의 시선은 아래를 향하고 있다. 여자 운전자가 탄 승용차 한 대가 멈칫멈칫 나아가고 있다. 하고 싶은 욕이 남았는지, 운전수의 입이 우물거린다. 확 밀어붙이고 싶다, 운전수의 얼굴이 그렇게 말하고 있다. 기주는 그만 더 가려던 생각을 접고 다음 정류장에 내려버린다. 방향 잃은 분노를 목격할 때마다, 사는 일이 무서워진다. 이래서 다들 결혼하는 건가, 싶기도 하다.

큰길가 부동산 앞에서 기주는 잠깐 망설인다. 이번엔 집에다 말해서 전세로 가는 게 낫지 않겠냐? 말씀드리면 그쯤은 해주실 텐데, 그래야 너도 돈을 조금이라도 모을 수 있을 테고. 그동안 월세 낸 돈만 모았어도…… 언니들의 충고가 마음에서 채 떠나지 않은 것이다. 그러나, 기주는 고개를 저어 그 목소리를 털어낸다. 안락한 환경에서 보호를 받으며 자라온 기주는 부모에게 돈을 받으면 그만큼 부모의 그늘에서 벗어나기 어렵다는 걸, 정신적인 자립이 더뎌진다는 걸 알고 있었다.

복덕방의 문을 열자 담뱃진 냄새 같은 퀴퀴한 냄새가 훅 끼쳐온다. 손바닥만 한 텔레비전을 들여다보고 있던 할아버지가 고개를 돌린다.

"안녕하세요? 월세 방 나온 거 있나요?"

"방 구하시게? 여기 앉아요. 식구가 몇인데?"

"저 혼자예요."

"결혼 안 하셨나?"

"네, 아직요."

기주는 아직요,라고 토를 단다. 저는 결혼과 출산으로 존속되는 체제에 반대하는 건 아니에요. 결혼을 안 한 게 아니라 못 한 거라니까요. 나이 든 남녀가 독신인 걸 매운 눈으로 바라보는 세상 앞에 지레 백기를 흔드는 격임을 알면서도, 그렇게 말하곤 했다.

"부모님이 걱정 많이 하시겠네. 그럼 직장 다니시나?"

"네."

"고향이 어딘데?"

방 구하는 데 고향이 왜 필요한가, 생각하면서도 기주는 순순히 대답한다.

"어쩐지, 아가씨 말씨가 얌전하더라니. 거긴 양반 동네지. 사람들도 점잖고."

복덕방 할아버지의 표정이 단박에 부드럽게 풀린다. 그 양반 동네에는 도둑은 물론이고, 사기 치는 사람도, 폭력배나 살인자도 없다는 듯이.

청첩장을 전하던 날, 형태 이야기를 하다 지표가 밝힌 표준말의 비밀은 조금 뜻밖이었다. 태어나 자란 곳이 전라도라는 것, 전라도에 대한 편견 때문에 외삼촌네 동네로 이사하기로 한 날부터 라디오를 들으며 표준말을 연습했고 전학 날 학교에 온 외삼촌이 가뜩이나 작은데 그런 일로도 놀림 받을 수 있다며 담임에게도 그렇게 부탁했다는 것, 그래서 '어쨌든' 담임이 고맙다고. 지표가 태어나 자란 전북과 지표 어머니의 고향인 충남은 알게 모르게 말투가 비슷해서 그 덕을 보았다고. 호적에 남은 본적지야 어쩔 수 없지만, 국민학교 때 전학했기 때문에 정치가들이 검은 돈을 세탁하듯 출신지 세탁이 가능했고, 그동안 여러 번 기주에게 말하려 했으나 어쩐지 입 밖에 낼 수 없었다며 지표는 담배 연기를 길게 뿜었다. 제 눈을 가리려는 듯이. "우리 어릴 때 자유교양문고에 「홍길동전」 있었지 않냐. 거기에 '아버지를 아버지라 부르지 못하고, 형을 형이라 부르지 못하는' 대목을 읽으며 난 홍길동의 심정을 백 퍼센트까지는 아니더라도 잘 이해할 수 있었다. 고향 덕분이지." 한쪽 입귀를 들어올리며 웃는 지표의 표정이 어쩐지, 입은 웃지만 눈에는 주르륵 흘러내리기 직전인 눈물방울을 매단 피에로 같았다.

태어난 곳을 선택할 수 있었던 것도 아닌데 차별받는 사람들은 어떤 기분일까. 기주는 알 길 없었다. 폭력배나 잘해주다가 뒤통수치는 사람은 전라도, 식모나 어수룩한 사람은 척척 늘어지는 사투리를 쓰는 충청도, 생활력 있고 싹싹한 여자나 의리의 사나이는 경상도. 드라마나 영화에서 일반적으로 그려지는 모습조차 새로운 의미로 다가왔다. 신분제가 남아 있다는 인도의 불가촉천민은 어떤 기분일까, 해방되기 전 미국 흑인 노예들은 어떤 마음으로 살았을까. 아니 좋은 가문에서 태어났다는 것만으로 돼먹지 않은 양반에게 머리 조아릴 수밖에 없었던 상민들의 마음엔 어떤 것이 고여 있을까, 그런 생각이 들 때면, 더 낮아져야겠다는 결심을 되풀이할 뿐.

본격적인 호구조사가 시작될 판이라 기주는 말을 돌린다.

"방은 크지 않아도 되는데 부엌은 있었으면 좋겠고요."

"그럼, 아무리 혼자라도 밥은 해먹어야 하지. 음식 잘 만드시나?"

"잘은 못하고요. 그냥 저 먹을 정도는 해요."

"그러면 됐지. 우리 딸도 직장 다니는데, 직장 다니면서 끼니 해먹는 거 그거 보통 일이 아냐. 가만 있자, 여기 괜찮은 게 있는데, 약간 지하네. 그래도 창이 훤하고, 부엌도 화장실도 딸려 있고. 전에 살던 사람이 지방으로 가서 방도 비어 있어요. 짐은 두고 갔는데, 언제든 들어올 사람 생기면 바로 빼가기로 했으니 문제 될 거 없고. 찻길에서도 가까워요."

찻길에서 두 블록 정도 들어간 곳에 있는 그 방은 창이 본채의 마당 쪽으로 나 있었다. 화장실은 부엌에서 몇 계단 올라간 곳에 있었다. 그런 구조의 화장실이 처음이라서, 기주는 신기했다. 그래도 방은 반듯하고 넓은 편이었다. 창의 높이는 낮으나 폭은 제법 넓었다. 방구석에, 전에 살던 사람이 두고 갔다는 짐이 쌓여 있었다. 짐이라고 해야 상자 몇 개뿐. 창 너머는 바로 콘크리트를 바른 마당이었다. "어때, 반지하라고 해도 지상이나 다름없지? 별도 잘 들고. 이 창이 남향이지, 아마." 벽에 못 자국이 하나도 없었다. 이사할 때마다 못 자국에 치약을 짜 넣거나 휴지를 돌돌 말아 메워야 했는데. 깔끔해서 보기 좋은데, 벽에 걸 작은 액자 하나 없이 살았던 걸까, 궁금해졌다. 전에 살던 방에 비하면 궁전이나 다름없어서 기주는 바로 계약했다.

"나가자. 우리 맛있는 거 먹자."

이삿짐을 대충 정돈한 뒤, 기주는 후배를 재촉한다. 짐을 풀어놓자, 방은 한결 아늑하게 보인다. 보일러를 틀어놓았더니 바닥이 훈훈하다. 다른 무엇보다, 방에서 오랜만에 맛보는 훈훈함이 반갑다. 반지하라서 겨울에 난방비도 덜 들고 여름엔 시원할 거라고 했다.

이사를 거들겠다고 온 후배는 방에 들어서는 순간부터 툴툴거렸다. 방 좋다고 자랑하더니 이게 뭐야, 밖에서 다 들여다보이잖아. 울엄마가 다른 건 몰라도 지하에선 살면 안 된댔는데, 하면서. 전보다 두 배쯤 커진 방을 얻은 기주에 대한 배신감을 에둘러 드러내는 듯했다. 집 나와 처음으로 혼자 맞대면하는 세상에 겁먹은 것인지도 몰랐다. 마저 정리하겠다며 뭉그적거리는 후배를 재촉해서 일으켜 세운다.

"사장님 잘 계시니? 여전하시지?"

"뭐 그렇지, 사장님은 날 답답해하고, 난 사장님 보면 속 터지고. 사장님 자꾸 언니 이야기하셔. 나보고 어쩌라고?"

"그러게. 왜 그러신대."

"그러니까 사람이 너무 열심히 하면 뒷사람에게 민폐를 끼치는 거야. 나처럼 적당히 해야지."

"열심히 하는 건 너지. 난 너처럼 온종일 꼬박 앉아 있지도 못해."

"그렇지? 그럼 뭐 하냐고요. 알아주지를 않는데. 짠!"

보글보글 끓는 섞어찌개 냄비 위로 소주잔을 부딪는 후배의 눈가에, 전에 없던 잔주름이 보인다. 통통하고 뽀얀 볼 때문에 늘 앳되어 보이던 후배다.

"네가 올해 몇 살이지?"

기주는 무심코 묻는다. 2년 후배인 건 분명한데, 대학에서 만난 후배들의 나이는 오차가 있다.

"후배 나이도 몰라요. 스물일곱 살. 언제 이렇게 나이만 먹었는지 내가 생각해도 징그러워. 나이는 많고, 언니처럼 경력이 있는 것도 아니고, 실력도 모자라고."

"하다 보면 늘겠지. 넌 또 꾸준한 데가 있잖아."

"그렇다고 생각했는데, 그것도 잘 모르겠어. 우직한 게 아니라 미련 맞은 것 같고. 지강헌 봐봐. 누군 몇십 억? 칠십? 상상도 안 되는 돈 훔치고도 대통령 동생이라고 이 년 조금 더 살고 나와서 활개 치는데, 오 백만 원인가 갖고 십몇 년 살아야 한다면 나라도 그러겠다. 언니 같으면 참을 수 있겠어?"

"모르지."

그걸 누가 알 수 있으랴. 탈주범들이 서울 시내를 전전하는 동안, 기주 또한 밤에 집에 들어갈 때면 자꾸만 뒤를 돌아보았다. 시인이 되고 싶었으나 가난 때문에 국민학교밖에 못 마친 청년과 돈은 빼앗되 사람은 해치지 않았던 그 일당의 행적을 좇는 언론의 보도는 무슨 추리소설을 읽는 것 같았다. '유전무죄 무전유죄'라는 말을 남기고 비극으로 끝난 뒤, 비지스의 「Holiday」가 여기저기서 흘러나왔다. 부당한 세상에 항의하느라 탈주해 인질범이 되었지만 인질들의 호감을 살 정도로 예의 바르던 청년, 죽음을 앞둔 그가 듣고 싶어 했던 노래였다. 그 노래를 들을 때마다 유리창 너머 그들을 비추던 텔레비전 화면이 떠오르며, 죽음이 그에게 지상에서의 긴 나날을 부려놓은 뒤 맞는 휴일이기를 바라는 마음이 들었다.

추운 나라에서 보는 별의 빛깔이 저러하리라.

후배를 태운 버스가 떠난 뒤, 기주는 정류장에 선 채 건물 간판을 장식한 네온사인을 바라본다. 차르르륵, 가는 원기둥들이 늘어선 듯한 간판 위를 초록빛이 달려가는가 하면, 그 초록빛이 지워진 자리에 어느새 주홍빛이 밀고 들어와 있다. 그 화려함 사이 얼핏 비치는, 형광 띤 푸른빛이 기주를 사로잡는다. 서른 살을 코앞에 두고 지질린 제 마음을 빛깔로 표현한다면 바로 저 색일 것이다. "이렇게 살 수도 없고 이렇게 죽을 수도 없을 때"라는 시구처럼.

드러난 목덜미로 파고드는 바람이 제법 쌀쌀하다. 기주는 사파리의 깃을 올리고 새 방과, 그 방에서 자신을 기다릴 삼십대를 향해 타박타박 걷는다.

4부

그리움, 두고 온 것에 대한

병묵은 만나기로 한 길가에 차를 세우고 나와 있다. 못 본 새 살이 붙어서, 볼이 두툼해졌다. 입춘 지나며 차갑고 앙칼진 기운이 빠지긴 했지만, 밤공기는 여전히 쌀쌀하다.

"집으로 오지 그랬어. 병묵 아저씨 오신다고 했더니 애들이 좋아하던데……"

"나도 진석이랑 보고 싶은데, 너무 늦어서."

"괜찮은데. 요즘 내가 아침 안 먹고 나가서 애들 엄마가 훨씬 편해졌어."

"아침 거르면 기운 없어서 일하기 힘들 텐데?"

"우유 한 잔 마시고 나가니까. 그 대신 점심을 잘 챙기지. 여기야. 여기 처음 와봤지? 집 바로 앞이라 가끔 들러서 한잔하곤 해. 들어가자."

신시가지는 외곽을 빙 둘러 저층 빌라가 있고, 한쪽엔 고층아파트, 다른 쪽엔 전원주택풍의 단독주택들이 들어선 구조다. 그리고 그 사이, 다세대며 다가구 주택들이 섬처럼 떠 있다. 지표가 가끔 들르는 술집은 그 다가구주택 지역의 지하에 있다. 케이블 드럼을 이용해 만든 탁자에 통기타가 있는 작은 무대, 대학시절에 듣던 노래들이 흘러나오는 스피커가 시간을 20여 년쯤 되돌린 느낌을 준다. 턱수염이 텁수룩한 주인은 단골이 가도 눈인사만 할 뿐 수선스럽게 알은체하지 않는다. 그 무덤덤함이 오히려 손님을 편하게 해준다. 그동안 드나들며 본 바로는, 여섯 개뿐인 테이블 가운데 네 개 찼을 때가 가장 성황을 이룬 날이었다. 지하니까 세가 비교적 헐하겠지만, 이렇게 한산해서야 임대료며 관리비나 나올까 싶다. 손님의 걱정과 달리 정작 주인 남자는 반쯤 물 위에 떠 있는 사람처럼 무심하다.

홀 안은 역시 한산하다. 근처에서 산책 나왔다 들른 듯한 사람들 몇이 술을 마시고 있을 뿐이다. 만일 파트너가 필요하면 내 손을 잡아. 네가 화나서 나를 때려눕히려 한다 해도 난 여기 있을 거야. 아임 유어 맨. 레너드 코헨의 읊조림이 홀을 채우고 있다.

"신도시에 이런 곳이 다 있네. 신도시는 뭐든 산뜻한 줄 알았는데."

"신도시에도 우리 같은 구세대에 가까운 사람들이 사니까. 요즘은 젊은 애들이 치고 올라와서 정신없어."

"하긴 기업은 늘 신입 뽑을 테니 그렇겠다. 우리야 상관없지만, 그래도 세상 돌아가는 거 관심 갖지 않으면 퇴물 취급당하는 건 잠깐

이야."

"그렇지, 어디나 사람 사는 데는 그래요. 차 때문에 술이 어떨지 모르겠다. 그냥 가볍게 한두 잔은 괜찮겠지? 여기 조개탕이 꽤 괜찮아."

"좋지."

"저녁은 먹었냐? 차 속에 오래 있었다면 어디, 지방 다녀오는 길? 식구들은?"

"식구들은 집에 있어. 혼자 고향에 다녀오는 길인데, 점심을 워낙 많이 먹고 떠나서 생각이 없네. 어머니가 자꾸 더 먹으라 하셔서 좀 많이 먹었더니……"

"그래도 저녁은 저녁인데, 여기가 밥이 안 되어서…… 사장님, 여기 소주하고요, 조개탕하고 빈대떡 하나. 조개탕에 떡 좀 많이 넣어 주세요."

메뉴판을 덮고 지표가 묻는다.

"고향엔 왜? 설 지난 지 얼마 되지도 않는데?"

"지난 설에 식구들만 보내고 나는 못 갔거든. 주문이 밀려서 납기일 맞추느라고. 그래 어머니도 뵐 겸, 이제야 시간 내서 다녀오는 길이야."

"어머닌 건강하시냐? 형님넨 별고 없고?"

이따금 전화로 안부를 묻긴 하지만, 실상 만난 지는 꽤 되었다. 병묵은 자동차 부품을 만들기 시작하면서 어지간히 재미를 보는 모양이었다. 아파트의 주차공간이 부족해서 늦게 퇴근할 때면 아파트 단지를 벗어나 길가에 차를 세워둬야 할 판이니 그럴 만도 했다.

몇 해 전, 병묵은 고향에 밭이 딸린 집을 샀다. 공기 맑은 곳에서 살고 싶다고 노래하던 어머니 때문이었다. 고향엔 국민학교만 마치고 엿도가에서 일하다, 엿도가가 망하자 읍내 가구점에서 배달 일을 하는 병묵의 형이 있었다. 병묵이 사둔 땅으로 들어간 뒤, 형네는 메추리를 키워서 제법 형편이 폈다고 들었다.

"응, 아무래도 시골 공기라서 그런지, 혈색이 훨씬 좋아지셨어. 하긴 여기서 사실 땐 늘 집 안에만 계시니까 감옥살이 같으셨을 거야. 참, 어머니가 챙겨주신 고구마랑 호박이랑 차에 실어놓았는데, 별건 아니지만 이따 잊지 말고 가져가라. 너 만날지 모른다니까 너희 것도 따로 챙기시더라."

"우리 것까지? 난 어머니께 해드린 것도 없는데."

"우리 어머니가 널 좋아하시잖냐. 몇 번 보시지도 않고선. 너 같은 친구 있다는 게 우리 어머니한테 든든한가 보더라. 어, 국물 시원하다."

병묵은 조개탕 국물을 몇 술 떠 넣는다. 운전 때문에 그만 마시겠다고 치워둔 술잔을 아쉬운 듯 바라본다. 택시를 태워 보낼 요량으로 지표가 병을 들자 말리지 않는다. 기다렸다는 듯 단숨에 들이켠다.

"나, 지난가을에 집 새로 지어드렸다. 어머니 사시는 집이 겉만 멀쩡하지 그 옛날에 블록으로 지은 집이잖아. 겨울에 춥고 여름엔 덥고. 변소도 밖에 있고. 전부터 맘에 걸렸는데, 이제야 새로 지어드렸어. 연말에 완공되었는데 그때부터 우리 일이 정신없이 밀려서 명절 때도 못 가보고, 이제 처음 가본 거야. 노인네야 그저 여름에 시원하고 겨울에 따뜻한 게 최고니까. 마음 같아선 무리해서라도 더 좋게

지어드리고 싶었는데, 시골 산다는 게 그렇지 않냐. 너무 튀어도 사
람들이 뒷전에서 수군대고. 안 그래도 옛날 우리 살던 거 알던 사람
들은 자기 자식들 나무랄 때 꼭 우리 집 들먹인다는데."

　말은 겸손하게 하지만, 병묵의 얼굴은 자부심으로 터질 듯 팽팽
하다. 명문대 상대에 합격했을 때, D상사에 입사했을 때, 강아지도
지폐를 물고 다닌다는 광산 지대에 광업소를 갖고 있는 집의 딸과
결혼하던 때, 지표도 그랬다. 가슴이 확장되고 키가 성큼 커진 듯한
기분이었다.

　다른 무엇보다도, 아내 될 사람에게 결핍감이 없다는 게 가장 마
음에 들었다. 과외금지령이 내려지기 전까지 드나들던 아내의 성산
동 집에 어린 여유는 재력이 밑받침된 탄탄함이었다. 그 무렵 성산
동의 집들은 대개 붉은 벽돌에 기와를 올린 이층집이었는데, 아내
의 집은 검은빛 도는 진회색 벽돌집이었다. 처음 그 집에 들어설 때,
언젠가 한번은 온 듯한 기시감이 들었다. 국민학교 때 전학 와서 그
렸던 벌판 한가운데 우뚝한 집, 뒷날 병묵을 기다리며 기대어 섰던
그 담벼락, 형태네 집과 비슷하다는 걸 떠올린 건 그 집을 드나들고
도 한참 뒤였다. 과외금지조치가 내려지자 시 외곽까지 딸을 보내
비밀과외를 시키고, 졸업도 하기 전에 누구나 선망하는 종합상사
입사시험에 합격한 지표를 불러내 축하한다며 비싼 밥을 사준 그
집 부부는, 막상 막내딸이 지표를 사귄다고 하자 안면을 싹 바꾸었
다. 서운했지만 이해할 수 있는 일이었다. 지표 또한, 아내가 제 쪽
식구들을 만나면 마음이 변할 거라고 짐작했으니까. 형과 누나들은

다들 자기 집을 장만해서 살지만, 그래 봤자 산동네이거나 방 두 칸
짜리 서민아파트였다. 아내는 요지부동이었다. 결혼하면 우리도 저
런 집에서 살아야 될 거야. 그래도 괜찮아? 시흥동 산동네, 길에서
바로 마루로 이어지는 방 두 칸짜리 누나네 집에 들렀다 나오며 지
표가 짐짓 겁을 주었지만, 아내는 생글거렸다. 살면 살지, 왜 못 살
아요? 겪지 못한 궁핍이 아내에게는 일종의 체험학습으로 여겨지는
모양이었다.

가난은 체험학습 같은 게 아니었다. 어릴 적의 가난은 지표에게
굴욕을 참고 견디는 법을 가르쳤다. 물질이 곧 힘이 되어버린 세상,
사회의 계층이 구조적으로 피라미드를 형성하고, 그 사이의 소통이
나 자리바꿈이 거의 불가능한 세상에서 가난은 자기를 죽이게 하
며, 무릎 꿇게 하며, 허기진 궁핍의 표지를 각인시키며, 자신이 길바
닥에 뱉어진 가래침이나 눌어붙은 껌 같다고 느끼게 했다. 남들 잘
때 부엉이처럼 눈 부릅뜨고 코피를 쏟으며 공부한 것도 거기에서
벗어나기 위한 것이었다. 대기업에 입사하면서 겨우 벗어난 그 끈적
임은 그러나 아차하면 제자리로 돌아갈 만큼 인장강도가 강한 것이
었다. 아내와의 결혼은 그 인력에서 벗어날 수 있을 만큼 강력한 힘
이 되었다.

부모의 반대를 고집으로 꺾고 결혼한 아내를 변하게 한 건, 아내
의 형제와 사촌과 친구들이었다. 비슷비슷한 환경에서 자란 그들의
결혼은 시작부터 지표네와 달랐다. 부모가 사준 집에서 시작하거나,
전세 아파트라 할지라도 강남에 있었다. 아내가 그들에 대한 부러움
을 흘리면, 지표는 묻고 싶었다. 내가 가난한 줄 알고 결혼한 거 아

니냐고. 그러나 입 밖에 내지는 않았다. 남들이 부러워하는 대학과 대기업, 엘리트 코스를 밟으면서도 떨쳐내지 못한 허기, 젖배 곯은 아이가 엄마 젖을 본 듯 허겁지겁 달려들 것 같은 허기가 제 몸 한 구석에 잠복해 있는 걸, 지표는 알고 있었다. 아내가 부러워하는 사람들은 상상도 못할 공동 같은 것. 제 안의 허기가 어느새 아내에게도 옮아간 것일까. 친지들을 만나고 온 날이면 아내는 표 나게 풀이 죽었다. 허기 못지않게 불끈거리는, 온전히 자기의 노력과 노동으로 한 단계씩 올라가고 있다는 자부심. 자신의 토대인 그 자부심을 아내가 자꾸 건드리고 있었다.

신도시에 분양받은 32평형 아파트가 아내를 만족시킨 건 잠깐이었다. 아파트 장만을 위해 대출받은 돈을 다 갚기도 전에 아내의 눈길은 강남을 향했다. 재테크 정보며 아이들 교육정보, 하다못해 건강정보도 그쪽이 훨씬 빠르다며. 검사와 결혼한 친구 미영을 만난다는 핑계로 아이들 옷이며 신발, 장난감을 사러 미영이 사는 강남의 백화점으로 원정을 다니는 것도 마다하지 않았다. 아이들은 어릴 때부터 좋은 물건에 익숙해져야 그걸 누릴 팔자가 된다는 게 아내의 굳은 신념이었다. 지표네 두 아이는 친할머니보다는 외할아버지나 외할머니를 더 자주 보고, 고모나 삼촌보다는 이모나 외삼촌들을 더 자주 보며 지내고 있었다. 형네 집에서 사는 엄마에게 다달이 용돈을 쥐여드리고, 가끔 모시고 나가 맛있는 음식을 사드리는 정도가 지표가 할 수 있는 효도의 전부였다. 너 잘 사는 거 보면 안 먹어도 배부르다, 엄마는 손사래를 치지만. 저와 비슷한 처지의 아내를 만난 병묵은 그 점에서 지표보다 운신이 자유로운 듯했다. 고향의 어머니에게 지어드렸다는 그 집을 보며 병묵은 얼마나 뿌듯했을까. 어머니가 고향에 내려가 사신다면, 나는 과연 그럴 수 있을까. 속에서 들끓는 질문 때문에 술잔 비우는 속도가 빨라진다.

　밖은 부옇다. 안개가, 그 안에서 무슨 일이 벌어져도 묻어버릴 것 같은 안개가 그새 자욱하다. 나트륨 등은 안개를 가르고 스포트라이트 같은 빛기둥을 안개 속에 세운다.
　"어떻게, 늦었는데 차라리 우리 집에서 자고 내일 일찍 떠나는 게 어떻겠냐?"
　돌아갈 길을 가늠하며 속도를 조절하던 병묵은 어느 수위를 넘자 운전할 마음을 접은 듯 편히 마셨다. 난 말야, 정말 자랑스럽다. 부모 잘 만나 잘 먹고 잘 사는 사람들이 보면 아무것도 아니겠지만. 나보다 더 배운 애들이 내 밑에서 일하는 것도 뿌듯하고. 나, 조만간 공장 늘릴 거다. 기계도 더 들여놓고. 그때 부를 테니 꼭 와라. 내가 어떻게 살았는지, 그래도 가장 잘 아는 게 너 아니냐. 그래도 가끔은, 가끔은 말이다, 처음부터 남들하고 비슷하게만 갈 수 있었어도 지금보다는 나은 사람이 되어 있지 않을까 생각한다. 우습지? 우스운 거 나도 아는데, 내 속마음은 그렇다. 아닌 말로, 내가 이런 이야기를 누구한테 하겠냐. 사업상 만나는 사람에게 하겠냐, 벌어다주는 돈 쓰는 데나 머리 돌아가는 마누라한테 하겠냐. 이런 말 할 수 있는 네가 있어서 참 고맙다. 주절주절 늘어놓더니, 기어이 제가 술값을 내겠다고 카운터에서 지표를 밀쳐내기까지 했다.
　"고맙다. 그래도 가야지. 애들 엄마, 나 들어갈 때까지 안 자고 기다린다."

"그럼 차는 언제 가져가고? 거리가 어지간해야지."

"여기 차 놓아두고 가도 되지? 내일 잠깐 틈 내어 오면 돼. 염려
마라."

병묵은 자동차 트렁크에서 늙은 호박 한 덩이를 꺼내 건네더니
뒤이어 종이 상자를 들어낸다.

"고구마야. 어머니가 키우신 거니 맛없어도 정성으로 먹어라. 요
즘 애들은 고구마 같은 거 잘 안 먹으려 들더라만. 들고 가기 무겁
겠다."

"바로 코앞이 집인데 뭘. 우리 애들은 고구마 잘 먹어. 나랑 애들
엄마는 호박죽 좋아하고. 고맙다."

콜택시는 금방 도착할 것처럼 대답하더니 시간이 걸린다. 하기야,
안개 때문에 속도를 내기 어려울 것이다. 병묵이 챙겨준 박스 위에
호박을 얹어 놓고, 두 사람은 차도를 바라본다. 온통 희뿌연 허공에
점점이 흩어진 빨간 불빛을 보던 병묵이 말한다.

"넌 요즘도 교회 다니냐?"

교회? 지표는 죽은 줄 알았던 사람이 살아 돌아온 걸 보듯 반문
한다. 군대시절까지만 해도 교회에 꾸준히 나갔는데, 직장생활을 하
면서는 일요일에 쉬기에도 바빴다. 뭐 이렇게 바쁘니 이해하시겠지,
하는 동안 기도와도 점점 멀어졌다. 장모는 법회에 꾸준히 나가는
독실한 불교도이고, 아내는 신앙보다는 절밥이 맛있어서 이따금 장
모를 따라 절에 가는 정도이다.

"아니, 거의 안 나가."

"넌 기억하지 못하겠지만, 나 처음 공장 다닐 땐 교회 나갈까 생각한 적 있어. 같이 일하던 형이 참 괜찮은 사람이었는데, 그 형이 예수 이야기를 자주 했거든. 그 형 덕분에 기독교에 호감을 갖게 되었지. 그 전에는, 하느님이 계시면 어찌 이럴 수 있는가 싶었는데."

"그래서, 네가 교인이 된 거야?"

"아니, 거의 교회 문턱까지 갔는데, 무슨 일이 있어서 돌아왔어."

"일, 무슨 일?"

"그 형이 사귀던 여자가 있었어. 근처의 가구 공장에서 일하던 여자였는데, 나도 포장마차에서 한두 번 보았나. 결혼식을 올린다기에 다들 기뻐했지. 그런데 주례사에, 명문 K대를 나온 신랑과 E여대를 나온 신부가, 어쩌고 하는 거야. 다들 속은 거지."

"위장취업?"

"맞아. 그럴 수 있겠다 싶긴 했어. 좋게 생각하면 우리처럼 일하는 사람의 현실을 배우러 온 거니까. 그런데 그 결혼식장에서 느꼈던 배신감은 지워지지 않대. 결국 그 형은 결혼하자마자 일터를 떠나고. 우리에게는 처절한 현실이, 그 사람들에게는 일종의 나들이 같은 거였구나, 싶고. 모욕당한 기분이었어. 그 바람에 예수에 대한 믿음도 사라졌다고나 할까."

안개 때문에 목이 따가워진다. 큼큼, 헛기침을 하며 지표는 또다시 결심한다. 담배를 끊어야지. 하필, 그 순간 병묵이 담배를 내민다. 불을 붙이다 말고 병묵이 말한다.

"참, 나 그 친구 만났다. 네 국민학교 동창 있지?"

"누구?"

"왜 여자 동창 있잖아. 너 결혼식 때도 온."

"정기주? 걜 어디서 만나?"

"지난 연말에 공사장에서 도시가스관 건드려 폭발한 적 있잖아. 마포서 근처. 거기서 우연히 만났다. 내가 그때 차로 거길 지나고 있었거든. 차들이 다 서고 난리도 아니었지. 나도 차 세우고 일단 내렸어. 불기둥에 연기에, 아수라가 따로 없더라. 바닥에 주저앉아 땅을 치며 우는 사람들도 있고, 웅성거리며 우왕좌왕. 그런데 한 여자가 길가에 멍하니 서 있는 거야. 그것도 팔에 노트북 컴퓨터를 끌어안고. 컴퓨터 때문에 눈에 띄었나 봐. 분명 어디서 본 듯한 얼굴인데, 누군지 생각이 나야지. 그러다 눈이 딱 마주쳤어. 그 여자도 날 알아본 것 같은데, 역시 누구지? 하는 표정이었고. 그러다 거의 동시에 네 이름을 떠올렸어. 네 안부 묻더라."

세상의 톱니와 맞물리지 않는

기주와 마지막으로 만난 건 지표가 회사를 옮기기 한 해 전 겨울이었다.

그날 지표는 모처럼 마음이 한가했다. 입찰서류를 마친 건 새벽 2시였다. 작성할 땐 미처 몰랐던 실수들이, 짝지인 여직원이 타이핑하고 나면 확대경을 들이댄 것처럼 눈에 들어왔다. 그날따라 수정

할 사항이 많아서, 통째로 다시 타이핑하게 해야 했다. 이거, 아무래도 다시 쳐야 할 것 같은데. 지표가 말할 때마다 짝지의 얼굴은 점점 얇아지고 노래지는 듯했다. 마지막으로 오케이 놓고 나니 2시, 집에 들어가 눈만 붙이고 나왔는데 몸도 마음도 날아갈 것 같았다. 오랜만에 여기저기 안부 전화를 걸었다. 의례적인 안부전화였는데, 기주가 표 나게 반겼다. 오늘 술 한잔할 수 있어? 지표도 마감을 자축하고 싶던 참이라 기주의 회사 근처로 가기로 했다. 회사에서 나올 때까지만 해도 마지못한 듯 파슬파슬 내리던 눈발이 종로를 지나는 사이 문득 기세를 돋웠다. 주차장에 차를 세우고 약속장소에 이르는 짧은 동안에도 머리와 어깨에 제법 하얗게 쌓일 정도였다.

"너희 결혼한 지 몇 년 되었지? 그것밖에 안 되었어? 되게 오래된 일 같은데."

술잔이 몇 차례 비워진 뒤, 문득 기주가 물었다.

"그렇지? 남인 너도 그러는데 정작 결혼해서 사는 나는 어떻겠냐. 십 년도 더 산 것 같다야."

"엄살은, 해주는 밥 먹고 다녀서 얼굴에 윤기가 잘잘 흐르는구먼. 그런데…… 만일 결혼 십 주년이라면, 경미 씨한테 무슨 선물 해주고 싶어질 것 같아?"

"글쎄, 아직 생각해본 적 없어서."

"그럼 그동안 결혼기념일엔 어떤 선물 했니?"

"그거야 뭐, 남들 다 하는 거. 꽃이나 케이크 같은 거? 잊고 지냈다가 된통 바가지 긁힌 적도 있고. 한번 건너뛴 걸 두고두고 우려먹더라. 어떻게 된 게 유효기간도 없어요."

"긁혀도 싸지, 뭐. 여자들이 그런 걸 얼마나 챙기는데."

"그런데 결혼기념일 선물은 왜? 결혼도 하기 전에 받고 싶은 선물 있어? 너무 비싼 거 아니면 내가 해줄게. 네 결혼에 부조하기 기다리다간 머리 셀 것 같으니."

"악담을 해라, 악담을. 그냥, 오늘 사무실에서 있었던 일 때문에 사람들이 어떻게 사는지 궁금해져서."

"무슨 일이 있었는데?"

"오늘 점심 먹고 쉬고 있는데, 사진 팀 사람이 나한테 와서 묻더라. 수줍은지 곰만 한 덩치가 몸까지 꼬면서. 결혼기념일이 얼마 안 남았는데, 그것도 십 주년인데, 자기 아내한테 아주 특별한 선물을 하고 싶대. 아내가 감동해서 눈물 흘릴 만한 선물을 좀 추천해달라는 거야."

"그 친구도 어지간히 센스 없다. 물을 사람이 없어서 결혼기념일 선물을 너 같은 노처녀한테 묻냐. 그런 감각으로 사진은 어떻게 찍는데?"

"사진은 사진부에서 그중 나아요. 어쨌거나 열심히 머리를 쥐어짰지. 그 친구, 고등학교 때 동갑내기와 연애해서 애부터 만들고 스무 살에 결혼했거든. 부모님 집에서 살림 차리고, 그 친구는 학교 다니고 아내는 부모 모시고. 지금까지 부모랑 같이 산대."

"그래, 생각한 결론이 뭐였어? 나도 알아둬야겠다. 십주년에 바가지 긁히지 않으려면."

"알아두긴. 나 오늘 사무실에서 완전히 이상한 사람 취급당했다?"

"그러니까 더 궁금해진다. 뭐였는데? 설마 마누라한테 남자친구 만들어주라는 건 아니었겠고."

"그런 건 요즘 여자들, 남편 도움 없이도 다들 알아서 한다네. 그래서 우리처럼 혼자인 사람들이 아우성치잖아. 있는 것들이 더한다고. 그런 데서까지 빈익빈 부익부라니, 살맛 안 나지. 어쨌든, 내가 생각한 선물이 뭐였냐면, 여행이었어."

"여행? 고작 생각해낸 게 그거였어? 그러니 쫑코 먹지. 요즘 좀 산다 하면 다들 유럽으로 미국으로 여행하는 판인데."

"그게 그냥 여행이 아니라 부인 혼자 휴가 보내라는 거였거든."

"결혼 십 주년 기념으로 부인 혼자?"

"너도 놀라는구나."

그럴 줄 알았어, 가볍게 콧방귀를 뀐 기주의 입에서 말이 줄줄줄 흐른다.

"생각해봐. 한 여자가 스무 살에 결혼했어. 그 푸른 나이에 결혼이라니. 어쨌든 시부모 모시고 살림만 하면서 십 년을 보냈어. 이십 대를 마누라에 며느리에 애엄마로 고스란히 보낸 거잖아. 집이 일터인 곳에서 스물네 시간 상시대기, 그걸 십 년 했다고 쳐봐. 혼자 있고 싶지 않겠어? 개인연구실 있는 대학교수들도 안식년 있는데, 안식년은 못 줄망정."

"듣고 보니 그럴 법도 하다만…… 그래도 여자 혼자 해외여행은 좀 그렇지 않겠어?"

"혼자 가는데 해외는 무리지. 제주도 정도면 어떨까 했어. 항공

권 끊고, 호텔 예약해놓고, 그리고 부인 등 떠미는 남편, 폼 나지 않니?"

"폼 날진 모르지만, 나라도 그건 쉽진 않을 것 같다. 우리 애들 엄마는 좋아할 것 같다만."

"그래도 넌 부인이 좋아할지 모른다는 생각까진 하는구나. 그 정도만 되어도 양호한 거지. 그 친구, 싫으면 말지, 사무실 안에 소문까지 퍼뜨렸어. 결혼 십 주년 기념 선물로 아내 혼자 여행 보내랬다고. 사무실 사람들, 빙글거리면서 다들 한마디씩 하더라. 내가 왜 결혼을 못 했는지 오늘에야 알았다고 이기죽이기죽. 심심하던 참에 아주 신이 났어요."

"그래서 그렇게 기운 빠졌던 거야? 정기주, 많이 소심해졌다?"

"그냥 좀 맥이 풀렸어. 결혼 안 한 여자 후배까지, 선배는 그러니까 시집을 못 가지, 하는데. 우리 분야가 그래도 다른 쪽보단 좀 열려 있달까, 앞서 간달까, 그렇다고 생각했는데 아니었더란 거지. 허방 디딘 기분이야."

기주는 손바닥 위 얹은 술잔에 시선을 준다. 술잔을 천천히 돌리며, 말을 잇는다.

"세상의 톱니와 내 톱니가 맞물리지 않는다는 게 선명해질 때가 있잖아. 가끔 삐걱거리는 소리를 내면서도 그럭저럭 굴러가긴 했는데 한순간 꼼짝 안 하는 때. 모터를 꺼버리자니 해야 할 일이 남았고, 억지로 가동시키자니 치명적인 고장이 날 것 같고. 이제 어쩐담, 싶어지는 때."

"왜 그러십니까? 여태 씩씩하게 잘 살아왔으면서. 또 아냐, 볼트 하나만 조이거나 늦추면 제대로 돌아갈지."

"아무래도 그럴 것 같지 않네. 우리가 꽤 괜찮은 자기계발서를 기획하고 있었어. 그런데 다른 데에서 거의 비슷한 성격의 책이 먼저 나와버렸어. 날짜 맞춰 내야 할 다른 책 때문에 좀 미뤄두었거든. 진행 다 된 걸 안 낼 수 없고. 결국 뒷북 친 격이 되어버린 거야. 내 인생이 꼭 그 짝 날 것 같아."

기주의 말 뒤편엔 늘 침묵이 작은 동굴처럼 고여 있었다. 그 동굴이, 기주의 말에서 울림을 느끼게 했다. 그런데 그 동굴이 메워지기라도 한 듯, 그날 기주의 말은 퍼석거렸다. 기주도 나이가 든 거라고 생각했다. 기주가 지친 모습을 보인 건 처음이었다. 그날 이후, 지표는 석 주간의 해외 출장 준비에 바빴고, 출장을 다녀온 지 얼마 뒤 회사를 옮겼다. 새로운 회사에서 어느 정도 낯을 익힌 뒤 기주에게 전화했더니, 다른 사람이 나왔다. 퇴사하셨습니다. 다른 연락처는 없었다.

아 무 일 없 이 사 는 게 행 복

"그땐 좀 황당했어. 일하는데 갑자기 펑, 소리가 나는 거야. 놀라서 무슨 일인가 하고 복도로 나갔는데, 복도 창으로 커다란 불기둥이 보이더라. 내가 있던 데가 육 층이었는데. 밖으로 나가야 한다는 생각부터 들던데? 사무실 문 앞에 서서 보니 제일 중요한 게 컴퓨터 같더라. 얼른 코드 잡아 빼 들고 나섰어. 무겁긴, 머릿속이 하얘져서 아무 느낌도 없었어. 건물 밖으로 나오긴 했는데, 눈앞에서 벌어진 일을 보고는 있는데, 도무지 현실감이 없는 거야. 온천지에 나 혼자뿐이라는 느낌. 그냥 누구와 말이라도 나눌 수 있었으면 싶었어. 그런데 글쎄, 눈앞에 어디서 본 듯한 얼굴이 서 있는 거야. 나도 그쪽도, 알긴 아는 얼굴인데 누구지, 그야말로 기연가미연가하면서. 그런데 그쪽에서 혹시, 하면서 너를 아냐고 묻더라. 얼마나 반갑던지.”

그날의 기억이 떠올라, 기주는 어깨를 움칠한다. 그 전날 꿈부터 그날 그 시각에 이르기까지, 나중에 복기해보았지만 아무런 전조도 없었다. 그냥 여느 날과 다름없는 날이었다. 그즈음 한 출판사의 하청을 받아 도시 생활을 접고 시골로 내려간 사람들의 삶을 담은 책을 만들고 있었다. 경제적인 이유로, 건강이 안 좋은 아이 때문에, 덜 벌고 덜 쓰는 자발적인 가난을 택하느라, 아이가 콘크리트 숲이 아닌 자연 속에서 자라도록, 연로한 부모님 곁에 머물기 위해, 각각 시골을 택한 이유는 달랐지만 그곳에서 정착하기까지 겪는 일들은 일종의 통과의례처럼 비슷한 데가 있었다. 수세식이 아닌 화장실, 가축 분뇨와 퇴비 냄새, 그리고 도시에서와 달리 개인을 주장하기 힘들다는 점, ‘저러다 곧 떠나겠지’ 하는 토박이들의 눈길 등등. 후배도 기주도 『월든』을 좋아했고 언젠가는 그렇게 살 수 있을 거라는 꿈을 갖고 있었다. 그 책을 만들면서, 그 꿈에 숨어 있던 복병들이 하나 둘 실체를 드러내는 걸 보며 이따금 한숨을 쉬기도 했다.

저마다의 이야기는 재미있고 실제적인 정보도 유용했지만, 마감이 닥쳐오자 빨리 마쳐야 할 일감이라는 의미가 더 커졌다. 마감 무렵이면 그러하듯, 자꾸만 몸이 처졌다. 잠깐 나가서 바람이라도 쐴까, 하면서 현관으로 나가다가 전화를 받았다. 대학로에서의 취재를 마치고 돌아오려고 전철역으로 향한다는 후배의 전화였다. 그 바람에 나가려던 생각을 접었다.

"그때 후배가 전화하지 않았더라면, 나가서 바람 쐰다고 근처를 걷고 있었다면, 싶더라니까. 후배 말로는 조상이 돌보신 거래. 난 후배 덕으로 살아났다고 생각하고 있고."

"정말 안 다쳤기 다행이다. 사람이 열 명도 넘게 죽었으니 큰 사고인데. 그 후배, 네가 잘 모셔야겠다. 그런데 전에 강북 어디선가 살았던 것 같은데 시내로는 언제 이사했냐? 이렇게 가까운 데 있는 줄 알았으면 진작 좀 만날걸."

"이사한 건 아냐. 집은 그대로이고, 후배랑 오피스텔을 같이 쓰거든. 그 마포 출판사 기억나니? 거기 내가 나오며 그 자리에 들어간 후배가 오피스텔을 얻었어. 거기서 같이 출판 기획하고 있잖아."

"맞다, 언젠가, 나도 회사 옮기고 그러느라 바빴다가 오랜만에 전화했더니 너 퇴사했다고 하더라. 다른 회사로 옮겼으면 연락처 알려줄 법도 한데 모른다고 해서 혹시 연락도 없이 결혼했나 했지."

"결혼, 하마터면 그것도 할 뻔했지."

"그랬어? 누구야, 너한테 결혼할 마음이 들게 한 남자가?"

"남자가 그런 거라기보다는…… 그때 내가 좀 지쳤었나 봐. 누가 월급만 받아다 주면, 살림이나 하면서 살면 더 바랄 것 없겠다 싶었

으니까. 집에서 시집가라고 들볶이는 것도 싫고. 그래서 만나기 시
작했는데……"

"연애? 못 본 사이에 별일 많았네. 웬만하면 연애하던 사람이랑
잘해보지 그랬냐."

기주는 웃는다. 그럴 수 있었다면 얼마나 좋았을까, 하다가 속으
로 자신에게 묻는다. 정말 좋았을까?

이상했다. 일 때문에 찾아간 곳에서 그 사람을 처음 만났다. 파티
션에서 나오는 그 사람을 보는 순간 기주는 한지를 떠올렸다. 얇게
떠내서 볕에 잘 말린 한지 같은 느낌. 그렇게 맑은 느낌을 주는 남
자를 본 게 얼마만인가 싶었다. 남자는 좀 심하게 진지했다. 그냥 소
소한 물음인데도 진지한 표정으로 대답했다. 농담 같은 건 할 줄 모
르는 사람이구나, 사회생활하기 참 힘들었겠다, 싶었다.

누군가를 마음에 품기 시작하면 기주는 노트부터 장만했다. 그리
고 거기에 수직으로 홀로 섰다가 그 사람에게 기우는 제 마음의 기
울기를, 그 사람의 말이나 사소한 동작을, 거기에서 어떤 기미를 읽
으려 하는 제 마음을 낱낱이 쓰곤 했다. 걸핏하면 사랑에 빠지는
건 어쩌면 자기를 맞대면하는 일이기도 했다. 누군가를 사랑한다는
일은 결국, 평소에 흘려 넘기던 제 존재의 바닥을 샅샅이 들여다보
는 일이었으니. 그 사랑이 때로 노트 한 권이 넘는 경우도 있었고,
그렇지 못한 경우도 있었다. 이제 다시 누군가를 사랑하면, 노트가
아닌 컴퓨터에 기록하게 될 것이었다. 누군가를 사랑하는 힘, 그게
남자든 여자든 아이든 노인이든, 그런 마음이 없으면 일상을 견디
기 힘들 정도로 자신이 약하다는 걸 기주는 알고 있었다. 여자치고

대범하게 보이는 기주의 안쪽에서 하늘거리는 그런 여림은 지표조
차 알지 못하는 기주만의 비밀이었다.

"그 사람도 나도, 결혼해서 같이 살 수 있는 사람은 아니었어. 저
도 나도, 남들처럼 부대끼면서 아옹다옹 살기엔 뭔가 조금씩 어긋
난 데가 있는 사람들. 그래서 더 말이 잘 통했을 거야. 한동안 즐거
웠는데, 비슷한 부분이 너무 많으니까 나중엔 거울로 제 못생긴 얼
굴 들여다보듯 지겨워지는 거야. 그래도 같이 살아보려 했어. 그런
데, 같이 살게 되면 내가 그 사람을 지독하게 외롭게 만들 것 같았
어. 나도 마찬가지고. 혼자인 것보다 더 외로워질 거라면 뭣 하러 결
혼해? 그래서 땡!"

말하는 순간 기주는 깨닫는다. 어쩌면, 아주 많은 부부들이 혼자
일 때보다 더 외로운 걸 견디고 있을지도 모른다는 걸. 어쩌면 지표
도 그럴 수 있다는 걸. 그래도, 자신에 대해 생각하는 시간이 덜어
지니까, 자신과 맞대면하는 힘겨움을 피할 수 있으니까 결혼하는
게 아닐까. 전엔 왜 이 생각이 안 든 거지? 고개를 갸웃거리다 기주
는 말문을 돌린다.

"그건 그렇고, 넌 왜 회사 옮겼니? 난 네가 그 회사를 떠날 거란
생각은 못 해봤거든."

"그게……, 해외 지사로 발령 날 예정이었는데, 썩 마음에 드는
곳이 아니라서. 혼자 가자니 그렇고, 같이 가자니 애들 어린 데다 애
들 엄마 반대도 심했고. 워낙 일이 빡세서 나날이 체력 떨어지는 게
훤히 보였고."

"하긴, 너 바쁜 거 보면서, 일 고되게 시킨다는 생각은 했지만. 결

혼한 여자들, 해외 나가면 수당 두둑해 돈 모아 온다고 좋아한다던
데 경미 씬 안 그랬어? 해외 어느 쪽이었는데?"

"동남아인데, 워낙 가난하고 치안도 불안하고 그래서 겁났나 봐.
애들 키우기도 그렇고."

"동남아? 요즘 거기로 한국 사람들 여행도 많이 간다며? 전에 나
랑 같은 회사에 다니던 사람도, 정 안 되면 거기 가서 관광 가이드
하면서 살겠다던데. 너 그리로 갔더라면 정말 못 볼 뻔했다."

"그러게, 살다 보니 이렇게 또 만나게 되네."

"참, 너 전에 형태 이야기 했지? 나도 형태 만났다?"

"형태? 걘 미국에 있을 텐데?"

"잠깐 들어왔다더라. 고향에 갔다가 우리 오빠한데 소식 들었다
면서 어느 날 회사로 전화했더라. 나 회사 그만두기 직전에."

"무슨 일로?"

"뜬금없이 한번 보자고 해서 그러자 했거든. 걔네 집하고 우리 집
하고 어른들끼리 알고 지내니까. 고향 내려갔다 오빠에게 내 연락처
물어봤나 봐. 어쨌든 회사 근처로 왔는데 남자 동창애 하나도 데리
고 왔더라. 이름은 들었는데 또 잊어먹었다. 얼굴 보니 어렴풋이 기
억이 나던데. 아무튼, 찾아온 손님이라 같이 밥 먹고 술 마시고 그
랬어. 다음다음 날인가 미국으로 돌아갈 거라던데."

"다른 별말은 없고?"

"응, 너한테 들은 이야기가 있어서 그런 부탁 받으면 어떡하나 싶
었는데, 그런 말은 없더라. 친하지도 않았던 애가 찾아오니 조금 이
상하긴 했어. 애가 외국에서 좀 외로웠나 싶고. 아, 나중에 동창 모

임 하자던데? 그런데 꼭 토를 붙여요. 정문당 사거리 안쪽에서 사는 아이들만 모이자는 거야. 사람 참 안 변한다 싶어서 웃었어."

기주가 피식 웃는다. 지표도 실소한다. 역전에서 인쇄소인 정문당 사거리까지, 그곳은 읍내의 번화가였다. 학교의 육성회 임원들은 대개 그 지역에 상점을 갖고 있었다. 학예회 때 무대에 오르는 애들도, 정체불명인 선행상을 주로 받는 애들도 다 그 구역 안에 상점을 갖고 있는 집 아이들이었다. 형태 같은 애가 보기에, 그 구역 밖의 애들은 동남아 사람이나 다름없을 것이다. 몇 해 전 여름, 주가가 왕창 폭락해서 주식에 투자했던 사람들이 다 술을 푸던 때, 그때 잠깐 형태가 떠올랐다. 형태에게 빌려준 돈은 주식에 투자하려던 거였다. 그때 투자했더라면 지금쯤 마찬가지였을 거라고, 조금 마음을 누그러뜨렸다. 그게 아닐 수도 있었지만, 어쨌든 그렇게 생각하고 넘어가는 게 속편했다.

"그럼, 사람이 어디 변하냐. 너도 나도 그대로인걸. 벌써 이렇게 됐네. 그만 들어가봐야겠다. 만나서 반가웠다. 이제 종종 연락하고 지내자. 너 전자우편 사용하지? 여기 주소 적어줄래? JKJ? 이거 네 이니셜이잖아. 너답다. 내건 여기, 명함에 있어. 다음엔 술 한잔하고."

커피를 한 잔씩 마시고, 물을 한 잔 더 청해서 마신 것뿐인데 만난 지 세 시간이 흘렀다. 기주와 술을 입에도 대지 않고 이렇게 오래 이야기를 나눈 건 처음인 듯하다. 기주가 몸을 일으키며 말한다.

"그러게, 자주 보자. 그 일 겪고 나니까 그런 생각이 들더라. 아무일 없이 살아가는 것만도 행복이라고."

붕괴하는 도시, 무사한 저녁

"당신, 삐삐 쳤었어? 몰랐네. 집에 놓고 나갔거든."

전화기 선을 타고 말끔한 아내의 목소리가 들려오자 그동안 짚불처럼 바작바작 탔던 가슴의 재가 화르르 날린다. 자주 가는 건 아니었지만, 하필 그 멀고 먼 강남의 백화점까지 가는 아내의 습관만 아니었더라면 속이 탈 일은 없었을 것이다. 지표는 가슴을 달궜다 태워버린 재를 아내에게 들이붓는다.

"어디야? 애들은? 도대체 뭐 하느라 다 저녁때 집 비우고 나돌아다녀? 삐삐도 안 챙기고."

지표가 퍼붓거나 말거나, 아내의 목소리는 천연덕스럽다.

"웬일이셔, 저녁때 집에 전화도 하시고? 애들이야 재민네서 더 논다는 거 억지로 데리고 왔다고 심통 나서 지들끼리 티격태격하지. 저 소리 안 들려? 재민 아빤 우리 아빠하고 달라서 집에 일찍 집에 오신다 해도 안 들어먹어. 원, 일찍 귀가하는 아빠를 봤어야 애들이 믿지."

아내는 그 와중에도, 귀가 늦는 남편 타박을 잊지 않는다. 그제야 지표는 아차, 싶다. 재민네가 있었는데. 안 그런 척해도 당황했던 모양이다. 재민은 두 층 위에 사는, 둘째의 동갑내기 친구다. 아이들끼리 친하다 보니 그 집 부모하고도 오가는 사이가 되었다. 재민 아빠와 지표는 동갑이고, 남편과 아홉 살 차이 나는 재민 엄마는 언니, 언니, 하며 아내를 따랐다. 이따금 주말에 가족끼리 뭉쳐서 삼겹살을 구워 먹기도 한다.

"난 또, 강남에 간 줄 알고 놀랐네. 뉴스 못 봤지?"

"뉴스 볼 시간이 어딨어? 세 애들 북새통에다, 저녁 준비 바쁜 재민 엄마한테 엉기는 애들 잡아갖고 나오기도 바빴는데. 근데 뉴스는 왜? 무슨 일 있어?"

"아냐. 별일 없으면 됐어. 당신 가끔 가던 그 백화점이 무너졌대서. 지금 뉴스에 나와."

"삼풍백화점? 어머머머머! 아니 어떻게 백화점이 무너져? 한강 다리 무너진 게 얼마나 되었다고? 어머, 정말 지금 텔레비전에 나온다. 이게 웬일이니. 세상에, 어떡해, 어떡해. 민석아, 채널 돌리지 마! 여보, 나 미영이에게 전화부터 해봐야겠다. 오늘도 늦어? 알았어. 오고 싶을 때 오셔. 끊는다?"

아내는 지표의 대답도 없이 전화를 끊는다. 참 내, 매녀하고는. 혀를 끌끌 차면서도, 마음에 무겁게 내려앉았던 먹장구름이 한꺼번에 걷힌 듯하다.

백화점이 무너졌다는 속보를 들은 건 저녁식사를 하러 간 식당에서였다. 뭔가 더위를 몰아낼 새뜻한 게 없을까 하고 메뉴를 들여다보던 참이었다. 어어어, 일행 중의 누군가가 억눌린 목소리를 냈다. 텔레비전의 자막으로 속보가 나오고 있었다. 삼풍백화점 붕괴. 부장이 허얘졌다. 부장의 집은 바로 그 근처였고, 주말이면 그 백화점의 식당에서 자주 외식을 한다고 했다. 부장은 휴대폰을 꺼냈고, 일행은 주문할 엄두도 못 낸 채 부장을 바라보았다. "어, 나야. 집에 있었어?" 욱죄었던 목소리가 누그러졌다. "그래, 지금 봤어. 애들은?

확실하지? 다행이네, 난 또…… 당신, 왜 그래? 식구들 다 무사한 거 알았으면 되었지. 집에 우황청심환 없어? 이 사람이, 그럴 땐 청심환부터 찾아봐야지. 전에 중국 다녀온 사람이 선물한 거 있을 거야. 찾아봐. 그래, 되도록 빨리 들어갈게."

전화기를 내려놓으며 부장은 깊게 숨을 내쉬었다. "누구 전화 쓸 사람?" 휴대폰을 가진 사람은 부장과 지표뿐이었다. 지표도 휴대폰을 꺼내놓았다. 일행 중에서 집이 그 근처이거나 그 백화점에 드나드는 가족을 둔 사람은 없는 듯했다. 그래도 다들 마음은 편치 않은 듯했다. 주문을 받은 사람이 돌아가자, 여직원이 물었다. "박 과장님은 댁에 전화 안 해보세요?" "일산에서 무너진 것도 아닌데 뭘……" "지난번 그 멋진 넥타이, 사모님이 거기서 사 오신 거라고 하지 않으셨어요?" 그 말을 듣자 문득 가슴이 울렁거리며 명치가 조였다. "거기 간단 말 없었는데……" 무심한 척했지만, 이맛전에서 혈관이 툭툭 불거지는 느낌이었다. "그래도 한번 해봐. 원래 아기 태어나면 손가락 발가락 갯수부터 세어보고, 큰일 생기면 식구들 머릿수부터 챙겨보는 거야." 부장이 말했다.

지표는 정히 그러시다면, 하는 태연한 표정으로 집으로 전화를 걸었다. 신호음만 길게 갈 뿐이었다. 아내가 없으면 아이라도 전화를 받아야 할 시각이었다. 지표가 전화하면, 두 아이가 서로 송수화기를 빼앗느라 정작 아내의 목소리를 듣기까지는 시간이 걸렸다. 배 아래쪽에서부터 불안이 미미하게 요동쳤다. 아내에게 삐삐를 쳤지만 되비지찌개에 비벼 밥 한 그릇을 다 먹을 때까지 연락이 없었다. 어쩌면, 저녁 무렵이니 애들 데리고 어디 나무 그늘에라도 앉아 있을지 몰랐다. 아니면 호수 공원에라도 가거나. 신도시의 나무들은 한낮의 태양을 가리기엔 아직 덜 자랐다. 애써 마음을 눅였지만, 씹은 밥이 위장에 차곡차곡 쌓이는 듯했다.

차 문을 잠근 지표는 잠시 그 자리에 서서 아파트를 올려다본다. 여름밤 10시, 고층아파트의 칸칸마다 불이 켜져 있다. 어떤 창은 질린 형광빛깔이고, 어떤 창은 불그스름한 기운이 감도는 주광색이다. 식구들이 다 외출한 것일까, 아니면 오래 비워둔 집일까. 불 꺼진 집들이 이 빠진 것처럼 박혀 있다.

"아빠다, 아빠!"

벨을 누르자마자 안쪽에서 아이들의 목소리가 들려온다. 문득, 목이 맺히는 느낌이다. 그 일 겪고 나니까, 아무 일 없이 사는 것만도 행복이더라. 기주가 했던 말이 울린다. 그땐 그런가 보다, 하고 들었는데. 현관에 발을 딛기 무섭게 팬티와 메리야스 바람인 아이들이 양편에서 매달린다. 둘째가 흥분에 들뜬 목소리로 외친다. 아빠, 아빠, 백화점이 무너졌대. 레고처럼!

"저게 말이 돼요? 세상에, 아침부터 조짐이 보였다는데 사람들 대피도 안 시키고! 미영이네 아파튼 거의 초상집 분위긴가 봐요. 미영이도 장 보러 갈까 하다가 냉장고 열어보니 냉동실에 매운탕거리가 있었대요. 그 매운탕거리가 미영일 살린 거야. 미영이도 거의 패닉이더라구. 아직 몰라서 그렇지, 이웃 중에 거기 묻힌 사람이 한둘이겠어. 게다가 걔네 아파트에선 다 보인다잖아. 얼마나 기가 막힐까."

아내는 둘째의 등을 쓸어주면서도 텔레비전에서 눈을 못 뗀다. 큰애는 그새 방에서 잠들었는데, 아토피가 있는 둘째는 어릴 적부터 등을 긁어줘야 잠드는 버릇이 있다. 운 좋은 남잔 역시 달라, 새장가 갈 뻔했네, 하는 농담이 잠깐 떠올랐지만, 그럴 계제는 아니었다. 강남의 아파트에서 사는 미영네를 걸핏하면 들먹이는 게 아내의 나쁜 버릇이었다.

"그러게. 다행이네. 당신 가장 친한 친구잖아."

"어이구, 얼마나 무심하면 마누라 가장 친한 친구가 누군지도 몰라요. 미영이가 왜 내 제일 친한 친구야? 그냥 그쪽에 가면 정보가 빠르니까 자주 만나는 것뿐이지. 말이니까 말인데, 걔 안 그런 척하면서 거들먹거리는 거 보는 것도 쉽지 않다구. '사' 자 붙은 신랑 만났다고 다 그러는 건 아닐 텐데 갠 좀 유난해."

그래도 친구가 사고를 비꼈다는 데 마음이 놓였는지, 비아냥거리는 아내의 목소리가 가볍다. 아내의 친정 쪽엔 그 근처에서 사는 사람들이 많다. 그들에 대한 아내의 감정을 알면서도 묻지 않을 수 없다.

"성산동엔 전화해봤어?"

"엄마 말로는 다들 무사하대. 다행이지. 안 그랬으면······"

흐리는 말끝이 한숨으로 이어진다.

"맥주 마실래?"

"안 그래도 그럴까 하던 참이었어. 쥐포 구워 올까? 땅콩도 있는데······"

"당신 먹을 거면. 난 됐어. 맥주나 갖고 와. 앤 내가 뉠게."

목이 탔는지, 단숨에 첫잔을 들이켠 아내가 텔레비전 화면에 눈을 주며 혀를 찬다.

"말도 안 돼. 어떻게 건물이 통째로 무너질 수가 있지? 도대체 뭘 어떻게들 해먹었기에."

"이제 밝혀지겠지. 그나저나 저 밑에 사람들은 어떡하냐. 저 콘크리트 더미 치우자면 시간 꽤나 걸릴 텐데. 식구들은 또 얼마나 속이 타겠어."

"그러게. 당신 들어오기 전에 시흥동 형님이 전화하셨어. 당신이 얼마나 소문냈으면 내가 강남의 백화점 다닌다는 거 식구들이 다 아냐? 말은 안 해도, 우리 동생이 뼈 빠지게 번 돈, 네가 다 말아먹는구나, 하는 눈치던데?"

"내가 말한 적은 없을 텐데? 말했으면 당신이 했겠지. 또 공연히 미영 씨네 들먹이며. 거봐, 당신 그 동네 좋아하더니, 겉만 번지르르……"

아내가 발끈한다. 그래도, 그 발끈함엔 전보다 심이 덜 들어 있다.

"그거야 알 수 없는 일이지. 우린 괜찮을까? 신도시 지을 때 바닷모래 잔뜩 섞었다며?"

아내는 잔을 내려놓다 말고 문득 집 안을 돌아본다. 에어컨, 소파, 주방과 거실 사이의 밸런스, 그가 출장 갈 때마다 아내의 부탁으로 사 모은 종들이 죽 진열된 장식장. 크리스탈 종, 도자기 종, 동으로 만든 종 등. 아내는 비싸지도 않은 그 종들을 유난히 아꼈다. 아내의 크고 검은 눈동자에 문득 뉘엿거리는 불안에서 지표는 두 아이의 엄마가 아닌 단발머리 여고생이던 아내를 본다. 새삼 애틋해진 지표는 아내의 잔에 맥주를 채우며 말한다.

"바닷모래는 이쪽이 아니라 분당이랑 산본 쪽에 썼던 거 같은데? 그러니까 쓸데없는 걱정 하지 마. 하늘 무너질까 땅 꺼질까 걱정은 안 돼?"

"그걸 어떻게 믿어? 다 비슷한 시기에 지었는데. 거기 쓴 모래가 여긴 안 들어왔을까. 안 그래도 저쪽 빌라 단지는 하자 땜에 날마다 시끄럽다는데?"

"빌라야 우리 아파트처럼 탄탄한 업체가 아닌 중소건설업체가 지은 거고. 시끄러운 건 모래 때문이 아닐걸? 신도시 가운데 그래도 가장 탄탄한 곳이 여기야. 여기 문제 생길 정도면 다른 데서 먼저 난리가 나도 난 뒤일 거야. 염려 접어두셔. 이리 와 봐. 술 마셔서 그런가, 당신 오늘따라 왜 이렇게 예뻐 보이냐?"

지표는 아내를 끌어당기며 다른 손으로 리모컨을 집어 텔레비전 전원을 끈다. "왜 이래, 안 그래도 심란하고 더워죽겠는데." 말로는 밀어내면서도 아내는 거실 문 쪽을 바라본다. 둘째를 방으로 옮기고 난 지표가 이미 망사 커튼을 쳐둔 뒤이다. 가늘어서 애련하던 아내의 허리엔 두 아이를 낳고 키운 세월이 튼실하게 내려앉아 있다. 정말, 저런 일 안 겪는 것만도 다행인 것 같아. 아내의 입김이 얼굴에 닿자 몸이 확 더워진다. 지표는 아내를 안고 깊이 무너진다.

"우리 어제 교통사고 날 뻔했잖아요. 김대중 씨 집 앞을 지나는
데……"

본격적인 겨울이 되기 전에 바람 한 번 쏘여야지 않겠냐며, 이웃
재민네와 모인 자리였다. 시 외곽, 신도시로 편입되지 않은 원주민
의 농경지를, 가족 단위로 나들이할 수 있는 카페며 음식점들이 조
금씩 먹어 들어가는 중이다. '숲속의 빈터'라는 상호를 단 퓨전 레
스토랑은 작은 숲으로 감싸인 마당에 아예 어린이를 위한 놀이기구
를 갖춰놓았다. 배를 채운 아이들은 추위에도 아랑곳하지 않고 그
놀이터에서 노느라 볼이 발갛다. 재민 엄마는 입이 근질거렸던 모양
이다. 언제 봐도 그늘진 데 없이 명랑한 재민 엄마가 말하는데, 재민
아빠가 타박한다.

"김대중 씨가 뭐야. 그분이 당신 친구야?"

"보세요, 이 사람이 이렇다니까요. '선생님' 소리 뺐다간 눈부터
부라려요. 선생님이면 자기한테나 선생님이지 내 선생님인가, 뭐?"

재민 엄마는 어림도 없다는 듯 콧방귀를 뀐다.

"그래도, 우리가 이만큼이라도 살게 된 건, 다 민주화를 위해 애
쓰신 분들 덕분이야. 그런데 그렇게 고초를 겪으신 분한테 그러는
건 아니지. 안 그렇습니까?"

재민 아빠는 멋쩍은 미소를 지으며 지표에게 묻는다. 부부싸움에
끼어든 격이라서, 지표는 두루뭉술 넘어간다.

"뭐, 그런 점이 없지 않지요."

전라도 광주 출신인 재민 아빠는 지표의 고향이 남도 쪽이라는 걸 듣자 손을 꼭 잡았다. 무슨 비밀결사에서 만나기라도 한 듯. 대학에 다닐 때 운동권이었다는 그는 아이의 이름도 '주권재민(主權在民)'에서 따왔다고 했다. 꼭 잡고 힘주던 손도, 열렬한 운동권이었다는 말도 얼핏 사회단체에서 정치권으로 들어섰다던 정구가 겹쳐 부담스러웠는데, 만나면 만날수록 사람이 진국이었다. 아내가 재민네와 함께하자면, 지표도 두말없이 따랐다.

"좌우지간, 차 타고 그 집 앞을 지나가는데 이이가, 지금보다도 더 감개무량한 목소리로 말하더라고요. 저어기가 선생님께서 사시는 집이야, 하고요. 그냥 말로만 해도 알아들을 텐데, 무식한 여편네가 모를까 봐 그랬는지 손으로 가리키면서요. 운전자가 그렇게 한눈 파니 어떻게 되었겠어요. 사고 났지요, 뭐. 쌤통이었어요."

"이런, 다치진 않았어요?"

지표가 묻는다. 별 반응이 없는 걸 보니, 아내는 이미 들은 이야기인 모양이다.

"그럴 정도는 아니었어요. 그래도 차가 찌그러져서, 보험 처리했어요. 다 처리하고 나서 이 사람이 차에 오르더니 뭐라는 줄 아세요? 사고가 더 크게 났을 수도 있는데, 선생님께서 돌보셔서 그나마 이 정도에서 그친 거라고요. 나 참, 이쯤 되면 이건 경애하는 수령님, 수준 아니에요?"

자기가 한 말을 다 까발리는 재민 엄마 옆에서, 재민 아빠는 무안을 타다가 쓸쓸한 표정으로 아예 밖을 내다본다. 맞은편 골프 연습장의 그물이 바람에 출렁인다. 그걸 바라보는 재민 아빠의 옆얼굴이 적막하다. 아주 오래, 문밖에 밀려나 있던 사람들에게 침투한 적막함이다.

　어어어, 지표의 입이 쩍 벌어졌다. 다행히 택시 운전수는 핸들을 틀었다. 그 바람에, 뒷자리에 앉은 지표의 몸이 휘청했다.

　택시가 버스 전용차선을 파고들 때부터 한마디 할까 하다가 참았다. 세상사, 일일이 시비 걸기 시작하면 끝이 없다. 그렇게 마구잡이로 파고드는 운전수라면 말해봤자 소용없었다. 그러다 옆 차선으로 파고들려는데, 아반테가 비켜주려 하지 않았다. 하마터면 사고 날 뻔했다. 아반테 운전자, 차창을 내리더니 넥타이에 손가락을 걸어 매듭을 느슨하게 하며 소리친다. 어지간히 놀랐던 모양이었다.

　"이봐요, 그렇게 막무가내로 밀고 들어오면 어떡해!"

　"전용차선이니까 그렇지!"

　택시 운전수는 대뜸 반말로 대거리했다. 전용차선으로 들어갔던 제 과실은 아랑곳없었다. 다행히, 차량의 흐름에 밀려서 시비가 더 길어지지는 않았다. 완만히 흐르던 차들이 신호 대기에 걸려서 멈춰섰을 때였다. 택시 운전수가 차 문을 열고 뛰쳐나가 뒤쪽에 있는 아반테로 돌진하더니 뭐라 뭐라 소리치고 돌아와 차 문을 쾅 닫았다.

　"가다가 앞차나 콩 박아라. 너 인마, 한번만 더 그러면 콱 박아버린다. 말씨 보니까 전라도 촌구석에서 태어나 어쩌다 상경해서 좀 살 만해진 모양인데, 안경까지 끼고."

　운전수는 지표 따위는 안중에도 없다는 듯 떠들어댔다. 듣다 못한 지표가 입을 열었다.

"기사님, 어떤 전라도 사람에게 한번 된통 당하신 모양입니다?"

지표가 낮게, 그러나 또박또박 말했다. 룸미러로 힐끗, 뒷자리를 건너다보던 운전수의 눈이 지표와 마주쳤다.

"혹시 손님도?"

"네, 일찍 떠나긴 했지만 고향은 그쪽입니다."

"아, 그러시군요. 아까 그놈, 그 젊은 사람이 워낙 싸가지 없이 구니까……"

말은 그렇게 하면서도 운전수의 얼굴에 미미한 웃음기 같은 게 스쳤다. 공연한 말을 꺼냈다는 후회 또는 너도 겉모습만 그럴싸하지 속은 한통속이겠구나, 하는 어림짐작 같은 것. 그러면서도 미안하다는 말은 없었다.

"기사님은 고향이 어디신데요?"

"예, 전 경기도예요. 수원에서 나고 자랐지요."

"전라도 사람에게 사기라도 당하셨나 보죠?"

"예, 뭐, 내가 그런 건 아니고. 주위에서 하도 말을 들어서요. 그럼 손님도 이번 선거에선 김대중 씨 찍으려고요?"

"선거야, 투표장 가봐야 아는 거죠."

"그래도 이회창이 대쪽은 대쪽이라던데. 그 아들 군대 문제로…… 하긴 까놓고 보면 너나없이, 자기 자식 군대 빼돌릴 수만 있다면 그러지 않겠습니까? 내가 아들만 둘인데, 속 썩일 때 생각하면 얼른 군대 보내서 사람 만들자, 생각했다가도, 어떻게 될지 모르는데 뺄 수만 있으면 빼고 싶다고 생각하니까요."

"하긴 사고가 워낙 많이 나니까요."

"손님도 전방에 계셨나봅니다? 몇 사단?"

"전 7사단에 있었습니다. 철책근무였죠."

"어이구, 저 같은 건 명함도 못 내밀겠습니다. 저도 7사단이긴 한데 운전병이었거든요. 그나저나, 그럴 리 없겠지만 김대중이 당선되면…… 빨갱이 소리 듣던 사람인데……"

운전수는 못내 마뜩잖은 모양이었다. 룸미러 너머 지표를 보는 눈이, 너도 한통속, 이라는 스티커를 붙이더니 이내 전방을 향했다.

일찍 고향을 떠난 데다 그곳에 남은 친척들과 거의 왕래가 없었던 지표로서는 택시 운전수의 일방적인 혐오만큼이나 재민 아빠의 열광에도 공감이 가지 않는다. 그러나 어찌 해보기도 전에 기회를 박탈당한 기분이 어떤 것인지는 알고 있다. 다가올 선거를 지켜보면서 재민 아빠의 마음은 바작바작 타들어갈 것이다. 후보의 나이를 생각하면, 이번이 마지막 기회일 것임을 짐작하기는 어렵지 않다.

같은 남도 출신이면서도 지역감정 같은 건 개의치 않는 재민 엄마는 재민 아빠가 잠긴 시름에도 아랑곳하지 않는다.

"선생님 덕분에 크게 날 교통사고가 작게 났다니, 정말 엽기적이지 않아요? 선생님은 재민 아빠라는 사람이 있는지 없는지도 모르는데. 언니, 드라마 쓸 때 기왕이면 이런 이야기도 써주세요. 기초반 마치고 곧 창작반 들어갈 거라면서요? 나도 유명한 사람 알게 되겠네."

"내가 만에 하나라도 공모에 당선된다면, 그건 우리 가르쳐준 선생님도, 같이 공부한 사람들도 아닌 진석 아빠 덕이야. 당선 소감에 진석 아빠 이름은 꼭 올릴 거야."

"어이구, 감사합니다."

지표가 넙죽 고개를 숙인다. 아내가 피식 웃는다.

"한국 사람 말은 끝까지 들어봐야 한다는 거 몰라? 지금은 덜하지만, 신혼 초부터 거의 날마다 자정 넘게 들어오는 남편이 아니었더라면 내가 텔레비전 드라마를 그렇게 열심히 볼 수 있었겠어? 하도 많이 보니까 나중엔 스토리가 뻔하고, 저 정도면 나도 쓸 수 있겠다 싶어졌으니."

"그래서 고맙단 말이었어요? 언니도 가만히 보면 은근히 유머 감각 있어요."

재민 엄마가 깔깔거리고 웃는다. 꽃잎이 흩날리는 것 같은 웃음소리. 대학시절, 고향집에 가는 버스를 탔다가 옆자리 아가씨의 밝고 발랄한 모습 때문에 내려야 할 정류장을 그냥 지나쳤다던 재민 아빠의 심정을 십분 이해하게 만드는 웃음이다.

"당신, 그렇게 자신 있어?"

혼자서 늦은 저녁을 먹는 지표 앞을 지키던 아내가 갑자기 손등으로 턱을 괴고 얼굴을 디밀며 물었다. 커다랗고 초롱거리던 아내의 눈망울, 아이 낳고 키우느라 전보다 흐려졌다고 막연히 생각했던 아내의 눈망울이 여전히 초롱초롱하다는 걸 지표는 새삼 느꼈다. 눈조리개를 활짝 연 듯한 눈동자로, 아내가 지표를 바라보고 있었다.

"자신, 무슨 자신?"

"정년 때까지 돈 벌어서 나랑 애들 벌어먹여 살릴 자신 말이야.

보장된 노후는 물론이고."

"갑자기 왜 이러실까. 왜, 내가 회사에서 잘릴까 봐?"

"아니, 나야 당신 믿지. 그래도 당신이 신기해서."

"뭐가 신기하셔? 새벽에 나가 한밤중에 오는 노예생활 군말 없이 하는 게 신기해?"

"꿈 깨셔. 남들 다하는 일인데. 당신은 그래도 아직 젊잖아."

"꺾어진 칠십 지난 게 언젠데 뭐가 젊어. 당신이나 젊지."

잦은 술자리에 중력을 못 이긴 몸은 슬슬 나이를 드러내고 있었다. 제법 날렵하던 몸매에 군살은 물론이고, 새치까지 눈에 띄는 참이었다. 지표가 짐짓 한숨을 내쉬자 아내가 무마하려 들었다.

"선주 언니라고, 얘기했지? 나랑 같이 드라마 공부하는. 남편이랑 동갑인데 올해 마흔이야. 요즘 우리 수료 작품집에 실릴 작품 쓰느라 다들 머리에 쥐나잖아. 선주 언니가 하도 스트레스 받고 있으니까 그 집 남편이 살림 같은 거 하지 말고 글이나 쓰라고 하더래. 그러더니 퇴근하고 돌아오면 집안 정리며, 쌓인 설거지며, 밑반찬까지 만들어놓는대. 주말이면 세탁기 돌려서 빨래 널고 착착 개는 것까지. 자취를 오래해서 살림 솜씨가 있는 편이었대. 그 얘기 들으며 다른 여자들이 얼마나 부러워했게. 그런데 어제 스터디하다가 다들 부러워하니까 선주 언니가 그러는 거야. 자긴 남편이 그럴 때마다 무섭다고. 언니더러 출세해서 돈 벌어오라고 그러는 거지 뭐냐고. 언니가 공모에 당선이라도 하면 당장 회사 그만둔다고 공공연히 말한대. 그 말 들으니까 부러워할 게 아니더라고."

"거봐. 나처럼 노예라도 좋다며 군말 없이 회사에 매여 사는 남자도 드물다니까. 당신이 드라마 작가 되면 축하야 하겠지만, 그래도 난 당신이 집에서 애들 치다꺼리하느라 바쁠 때가 제일 섹시하더라."

"됐네요. 마누라 바쁜 걸 보면 도와줄 생각은 안 하고 뭐? 당신이 아무리 날 집에 가둬놓으려 해도 난 안 넘어가. 잘 안 써져서 그렇지, 얼마나 재미있는데. 나도 방송작가로 뜨면 난다 긴다 하는 탤런트들이 내 작품 배역 맡고 싶어 할 거 아냐. 그럼 남자 주인공으로 맨 먼저 차인표 써야지. 봐줬다, 당신이 좋아하는 최진실도 써줄게. 주인공은 아니고 조역 정도로."

아내는 힐끗 시계를 보더니 벌떡 몸을 일으켰다.

"어머, 나 이러고 노닥거릴 때가 아냐. 내일 낼 과제, 반도 못 했는데. 당신 밥 마저 먹어. 난 가서 숙제해야 돼. 참, 룸살롱 구조가 어떻게 생겼는지 이따 밥 먹고 이야기해줘. 내가 어디 세상 구경을 했어야 장면 구성을 하지. 룸살롱 장면 들어가는데."

"왜, 이번엔 인생이 지루한 아줌마들이 룸살롱에까지 진출하시나?"

"아줌마 좋아하시네. 아줌마들 집에서 살림하면서 애들한테 시달리는 동안 룸살롱 가서 노닥이는 그 잘난 남편들 이야기야. 당신 닮은 사람도 한 명 있을걸, 아마?"

드라마 이야기가 나오자 두 여자는 남편들을 잊는다. 텔레비전 드라마 역사상 가장 높은 시청률을 기록했다는, 올봄에 끝난 드라마 이야기를 주고받느라 주위를 잊는다. 아내의 얼굴이 저처럼 생기 있었던 게 언제던가. 기억에 없다.

큰애가 초등학교에 입학하던 해, 방송작가를 양성하는 교육원에서 수강생을 모집한다는 광고를 본 아내는 그때부터 설레었다. 유치원과 초등학교에 다니는 아이들 때문에 운신이 어려웠다. 다음 기수 모집 광고도 아내는 놓치지 않았다. 엄마가 애들을 맡아줄까, 이럴 때 시흥동 형님이 가까이 사시면 얼마나 좋아, 하고 발을 동동 구르다 포기했다. 지난해, 처형네가 인근으로 이사하면서 아내는 날개를 달았다. 드라마를 볼 때면 필기도구부터 챙겼다. 밤중에 혼자 식탁에 공책을 펴놓고 머리를 쥐어뜯었다. 아내는 지표에게서 과외를 받던 고등학생 때보다 더 열중했다. 대학을 졸업하던 해 결혼해 사회생활 같은 거 해볼 겨를이 없었던 아내에게는 어쩌면 드라마가 세상으로 나갈 수 있는 마지막 동아줄인지도 몰랐다. 강의를 마치고도 마음 맞는 몇 명이 모여 스터디를 한다고 했다. 집에 전화해도 받지 않는 날이 잦아졌다. 워낙 열중하니 말려도 소용없는 일이지만, 아내에게 특별한 재능이 있다는 생각은 들지 않았다. 삶에 드라마가 없으니 보는 드라마에 열중하고, 마침내 드라마를 만들어보겠다는 거겠거니, 저러다 스스로 나가떨어지겠거니 하며 바라볼 뿐이었다.

눈이 반짝거리는 아내를 일별하고 지표도 자리에서 일어선다. 아이들이 잘 노는지 본다고 나간 재민 아빠하고나 이야기를 나눌 요량이다.

덧없는, 그러나 지워지지 않는

　계단 어귀엔 향냄새가 감돈다. 모기향처럼 칼칼하고 매캐한 기운이 섞인 향이다. 장례식장에 갈 때마다 맡았을 텐데, 오늘따라 싸구려 향내가 마음에 걸린다. 지표는 영안실로 내려가는 계단 어귀에서 공연히 서성인다. 금방이라도 비가 쏟아질 듯 낮게 내려앉은 구름이 스산하다. 바보, 여태 그 많은 걸 견뎠으면서 한 고비만 더 넘어볼 것이지. 용수 안에 고이는 맑은 술처럼, 마음에 고였던 말이 출렁인다. 그 말이, 손대면 바스라지는 누룩만큼이나 공소하게 느껴진다. 덧없이 떠오른 말을 짓누르듯, 지표는 계단을 딛는다.

　사진 속 병묵은 편안한 표정이다. 왔냐? 병묵이 묻는다. 왜? 지표가 묻는다. 왜? 하고 물으면서도, 어쩐지 답안지를 제 호주머니 구석에 숨기고 묻는 기분이다. 답안지를 꺼내 펼치기만 하면 답을 알 수 있다. 알고 싶은 마음만큼이나 강렬한, 알고 싶지 않다는 마음이 호주머니로 향하는 손목을 붙들고 있을 뿐이다.

　병묵의 아내는 아무 표정이 없다. 몸속에 든 모든 것을 훌렁 꺼내버린 듯하다. 소복이 부은 눈두덩만이 얼마나 많이 울었는지 드러낼 뿐이다. 그 곁, 저고리 소매를 몇 번 걷어서 겨우 팔목에 맞춘 병묵의 두 딸이 고개를 숙이고 서 있다. 차마 의례적인 인사를 못 건넨 채, 지표는 그 모녀에게 허리만 깊이 숙이고 그 자리를 벗어난다.

　들쩍지근한 조미료 냄새가 감도는 접객소는 썰렁하다. 조문객이 적어서인지, 실내온도가 낮아서인지 모를 한기가 쓸쓸하다. 아는 얼굴이 없다. 지표는 그냥 빈자리에 앉는다. 밖에서 들어오던 남자가 혼자 앉아 있는 지표를 보고 다가온다. 조금 넙데데한 얼굴형이 병묵을 닮았다. 병묵이 공장을 넓혀가던 날 본 병묵의 형인 듯해서 지표는 자리에서 일어난다.

　기계를 몇 대 더 들이고 공장을 확장한 뒤, 병묵은 고사를 지냈다. 지표도 지폐 몇 장을 돌돌 말아 입을 한껏 치올리며 웃는 돼지의 귓구멍에 찔러넣었다. 돼지 웃음이 아주 이쁜 걸 보니 앞날이 훤할 거라는 덕담도 건넸다. 고사를 마치고 돼지머리를 썰던 누군가가 말했다. 어이구, 저 죽을 줄 모르고 뭐가 저렇게 좋아서 헤벌쭉 웃었을까. 웃자고 한 말이었을 텐데, 이상하게 지표의 귀에 거슬렸다. 그날, 병묵의 형은 얼굴 가무잡잡한 노동자에게 돼지 머릿고기가 담긴 일회용 접시를 내밀었다. 외국인 노동자는 난처한 듯 안 먹어요, 안 먹어요, 했었다. 왜, 쇳가루 씻어내는 데는 돼지비계가 최고라는데. 여전히 접시를 거두지 않자 병묵이 말렸다. 형, 그 사람들은 돼지고기는 먹으면 안 된대. 종교 때문에. 그제야 병묵의 형은 접시를 내려놓았다.

　"형님, 저 병묵이 중학교 동창 지표입니다. 얼마나 황망하셨습니까. 대체 이게……"

　"아, 이제야 알아보겠네요. 바쁠 텐데 와줘서 고마워요. 앉으세요. 병숙아, 여기 상 좀 차려라."

　"형님, 말씀 놓으세요. 동생인데……"

　"예, 뭐 천천히. 우리도 이게 무슨 일인지 모르겠어요. 이럴 사람이 아닌데."

　"죄송합니다. 그렇게 힘든 줄 모르고, 전 그저 잘 있다니까 그런가 보다 했어요. 좀더 살폈어야 했는데."

"그러게, 워낙 알아서 하는 사람이라서 우리도 그러려니 했어요. 동생이지만 나한텐 형 같은 동생인데. 나 대신 장남 노릇도 다 했고. 자 어서 들어요. 술 하시지?"

지표의 잔을 채워준 병묵의 형은 말을 쏟아낸다. 워낙 순하고 유약한 편이라더니, 집안의 기둥인 병묵의 죽음 앞에서 어쩔 바를 몰라 하는 듯하다.

"어쩐지 몇 달 전에 내려와서 땅 시세를 묻더라고. 그런데 시골 땅값이 어디 땅값인가 껌 값이지. 요즘 서울 같은 도시도 집값 떨어져 엉망이라는데. 시세 듣더니 됐다고, 그냥 올라가더라고. 어려운가 보다 했지만 나야 뭐 어떻게 해줄 수 있는 형편도 아니고. 알고 보니 그 땅 팔아봤자, 터지는 둑 주먹으로 막는 격밖에 안 되었고……"

"어머님은?"

"안 알렸어요. 워낙 장하게 여기시던 자식인데 이걸 알면 어찌 되시겠어. 아시면 당장 따라가시겠다고 하실 거 같아서. 내 집사람은 지금 어머니 모르시게 하느라 집에서 꼼짝도 못하고 나만……"

공원들이며 축하객들이 돼지 머릿고기를 안주로 막걸리를 마실 때, 병묵의 어머니는 홀로 공장을 구석구석 돌아보고 있었다. 작은 체구에 단정한 옥색 한복이 금속 기계들 사이에서 은은했다. 안전· 청결·정돈. 공장 출입문 위쪽에 커다랗게 써 붙인 글자를 경건한 눈으로 올려다보고, 기계들을 손으로 쓸어보기도 했다. 똑똑한 아들을 가르치지 못한 게 늘 한스러웠다던 병묵의 어머니. 아들이 그렇게 덩실한 공장주가 된 것도, 아들보다 학벌이 높은 사원들을 거느

린 것도 자랑스러웠을 것이다. 그 아들이 사업에 실패하고 산에서
목맨 걸 알면, 줄초상 치르고도 남을 일이었다.

"장지는 어디로 정하셨습니까?"

"그게, 고향으로 오면 우선 어머니가 아실 테고, 제수씨 생각도
그렇고 해서 그냥 화장하기로 했어요. 잘하는 거 같진 않은데, 워낙
발견될 당시 시간이 흘러 시신도 상했고, 어차피 제사 모실 아들도
없고 하니."

호주머니에서 나온 유서가 아니었다면, 신원을 찾기도 어려웠을
거라고 했다. 어쩌면 그날, 바람 소리가 들린다고 생각했던 건 착각
이 아니었을지도 모른다. 지표는 가만히 고개를 젓는다. 그날은 아
니었을 거라고, 자신에게 타이른다.

"수업료 치른 셈 쳐야지요. 그게 그렇습디다. 돈 빌려간 사람이 연
락을 끊으니 섭섭하다가 화부터 납디다. 약속한 날에 못 갚을 형편
이면, 형편이 이만저만하니 우선 양해해달라, 나중에 잘되면 조금
씩이라도 갚겠다, 최소한 이렇게는 나올 사람이라고 알고 있었거든
요. 남의 돈 떼먹고 잠적할 사람은 아니라고 철석같이 믿었는데 소
식이 없으니 저도 화가 나죠. 나쁜 놈, 내 돈 떼먹고 어디 얼마나 잘
사나 보자, 그런 마음이 다 들더라구요. 그런데 그동안 부도 맞고,
노심초사하던 참에 혈우병으로 병원에 실려가 있었다는군요. 결국
그 병원에서 죽었는데, 그 아픈 동안에도 사람들한테 죄 지어서 어
떡하냐고 그렇게 울었대요. 그동안 쌓인 병원비가 천만 원이 넘었는
데, 형제들도 다들 교회 다니는 사람들인데 아무도 나서지 않아서

결국 그 부인이 시신을 기증해서 장례식도 못 치렀다네요. 저한테까지 돈을 빌릴 정도였으니 형제들이야 더 말할 것도 없이 손해가 컸을 테지만, 그래도 그게 아니잖습니까. 지금 우리가 사는 세상이 이렇습니다."

좋은 이웃을 떠나보는 게 서운해서, 지표네서 차린 저녁식사였다. 밥을 한두 술 뜨는 척하더니, 재민 아빠는 술에 집중했다. 내일 이사하려면 새벽에 일어나야 한다는 재민 엄마의 성화에도 허탈한 웃음을 지으며 술을 들이켜고 빠른 속도로 취해갔다. 오해했던 자신을 잊고 싶은 듯했다.

대기업 연쇄 부도의 파장은 경기도의 한 소도시에서 제법 큰 규모의 서점을 하던 재민 아빠의 지인에게까지 미쳤다. 그 서점의 부도는 또다시, 1번 국도를 타고 한강을 건너고 자유로를 달려 신도시의 한 가정에 파편을 날렸다. 집을 담보로 대출 받아서 빌려주었던 돈이 허공으로 날아갔다. 남은 건 언제까지 갚아야 할지 모르는, 월급쟁이가 감당하기 어려운 액수의 이자뿐이었다. 다달이 이자를 물어가며 버티던 재민네는 결국 집을 팔았다. 남은 돈으로 전세를 얻어 가며, 그나마 집이 팔린 것만도 다행이라고 억지로 자신들을 위로했다.

"어이그, 선생님, 선생님 하더니 그 선생님 대통령 되니 나라꼴이……"

재민 엄마가 조그맣게 종알거렸다. 취기 때문에 커진 목소리로, 억울한 심사를 죽은 사람의 가엾음으로 덮어가던 재민 아빠가 용케 그 소리를 들었다. 그렇게 크게 화내는 재민 아빠를 본 건 처음이었다.

"여기서 왜 선생님 이야기가 나와? 그 전 썩은 정치가들이 싸놓은 똥 치우느라 가뜩이나 노심초사하시는데. 요새 티브이 봐. 폭삭 늙으신 거 보고도 그런 소리가 나와?"

아빠, 전화 왔어요. 큰애가 방에서 지표의 휴대폰을 갖고 왔다. 지표는 전화기를 들고 베란다 쪽으로 다가갔다. 맑은 공기가 마시고 싶었다.

"지표냐? 나 병묵이다."

"어, 잘 지내냐? 전화 한번 해본다 하고선……"

"나? 나야 잘 지내지."

한숨 소리인가? 지표가 생각하는 사이, 병묵이 말을 이었다.

"넌 별일 없지? 건강하지? 짜식, 교모에 파묻힐 것처럼 쪼그만 얼굴에 눈만 반짝이던 게 엊그제 같은데 그새 아이 아빠가 되었으니."

"너 술 마셨냐? 무슨 일 있냐?"

"일은 무슨 일. 그냥 술 마시다 네 목소리 듣고 싶어서 전화했다. 지표야, 우리 차암 많이 살았다. 너도 나도, 운도 지지리 나빠서 없는 집 자식으로 태어나 남들보다 몇 배 더 열심히 살았다, 안 그러냐?"

병묵의 말에서 감상이 뚝뚝 떨어졌다. 싸아, 바람 소리가 들리는 듯했다.

"그야 그렇지, 어디 아픈 덴 없고?"

"나, 나는 괜찮아. 난 말이다, 이런 말 처음인데, 사실 너 사는 거 보면서 힘을 얻었다. 사는 데 지쳐서 나자빠지고 싶을 때도, 코피 뚝

뚝 떨어뜨리며 악착같이 공부하던 그 쪼그만 녀석 생각하면 정신이
버쩍 들었다."

아무래도 무슨 일이 있는 것 같다. 검은 연기 같은 게 스멀스멀,
지표의 발치에서 일었다. 연기가 뿜어 나오는 곳, 보이지 않는 땅 깊
은 곳에서 무슨 일이 벌어지는 걸까.

"그냥, 그랬다고. 건강해야 한다. 알았지? 술도 덜 마시고, 운동도
열심히 하고, 무조건 건강해야 한다."

"너, 어디에 있냐? 집은 아닌 것 같은데."

"그냥, 바람 쐬러 나왔다. 이제 가야지. 끊는다."

지표가 뭐라 대꾸하기도 전에 전화가 끊겼다. 어디 몸이 안 좋은
건가. 병원에 있는 건 아닌가. 다음 날, 회사로 전화했더니 결번이었
고, 휴대폰도 꺼져 있었다.

지하에서 나오니 그새 소나기가 내렸는지 땅이 젖었다. 습기 머금
은 공기는 청량하다. 지표는 숨을 깊이 들이쉰다. 그대로 선 채, 몇
번 심호흡을 한다. 낮술이어선지, 술 몇 잔에 다리의 힘이 풀리려
한다.

병묵은 견딜 줄 알았다. 하청업체 설움을 한두 해 겪은 것도 아
니니, 어떻게든 버틸 줄 알았다. 너글너글하고 긍정적인 성품도 믿
음직스러웠다. 워낙 맨바닥에서 시작했으니, 이번에 무너지면 다음
에 일어나면 되지. 살아 있으면 어떻게든 살아지는 건데. 그런데 병
묵은 포기했다. 힘겹게 여기까지 나아왔는데 IMF가 손끝으로 톡 퉁
기니 단번에 원점으로 돌아간다는 걸 받아들이지 못했다. 겨우 빠

져나온 나락으로 풍덩, 게다가 이제 젊음이라는 밑천도 없고. 그래도 병묵아, 그동안 살면서 쌓아 올린 내공이 있잖냐. 그런데 왜? 지표는 눈을 질끈 감는다. 머리가 휘잉, 도는 듯하다. 아무래도 차에서 잠깐 눈을 붙이고 움직여야 할 것 같다. 어려운 시절, 떨어지는 낙엽도 조심하던 군대 말년처럼 건너야 한다.

지표가 제 차로 다가가는데, 공장에서 직행한 듯 번쩍이는 검정 다이너스티가 유유히 들어선다. 영안실이 있다는 게 신기할 정도로 초라한 병원에 번쩍거리는 고급 차라니, 병원장 차인가 했다. 차가 멋더니, 차 못지않게 체구가 큰 사내가 내린다. 선글라스가 반짝, 햇빛을 되쏜다. 함치르르 윤기가 도는 양복의 고급스러움이 비만한 사내를 당당하게 만든다. 선글라스를 벗던 사내와 눈이 마주친다. 사내가 윗눈썹을 치켜 올린다.

"어, 지표 아니냐? 오랜만이다."

형태가 몇 걸음 다가오며 손을 내민다. 지표도 손을 맞잡는다. 크고 두툼한 손이다.

"병묵이 소식 듣고 왔구나. 나도 집안에서 소식 들었다. 미국에 있다면 모를까, 한국에 와 있을 때 소식 들으니 안 와볼 수가 없어서. 이나저나 반갑다."

"웬일이냐? 다니러 왔냐?"

"노인네가 자꾸 한국 타령해서 모시고 왔다. 엄, 땅덩어리 좁지, 공기 나쁘지, 물가 비싸지. 그런데도 자꾸 한국으로 돌아가잔다. 돌아가실 때가 된 건지. 당분간 여기 머물면서 이것저것 좀 알아보려고. 넌 그때 그 회사에 아직도 다니냐? 엄, 뭐였지, D상사?"

"참, 나 거기 다닐 때 네가 찾아온 적 있지? 지금은 옮겼어."

빌려간 돈을 형태가 잊었는지, 짐짓 잊은 척하는지 분간할 수 없다. 그걸 상기시키고 싶은 마음이 목젖까지 차오르는데, 병묵의 장례식장에서 꺼낼 말은 아니다. 이 자리가 아니라도 기회는 있을 것이다. 큰돈이든 푼돈이든 떼인 적이 여러 번이지만, 작은 돈은 털어버리고 큰돈은 체념하고 말았지만, 형태에게 준 그 돈만큼은 꼭 돌려받고 싶다. 받아서 다른 사람을 주거나 자선단체에 기부할지언정.

"그래? 명함 갖고 있으면 하나 주라. 어쩌면 네게 자문을 구할지도 모르겠다. 내가 한국 사정엔 어두우니까. 내 연락처는 여기고."

형태와 지표는 명함을 주고받는다.

AK corporation, CEO Harrison Choi.

"뭐 하는 회사냐?"

"뭐, 그냥 이것저것. 돈 되는 일이라면 다 한다."

지표는 명함을 지갑에 챙겨 넣는다.

"그래, 그럼 다음에 보자. 오랜만에 한국 오니 동창들 소식도 궁금하다야. 여기서 만나게 될 줄은 몰랐네. 반갑다."

"그래, 다음에 연락하자. 먼저 간다."

"굿바이!"

I'll be back

"코크!"

사무실로 들어서면서 말하고 의자에 몸을 묻는다. 좁은 도로에 빽빽한 차량, 나갔다 오면 큰일을 한 듯한 기분이다. 미스 안이 가져온 콜라를 단숨에 들이켠다. 역시 이 맛이야, 엽전들의 답답함을 씻어주는 상큼한 맛. 커억, 트림을 하며 형태는 함께 내뱉는다. 엽전들이란.

한국에 와서 답답함을 느낄 때면 태평양 너머에서 만난 한 엽전이 겹친다. 언젠가 6번가에서 우연히 마주친 은경의 아버지, 마르고 작은 체구에 안경 너머 날카롭던 눈매로 무얼 본 걸까. 은경은 만날 수 없는 이유를 '아버지가……'라고만 했다. 그 아버지가 왜 못 만나게 하는지는 말하지 않았다. 은경은 형태에겐 산소나 다름없었다. 있는 그대로 보아준, 그리고 그런 모습을 좋아해준 유일한 사람. 부모도 없이 혼자 와서 적응하느라 힘들다는 걸 누구보다도 잘 알아주었다. 자기보다 영어를 못해도, 아는 게 적어도 은경은 무시하지 않았다. 은경이 저를 그렇게 대하니, 형태 또한 은경 앞에서는 나름대로 조심스럽지 않을 수 없었다. 은경과 처음 입맞춤하던 때, 은경은 조금 떨었고 그러자 형태의 속에도 미미한 떨림이 지나갔다. 제가 그럴 수 있다는 것에 놀랐다. 입맞춤 뒤, 나란히 걸으며 어쩐지 자신의 격이 높아진 듯한, 귀해진 듯한 느낌을 받았다. 그런 선물을 앗아간 건 태평양을 건너고도 엽전 물을 벗지 못한 그 아버지였다.

은경을 만날 수 없게 되자 산소가 부족한 곳에 머무는 것처럼 느껴졌다. 산소를 공급해야 한다는 핑계로 마구 술을 마셨다. 그러다 엄마의 전갈을 받고 한국으로 들어왔다. 매형이란 작자는 뻔뻔스러 웠다. 다른 무엇보다, 엄마를 아버지의 부인으로 인정하지 않으려는 것에 치가 떨렸다. 말이야 바른 말이지, 이 집에 와서 그 잘난 아들 하나 낳아준 거밖에 한 게 뭐 있냐고. 살림은 아줌마들이 했고, 그 동안 읍내가 다 알게 사치한 거밖에 뭐가 있냐는 매형이란 작자의 아귀를 날리고 싶어서 주먹이 움찔거렸다. 엄마가 아버지의 비위를 맞추기 위해 얼마나 애썼는지, 그들은 몰랐다. 법정에서 말했듯 겁 만 줄 생각은 아니었다. 엄마에게서 아버지를 빼앗아간 그들, 그처 럼 빼앗기는 게 어떤 건지 알게 해주고 싶었다. 청부업자가 서툴렀 다. 염려 말라더니, 뒤끝 지저분하게 만들었다. 일을 맡기고 바로 떠 났어야 했는데 엄마 때문에 그러지 못했다. 그 일의 뒷마무리를 하 는 동안 엄마의 통통해서 힘있어 보이던 볼살은 처지고, 머리엔 서 리가 앉았다. 엄마는 염색약을 사서 열심히 염색했다. 그러나 얼마 안 가, 지나치게 검어서 조금 쓸쓸해 보이는 머리의 안쪽, 머리 밑에 선 흰머리가 촘촘히 나오기 시작했다. 철창 너머 보이는 엄마의 초 라한 모습을 견딜 수 없었다.

장례식은 엽전들의 견딜 수 없는 모습이 종합선물세트처럼 드러 나는 곳이었다. 귀신처럼 흰 한복에다 해변의 소금기 섞인 바람처 럼 끈적끈적 감겨오는 질긴 울음소리. 그나마 병묵의 장례식엔 그 런 소란이 덜했다. 이복누이나 그 남편 가운데 한 명쯤 만날 수 있 을지 모른다는 생각을 안 한 건 아니었다. 아버지의 장례식 때, 청승스럽게 늘어지던 딸들의 울음소리는 바비큐의 달궈진 꼬치가 되어 가뜩이나 날카롭던 형태의 신경을 쿡쿡 쑤셔댔다. 그렇게 울다가도 엄마를 볼 때면 붓고 붉어진 눈에 코브라나 뿜어냄 직한 독기 같은 게 서렸다. 형태는 상주의 자리에 서서 이복누이의 남편들과 조문객을 맞았다. 조문객은 대부분 그들과 아는 사이였고 조화도 그들에게 온 것이었다. 상주인 형태는 어느새 가장자리로 밀려나고 있었다. 다행히 엄마는 아버지의 친목계원들을 접대하느라 바빴다. 큰어머니가 살아 있었더라면, 그 자리에서마저 밀려났을 거라는 짐작에 입이 썼다. 당차 보이는 남자가 들어서 향을 사르고 절했다. 다행히 남자는 상주들에겐 절하지 않고 고개만 숙였다. 거듭 절하느라 무릎이며 허리가 욱신거리던 참이라 다행이다, 생각하며 형태도 고개를 숙였다. 남자가 형태를 잠깐 바라보고 나갔다. 남자와 비껴 들어오던 이복누이 하나가 자기 남편에게 말했다. 쟤 누군지 알아? 병묵이야. 왜 우리랑 친척인…… 그 말을 듣는 순간 자기도 모르게 입술을 깨물었다. 병묵인지 누군지, 사업해서 성공했다더니 네 아버지 문병이라고 와서 옛날 서운했던 이야기부터 하더라. 학교에 갈 수 있었는데 네 아버지가 돈을 안 빌려줘서 못 갔다고, 제가 죽을 때까지 잊지 못할 거라고. 그렇게 독한 데가 있으니 배우지 않고도 돈을 벌었겠지만, 그렇다고 병원 침대에 눌어붙은 것처럼 기운 없는 노인네한테 와서 그 말을…… 미안하다고 하는 네 아버지가 다 딱하더라니까. 아버지의 병실을 지키던 엄마가 전한 말이 생각났다.

목숨은 질겼다. 아버지는 자리에 누운 채 몇 년을 버텼다. 그러는 사이에 죽어난 사람은 엄마였다. 어쩌다 한번 한국으로 돌아오면 엄마가 죽음을 향해 다가가는 게 드러났다. 이맛전의 세로 주름이며 목의 가로 주름, 푹 꺼진 볼과 처진 턱살, 팔자 주름까지. 환자를 돌보는 가족이 추레하면 의사들이 더 무시한다며 예쁘게 차려입고 화장을 잊지 않던 엄마가 푸석푸석한 얼굴로 월남치마를 입고 나와 맞았다. 아무래도 이번엔 가실 것 같다는 연락을 받고 나온 형태를 놀라게 한 건. 뼈만 남아 아주 작아진 아버지가 아니라 엄마의 그 추레함이었다. 허리케인에 휘말려 솟구쳤다 떨어지면 그런 기분이 들까. 섬뜩했다. 아버지는 형태가 온 지 사흘 만에 세상을 떴다. 관을 광중으로 내려놓은 뒤 형태는 시키는 대로 흙을 한 삽 떠서 그 위에 얹었다. 옹관묘. 은경이 말했던 그 단어가 난데없이 떠오르고, 그 바닷가에서의 첫 입맞춤이 떠올랐다.

너도 이제 결혼해야 하지 않겠니? 엄마는 마흔이 내일모레라고, 나도 손주 보고 싶다고 안타깝게 말했다. 엄마의 소원이라면 손주 하나 안겨드리고 싶었지만, 다른 여자를 만날 때마다 그 여자를 한 손에, 다른 손에 은경의 기억을 놓고 비교하게 되었다. 손에 쥘 뻔했다 놓친 보석의 영롱함에 비하면, 다른 여자들은 다 이미테이션에 지나지 않았다. 여자가 필요하면 돈으로 사면 되었다. 희어서 보기 좋은 여자보다 흑인들의 살갗이 훨씬 매끄러웠다. 그 매끄러운 살을 짓이기며 배설할 때면 저도 모르게 은경아, 외치게 되었다. 왓, 왓디 쥬세이? 마이 네임 이스 제니. 굳이 제 이름을 밝히는 여자도 있었고, 귀머거리인 듯 성의 없이 몸을 들썩이는 여자도 있었다. 그 살들에 묻혀 있다 밖으로 나오면 혼잣말이 나왔다. 은경아. 은경은 결혼해서 한국에서 산다는 소문을 들었다. 한국에 와도 찾아가볼 마음은 일지 않았다. 찾아갔다가 자신이 무슨 일을 저지를지 몰랐다. 세월이 흐르며 그리움도 옅어졌지만, 술 마신 밤이면 늑골 아래의 통증처럼 은경의 웃는 얼굴이, 그 순하던 표정이 살아났다. 은경을 만나는 동안 말랑말랑했던 마음은 시간이 지나면서 콘크리트로 만든 대전차 방어벽이 되어, 걸핏하면 형태의 마음에 난 길을 막았다.

IMF는 기회였다. 아버지의 아내였던 엄마가 겨우 건져온 고향집 한 채. 그걸 바꾼 달러를 엄마는 차마 쓰지 못하고 그대로 은행에 두었다. 클럽에서 기도로 일하던 형태는 달러의 가치가 날마다 뛰는 걸 지켜보다 돌아왔다. 그동안 잃은 것, 앗긴 걸 만회할 기회였다. 한국은 땅이 좁은 나라다. IMF 때문에 형편없이 떨어진 부동산은 언젠간 다시 오를 것이다. 고향에서 가장 크던 집, 유일하게 수세식 화장실이 있고 마당에 잔디가 깔렸던 집, 그 집으로 돌아가는 첫 발짝을 병묵의 장례식장에서 내디뎠다. 병묵이 병석에 누운 아버지에게 사과를 받아냈다는 말을 들었을 때, 아버지를 좋아한 건 아니면서도 치받쳤다. 네까짓 게 감히! 병묵은, 어쩌다 아버지가 혀를 끌끌 차며 가련히 여기던 도박꾼의 아들일 뿐이었다. 어쩌다 돈좀 벌었다고 아버지에게 그래서는 안 되는. 병묵이 사업에 실패해 자살했다는 말을 들었을 때, 하룻강아지 범 무서운 줄 모른다던 아버지의 말을 떠올랐다. 힘을 가진 자가 힘없는 자를 밟는 건 자연의 당연한 이치다. 이 이치를 거스를 순 없다. 이제 잠시 잃었던 힘을 되찾을 기회다. 이제 슬슬 움직여볼까. 자리에서 일어서는 형태의 가슴에 영화 「터미네이터」의 외침이 울린다. I'll be back.

쓰인 말과 쓰지 못한 말들

오랜만이구나. 잘 지냈니?

요즘 다른 데도 마찬가지지만 특히 출판계가 엄청난 불황이라던데, 잘 건너고 있는지?

나도 그럭저럭 지낸다. 애들 엄마는 요즘 방송작가를 꿈꾸느라 바쁘고. 그 덕분에, 조기유학 운운하던 게 쑥 들어간 건 다행. 하마터면 기러기아빠 될 뻔했는데 드라마 덕분에. 뭐 자기가 꿈꾸는 대로 방송작가가 되면 나도 나쁠 건 없을 테니까. 혹시 방송 쪽에 아는 사람 없냐? 이건 농담~

내 중학동창 병묵이 알지? 전에 가스 사고 때 우연히 만났다던. 그 친구가 세상을 떠났다.

마흔도 안 된 나이에 죽음이라니, 그것만으로도 기가 막힐 판인데게다가 스스로 세상을 저버렸어. 장례식에 다녀왔는데 실감이 나지 않는다. 그 친구가 그 정도로 힘들었는데 내가 몰랐다는 것도 그렇고…… 이래저래 착잡해 사무실에서 혼자 술 마시다 메일 쓴다. 이렇게 털어놓으니 그나마 조금 숨이 쉬어지는 것 같구나.

어려운 시절이지만 이 또한 지나갈 것이라 믿어야지. 회사에 소속

된 나보다 프리랜서인 네가 더 힘들겠지. 그래도 잘 견디리라 믿는
다. 시간 나면 연락해라. 얼굴 한번 보자.

*

그런 일이 있었구나⋯⋯ 남은 사람들에게도 큰 아픔이겠지만, 그
러기까지 당사자가 눌렸을 무게를 생각하면 명치가 막히는 것 같
다. 산 사람은 살아야지,라는 말의 비정한 울림을 자꾸 생각하게
되는구나. 어쩌면 이 말이 가혹한 진실인지도 모르겠다.
출판계가 어렵다고 하지만, 나처럼 근근이 현상 유지했던 사람들
은 오히려 충격이 덜한 것 같아. 이게 길어지면 아무래도 더 힘들
어지겠지만, 혼자인데 어떻게든 못 살까, 그렇게 배짱을 정했다. 원
래부터 바라는 게 그다지 많지 않았다는 게 다행스럽기도 하고.
넌 많이 힘들겠구나. 태어날 때 혼자였던 것처럼, 죽음 앞에서도
결국은 혼자라는 걸 절감하게 된다. 네가 너무 자책하지 말았으면
좋겠다.
그런 마음으로 읽다가 네 전자우편 아이디를 보고 그만 웃었다.
Batman? 어릴 적 너를 놀리던 애들이 부르던 그 별명을 전자우
편 아이디로 삼을 만큼 튼튼해진 널 왜 걱정했을까.
반가운 소식 하나. 나 새 파일 만들었다! 당분간 그 파일에 집중하
느라 바쁠 듯. 다음에 만나자!

*

새 파일 만들었다는 게 뭐지? 하고 한참 생각했다. 그러다 깨달았

다. ㅎㅎㅎ 연애 시작할 때마다 노트를 새로 장만한다던 정기주, 이제 노트 대신 컴퓨터 파일로 만들 거라더니 드디어! 누구냐, 삼십 대 중반 넘어선 정기주의 마음을 앗아간 그 대단한 남자가? 아무튼 축하한다. 어려운 시기일수록 혼자보다는 둘인 게 나을 테니까. 솔직히, 한 남자의 연인인 너를 상상하기는 쉽지 않다. 그래도 이 기회에 네가 가정을 꾸리고 남들처럼 사는 것도 좋겠다는 생각은 든다. 혼자 살아나가기엔 이 세상이 너무 살벌하니까.

네가 한 남자의 아내가 되면 이렇게 너한테 마음 편히 이야기할 수는 없을 것이라 생각하면 벌써 아쉽다. 이건 나의 이기심이겠지. 파일 채우기에 몰두하다가 숨 돌리고 싶으면 연락하길.

*

잘 지내니? 너랑 메일 주고받은 게 겨울 끝 무렵이었는데 여름이 다 가도록 소식 전하지 못했구나. 너도 소식 없는 걸 보니 여전히 파일 채워가기 바쁜 것 같고.

우리 회사도 드디어 구조조정 이야기가 떠돈다. 아무래도 심란한데, 그래도 나까지 털어낼까 싶다. 이 자신감이 어디서 나온 건지 모르지만. 어쩌겠냐, 여우 같은 마누라와 토깽이 같은 자식들 먹여 살리려면 열심히 일하는 수밖에.

파일 채우느라 바쁘겠지만, 짧게라도 소식 주기 바란다.

*

여행에서 돌아와 통신에 접속하니 네가 보낸 소식이…… 반갑다.

그동안 잘 있었니? 구조조정의 칼날이 너만은 비껴갔으리라 믿는다. 어디서 연유한 믿음인지는 모르지만.

내 파일? 그새 다 채워져 봉인되었다. 몇 계절 동안 나를 충만하게 해준 그 사람이 고맙지만 이제 지난날이 되었어. 다시 혼자가 되었다는 게 적막하지만 한편으로는 홀가분하기도 해.

공책을 덮거나 파일을 완성시키면 으레 그러하듯 짧은 여행을 다녀왔어. 이번엔 대흥사와 무위사를 거쳐 내소사까지. 마지막 여행지인 내소사에 내렸을 땐 밤이었어. 일주문 앞의 식당에서 저녁을 먹고 그 식당의 방에서 묵었어. 새벽 4시 도량석 도는 소리가 들려서 머리 빗고 나섰어. 일주문 안쪽의 먼 불빛에 의지해서. 처음 가보는 곳이라서 어디인지도 모르는 채. 아름드리 나무들이 만든 터널 아래로. 새벽 숲길을 걷자니 그런 생각이 들더라. 어둠 내린 숲은 우리에게 똑바로, 앞만 보고 걸으라 가르친다고. 옆에서 눈길 끄는 것에 마음 팔리면 주춤거리거나 되돌아서게 된다고. 난 너무 자주 주춤거리는구나, 어쩌면 이 생의 가두리에서만 맴돌다 말지도 모르겠구나…… 예불을 마치고 여전히 어두운 숲길을 걸어내려오는데 그런 마음이 들더라.

갑자기 늘어난 시간을 나는 요즘 책 읽기와 비디오 보기로 때우고 있어. 게다가 난 요즘 백수나 다름없거든. 불혹을 코앞에 두고 반백수가 되었는데도 뭐 어떻게 되겠지, 하는 내게 후배는 '마비상태'라고 진단을 내리더라만. 마비에서 깨어나기 위해서라도 널 만나야 할 것 같아. 너 시간 되면 한번 보고 싶은데, 어떠니?

전자우편을 보낸 뒤 기주는 컴퓨터를 끄고 책상에서 일어선다. 깊은 밤의 적막이 사위에서 조여온다. 끼이이익, 어디선가 급제동하는 소리가 들린다. 기주는 창을 열고 밖을 내다본다. 찬바람이 일시에 밀려든다. 급제동한 것처럼 보이는 차는 없고, 눈에 들어오는 건 아파트 주차장에 갑충처럼 서 있는 차들뿐이다. 창문을 닫고 거실로 나와 집안을 둘러본다. 앞으로 이태 동안 더 살 집이다. 거실 벽, 걸핏하면 기대앉던 곳의 벽지가 누래진 게 눈에 거슬린다. 도배를 다시 할까, 아니면 페인트를 사서 칠할까. 도배는 사람을 불러야 하고, 페인트는 혼자 칠할 수 있다. 페인트 쪽으로 마음을 굳힌다. 거실 페인트 칠, 책장 정리해 묵은 책 없애기…… 떠나려 했다가 눌러앉으려니 전에 안 보이던 것들이 새롭게 보인다. 전세 기한이 다 되어가자 집주인은 아이를 외국에 보낼 생각이라며 전세금을 올려달라고 했다. 집주인이 바란 인상분은 기주가 감당할 수 있는 범위를 넘어섰다. 다른 데를 알아보던 중에 IMF가 터지고 달러 가치가 천정부지로 치솟아 오르자 집주인은 전세금 인상을 없었던 일로 하자고 했다. 이사할 집을 알아보다가 눌러앉게 되자 편하다는 생각 한편, 다른 곳에서 새롭게 살 생각에 조금 들떴다가 헛바람 빠지는 기분이 들기도 했다.

등 쪽에서 찬 기운이 끼쳐온다. 유리창의 한기다. 커튼을 칠까 하다가 기주는 다시 창으로 다가간다. 어릴 적의 유리는 투명하지 않았다. 훤히 보이는 것을 가리기 위해 종이를 발랐으니까.

유리문에 덧바르기 위해 종이를 오릴 때, 처음 종이를 두 번 접어 가윗밥을 낼 땐 머릿속에 그린 무늬대로 가위질을 했다. 그러나 다시 접어서 가윗밥을 내고, 또다시 접어서 가윗날을 댈 때쯤엔 이제 자기가 만드는 게 어떤 무늬로 나타날지 알 수 없다. 어쩌면 사람 사는 게 다 그런 거 아닐까. 자기가 만들면서도 뭐가 될지 모르는 어떤 것, 예측불가인 그걸 만드느라 모두 애쓰는 게 아닐까. 다시 거실 창에 붙은 채 얼어붙은 창밖을 오래오래 내다보다, 기주는 맨손으로 얼굴을 비비며 잠자리에 든다.

"당신 안 자고 뭐 해? 청승맞게 불도 안 켜고 티브이 앞에 앉아서."

화장실에 가던 아내가 묻는다.

"잠이 안 와서. 들어가 자."

"지금이 몇 신데, 아침에 출근할 사람이. 빨리 들어와 자요."

"알았어. 먼저 들어가."

아내가 화장실로 들어가자, 지표는 다시 화면에 눈을 준다. 케이블 채널의 다큐멘터리다.

아프리카의 물웅덩이. 검은 물소 떼가 물을 먹고 있다. 굶주린 사자들이 나타난다. 숫자로는 물소 떼가 더 많다. 굶주린 수사자가 입맛을 다신다. 긴장한 것일까. 물소의 코에서 진액 같은 콧물이 흐르는 게 클로즈업된다. 제아무리 사자가 백수의 왕이라 해도, 물소의 뿔은 사자에게 위협적이다. 그러나 사자에게 물소는, 영양이나 얼룩말과는 비교할 수 없게 끌리는 먹잇감이다. 물소 고기는 그런 동물에 비할 바 아니게 살점이 많고 영양도 풍부하다. 물소 한 마리면 많은 사자들이 굶주림에서 벗어날 수 있다.

수사자가 어슬렁거리자 물소 떼가 먼저 움직여 사자를 내몬다. 밀려나던 사자, 저만큼에서 돌아서 숨을 가다듬고 다시 다가선다. 사자는 어린 물소를 공격한다. 어른 물소와 달리 털빛이 덜 검은 어린 물소는 어른들의 다리 사이로 숨는다. 잠시 후, 어쩌다 그랬는지 어린 물소 한 마리와 어른 물소 한 마리가 무리에서 뒤처졌다. 사자가 달려들어 어린 물소의 뒷목을 문다. 어린 물소가 넘어진다. 어른 물소가 얼른 사자를 위협한다. 가까스로 무리의 뒤에 합류한 어린 물소와 어른 물소. 맨 끝에 따라붙은 어린 물소를 사자가 다시 공격한다. 그러다 유인당한 어른 물소 한 마리. 수사자 떼가 뒤편에서 공격한다. 물어뜯긴 물소의 등에서 피가 흐른다. 물소를 에워싼 수사자들. 바야흐로 잔치가 시작될 판이다.

어떻게 안 것일까. 웅덩이를 떠나갔던 물소 떼가 다친 물소를 구하러 왔다. 그러나 사자에게 공격받는 물소를 보고도 선뜻 나서지는 못한다. 물소 무리 중의 한 마리가 용감하게 공격을 감행한다. 그러자 다른 물소들도 덩달아 뿔을 들고 진격한다. 굶주린 사자도 만만치 않지만, 숫자에 밀려 물러난다. 마침내 물소들은 사자의 이빨에서 동료를 구해내고, 상처 입은 물소는 웅덩이에 들어간다. 상처를 다스리거나 놀람을 달래기 위해. 그런데도 사자들은 물소 무리 주위를 빙빙 돌며 떠나지 않는다. 아마 물소들에게도, 사자의 그 처절한 굶주림이 전해진 모양이다. 마침내 물소 떼는 상처 입은 동료를 두고 떠나간다.

사자들에게 에워싸인 채 웅덩이에 홀로 남은 물소, 지표의 입에 찝찔한 것이 흘러든다. 사자에게 먹힐 게 뻔한데 동료를 두고 떠날 수밖에 없는 물소들과, 동료들이 떠나간 자리에 홀로 남은 물소의 소름끼치는 고독과, 가까스로 먹이를 확보한 사자들의 안도. 그중 어느 것이 누선을 건드렸는지는 알 수 없다. 지표는 눈물을 손등으로 훔치며 가만히 불러본다. 병묵아.

지표는 담배를 꺼내 들고 베란다로 나간다. 단지 안 보도는 사람이 살지 않는 거리인 듯 적막하다. 세상은 희뿌옇고, 아무도 살지 않는 듯 적막하다. 어두운 하늘에 점점이 빨간 십자가가 떠 있다. 열절히 기도하던 한 시기, 그 기도가 받아들여지리라 믿었던 한때가 지표에게도 있었다. 살면 살수록, 신이 무슨 생각을 하고 있는지 알 길이 없어졌다. 신의 뜻을 알지 못하는, 먹고사는 문제에 목맨 사람들의 삶이 납작하게 엎드려 있다. 그 짧은 한 생이 그리 고단한 무게로 짓눌러 곤고한 삶, 사람들은 지금 곤한 잠에 빠져 있을 것이다.

어쩌면, 모두들 사람으로 살고 싶었는데 마지막 단계에서 늘 걸려 넘어지는 건 아닐까. 그리하여 사람 눈을 피하는 요괴들처럼 세상 그늘에 모여든 것은 아닐까. 여기가 바로 거기 아닐까. 마구 뻗어나가는 생각의 가지를 쳐내듯, 지표는 담배의 마지막 모금을 깊게 빨아들이고 비벼 끈다. 내일 출근하려면 조금이라도 눈을 붙여야 한다. 담배 개비 끝동에서 달아올랐던 작은 불빛이 어둠에 잠겨든다.

작가의 말

지난봄, 나는 가야산의 한 암자에 머물렀다. 그 며칠 전까지 생각지도 못한 일이었다. 아무 전조 없이 틈입하는 삶의 의외성에 가방 무게만큼이나 묵직해져서 암자 어귀에 들어서는데, 아기 고라니 한 마리가 눈앞에서 경중경중 길을 가로질렀다. 그 날랜 움직임에 그만 마음이 환해졌다.

새벽이면 새 울음소리에 잠에서 깨어나고, 공터에 작은 밭을 만들었다. 모종에서 자라 잎 펼친 푸성귀를 뜯다 보면, 오랜 꿈이던 자급자족을 아주 조금이나마 체험한다는 생각에 배슬배슬 웃음이 나왔다. 산책할 때면, 살고 싶었던 삶을 가슴 깊은 곳에 묻어둔 채 그와 동떨어진 곳에서 일상을 견디는 사람들 생각에 걸음이 절로 느려졌다.

어느 아침, 문 앞에 직박구리가 쓰러져 있고 주변엔 핏방울 몇 점이 떨어져 있었다. 유리문에 부딪힌 듯했다. 기절했던 직박구리는 따뜻한 물을 담은 패트 병과 볕의 온기에 눈을 떴다. 반짝 정신이 든 직박구리는 또렷해진 눈빛으로 나를 보고 몸을 일으켜 몇 걸음 종종종 걸었다. 이제 살았구나, 안도하는 내 눈앞에서 몸을 돌리더니 한쪽 날개를 쫙 폈다. 날갯죽지가 바르르 떨리고 그대로 움직임이 멎었다. 죽기 직전의 마지막 날갯짓이 한동안 마음에서 떠나지 않았다.

오랜 시간이 지난 뒤에야 겨우 짐작하게 되는 어떤 것들, 뒤늦게 깨닫는 생의 또 다른 면모. 시력을 잃은 사람이 손가락으로 더듬어 형체를 짐작하듯, 이 소설을 다듬는 동안 그런 생각이 스칠 때면 글을 쓸 수 있다는 것에 감사한 마음이 새록새록 돋았다.

일기장을 빌려줘 잊고 지낸 한 시절의 자취를 더듬게 해준 D, 느닷없는 부탁에도 선뜻 공간을 내주신 스님, 내게 이야기를 들려준 사람들, 이따금 내 손을 잡아주던 이근혜 선생의 직심스러움. 책갈피에 언뜻언뜻 어린 무늬들이 정겹다.

2014년 8월
이혜경